handgeschrieben VERLAG

1. Auflage, Originalausgabe

handgeschrieben Verlag
Pettenkoferstraße 16–18
10247 Berlin
Umschlaggestaltung, Illustration und Satz: © Eva Burdack
Korrektorat: Anne Schünemann
Druck und Bindung: CPI books GmbH, Clausen & Bosse, Leck
printed in Germany
ISBN: 978-3-0006-1156-8

# WURZELN ZU BLÜTEN

*Luise Morgeneyer*

2011 – 2018

Für mich

und uns

## VORWORT
## ODER: BLUMEN UND WORTE

Juli 2018

Nächste Woche habe ich Geburtstag. Und alles, was ich mir wünsche, sind Blumen und Worte. Ich sage: *Schenkt mir nichts – außer Blumen und Worte.*
Seit Jahren liebäugele ich damit, mir selbst etwas zum Geburtstag zu schenken.
In diesem Jahr erfülle ich mir das.
In diesem Jahr beschenke ich mich selbst.
Mit Blumen
und Worten.
*Für mich*
*und uns*

Bevor ich im Alter von 15 Jahren anfing, meine Gedanken öffentlich ins Internet zu stellen, fühlte es sich hin und wieder so an, als wäre ich ganz allein. Mit all der Traurigkeit. Wut vielleicht. Verzweiflung manchmal. Daraus wurde dann aber, in kürzester Zeit und kontinuierlich in den darauffolgenden neun Jahren bis heute, so viel mehr. Plötzlich waren da so viele Menschen. Ihr. Das wurde ein Wir. Oder war ich doch nie allein? Ihr habt Euch zu mir gestellt. Uns verwoben. Geschichten miteinander verstrickt. Eure Gefühle in meine Worte gepumpt. Ihnen damit einen Puls gegeben. Sie zum Leben erweckt. Ihr, mit denen ich all das, was in meinem Kopf vorging und geht, teilen konnte. Und immer noch teile. Und ich meine Teilen in seinem ursprünglichen Sinn: nämlich so, dass für jeden etwas bleibt. Eine riesige Pusteblume. Ich habe meine Gefühle offenbart. Mein Herz sprechen lassen und meine innersten Gedanken für jeden zugänglich gemacht. Und während es mich erleichtert hat, meinen Schmerz aufs Papier zu bringen, hat es uns geholfen, sich ein bisschen weniger allein zu fühlen. Und eh ich mich's versah, wurde aus diesem unscheinbaren Ort im Internet nicht nur mein Beruf, sondern auch und vor allem ein Sammelsurium an Gedanken, Erfahrungen und Geschichten.

Ich weiß nicht, ob ich zu naiv, noch immer zu ängstlich bin.
Aber ich wollte einen sicheren Ort für diese Worte, meine Erinnerungen und unsere Gefühle. Einen Ort, an dem Zeit ein bisschen langsamer vergeht, Versprechen wirklich gelten und es auch ganz unbesorgt ruhig werden kann. Deswegen haben wir dieses Buch gemacht –
ein Zuhause. An dem wir uns festhalten können.
Ein bisschen Hoffnung. Gedankenanstöße. Erinnerungen.
Unsere Jugend gepresst zwischen Buchseiten.
*Für mich*
*und uns*

Die Geschichte, wenn man so will, beginnt mit einem Text aus dem Jahr 2011. Und es juckt mir in den Fingern, wenn ich diese Worte lese. Weil sie sich so schwach anfühlen. Unbeholfen irgendwie. Am liebsten würde man sie in den Arm nehmen und ein paar starke Sätze dazumischen, alles großzügig mit bunten Adjektiven verzieren. Ich gebe zu, dass ich die ein oder andere Passage geändert, einzelne Texte aus der Vergangenheit sehr stark reduziert habe, Tippfehler korrigiert und allerlei Unstimmigkeiten ausgebügelt wurden. Aber die Sachtheit der Worte bleibt, die habe ich nicht angerührt. Die Unbeholfenheit, Unvollkommenheit, Jugendlichkeit habe ich den Texten gelassen, habe ich uns gelassen. Denn das sind die Samen. Und die müssen auch gar nicht mehr sein. Oder besser. Das war der Anfang. Und dann, mit dem Lauf der Jahre, wächst diese Geschichte wie eine Blume. Das braucht Zeit und Wärme und Wasser und Worte. Das braucht Geduld. Und Wertschätzung. Jedes einzelnen Schrittes. Jedes einzelne Wort. Den jungen Trieb, jede Knospe. Und jetzt finde ich es schön, dass all das so unbeholfen anfängt und sicherer wird, mal wieder ins Stolpern gerät und dann immer mehr Knospen wachsen, schließlich aufblühen. Immer wieder aufblühen. Und mit dieser Gewissheit fühlt sich das Welken – immer wieder – gar nicht so schlimm an.

Für alle, die nicht wissen, wovon ich spreche: Ich habe nur einen Auftrag für Dich. Etwas, das ich mir von Herzen wünsche – nämlich: Dass Du dieses Buch für Dich liest.
Wohlwissend: Du bist nicht allein.
Manchmal scheinen meine Worte keinen Sinn zu ergeben. Ob da nicht etwas fehlt, fragt man sich. Wer sind die Protagonisten? Wer ist „er" und wen meint sie mit „Du"?
Also: Dieses Buch dient nicht der Selbstdarstellung, ist kein Manifest meiner Jugend. Das ist kein Roman über mein Leben. Kein erfundener Spannungsbogen. Ohne Logik manchmal. Sondern: Leben. Das hier ist ein Herbarium. Ich habe meine jugendliche Verletzlichkeit, Naivität, Narben und die seltensten Blumen, die mir auf dieser Reise begegnet sind, gepresst, fein säuberlich beschriftet und hier gesammelt.
*Für mich*
*und uns*
Also auch wenn ich es war, die diese Gänseblümchen, Vergissmeinnicht und prächtige Rosen gesammelt hat – so teile ich den Anblick gern mit Dir. Lies meine Worte durch Deine Augen. Denn „Du" bist vielleicht wirklich Du? Erwecke die Texte zum Leben. Zeichne Eure Gesichter auf die Seiten. Lass Tränen auf die Seiten tropfen und dadurch Blumen erblühen. Verwebe Deine Erinnerungen mit diesen Zeilen, hier sind sie sicher. Es wird Dir helfen loszulassen. Und dann: Presse Deine Lieblingsblüten zwischen den Seiten dieses Buchs. Und verwahre alles sicher. Den Schmerz und die Liebe. Die Jugend und Unsicherheit.
Das wäre mein Wunsch:
*Blumen und Worte*

## ROSSVEILCHEN

lat.: *Viola canina*

Familie: *Veilchengewächse* (*Violaceae*)

Fundort: *N* 51° 1‘ 21.7“ O 13° 41‘ 52.999“

Jahr: 2011/2012

# 1. KAPITEL

2011 / 2012

## TRÄNEN, DIE WIR WEINEN, SPÜLEN DIE LIEBE NICHT EINFACH FORT

November 2011

*Der Energieerhaltungssatz sagt aus, dass in einem abgeschlossenen System die Summe aller Energien stets konstant ist. Zwar kann sie in verschiedene Energieformen umgewandelt werden; es ist jedoch nicht möglich, innerhalb eines abgeschlossenen Systems Energie zu vernichten.*

Und ich sage, dass es sich mit der Liebe ganz genauso verhält – denn Liebe, Gefühle sind auch eine Form von Energie. Die Liebe bleibt ebenso in einem System gespeichert, einem System aus zwei Menschen. Das kann so wunderbar funktionieren. Liebe kann so herrlich einfach sein. Ich habe Physik früher nie verstanden, bis ich Dich getroffen habe. Plötzlich hat das Sinn ergeben. Wir waren ein System und die Summe unserer Liebe = unendlich.

Doch dann und wann kommt es dazu, dass eine dritte Person erscheint – das System wird unterbrochen, gestört. Doch dann und wann kommt es dazu, dass sich einer der beiden diesem System entzieht. Und dann muss der, der übrig bleibt, mit all dieser überschüssigen Energie allein zurechtkommen. Aber ein Mensch ist zu wenig für all die Liebe, all die Erinnerungen. Wie soll das auch funktionieren? Das hat vorher für zwei Menschen gereicht, sie am Leben gehalten, glücklich gemacht. Genährt. Für einen allein fühlt sich das an, als würde man zwei Stücke Schokoladentorte essen: Man kriegt Bauchschmerzen. Ganz fürchterlich sehr. Zu viel des Guten.
Und dann kommt ein weiteres Phänomen hinzu: Dann kann es dazu kommen, dass sich die Liebe ebenso leicht umwandelt wie die Energie. So wird aus chemischer Energie kinetische und aus Liebe kann viel zu schnell Hass werden. Und ohne dass wir es wollen, ohne dass wir es aufhalten können, verwandelt sich all das Gute in viel zu Schlechtes. Die schönen, unbezahlbaren Erinnerungen müssen der Traurigkeit, Verzweiflung, der Sehnsucht weichen und die einst so bunten, herrlich schillernden Erinnerungen werden von einem grauen Schleier überzogen, einem Schleier aus unbedacht ausgesprochenen Worten und Taten, die uns das gebrochene Herz befiehlt. Denn die Liebe kann aus diesem Ein-Mann-System nicht so einfach entweichen.
Tränen die wir weinen, spülen die Liebe nicht einfach fort.

Aber wenn wir nun noch einmal die Definition betrachten, erkennen wir, dass der Ausweg aus diesem Schlamassel eigentlich – zumindest so schwarz auf weiß – ganz einfach zu sein scheint. Denn es handelt sich in der Erklärung um ein *geschlossenes System*. Man muss es nur begreifen und dann all diese überschüssige Energie, diese vergangene Liebe dazu nutzen, sich zu öffnen, das System, in welchem wir uns selbst einsperren und verstecken, aufbrechen und die Liebe hinauslassen und das möglichst, bevor sie sich in Missmut oder gar Hass verwandeln kann. Denn irgendwo wird die Liebe sicher gebraucht.
Und eh du dich‘s versiehst, bist du derjenige, der davon profitiert.

## VERGEBENS

Februar 2012

Wir lebten in einer eigenen Welt. Einer, die nur uns gehörte. Hier war alles gut und unsere Liebe schien an Bäumen zu wachsen, die Bäche bestanden aus flüssigem Glück. In unserer Seifenblase konnte uns keiner etwas anhaben.
Außer ich.

Und jetzt sitze ich hier, allein.
Die Bäume tragen schon lange keine Früchte mehr, die Flüsse sind ausgetrocknet. Alles ist verwüstet. Es scheint, als habe ich die Liebe gierig vom Baum gerissen und die Flüsse restlos ausgetrunken. Und dann kommt der Winter, der Schnee und die Kälte zieht sich wie ein eisiger Schleier über diese einst lebendige Zauberwelt.
Nun eile ich umher und versuche die Gräser mit meinen Händen behutsam aufzutauen, man muss Acht geben, damit sie nicht abbrechen, die zarten Halme. Ich gieße den Baum und suche die Quelle des einst fröhlichen, munteren Bächleins.
Vergebens.

## UNSERE ZEIT SCHEINT ABGELAUFEN ZU SEIN. DIE SANDUHR HATTE EIN LOCH.

Juni 2012

Am schlimmsten sind wohl jene Trennungen, deren Abschiede nie stattfinden. Man kann gar nicht genau sagen, wann man sich verloren hat. Aus den Augen. Aus dem Herzen? Wir haben einfach aufgehört zu reden. Wir haben noch gelegentlich gesprochen, aber uns nie etwas gesagt. Wir haben uns ab und an gesehen, aber nie wiedererkannt.

Wir wollten gemeinsam gegen den Strom schwimmen, aber wie, wenn wir in unterschiedlichen Gewässern kämpfen? Oder ist gerade Ebbe? Doch wann kommt dann endlich die Flut? Was haben wir uns alles versprochen und erträumt! Ist wirklich der Mond schuld? Ist es die Zeit, die uns einander genommen hat? Haben wir schon zu viel gemeinsam erlebt und entdeckt, zu viel geliebt? Unsere Zeit scheint abgelaufen zu sein.
Die Sanduhr hatte ein Loch.
*Du fehlst mir. Jeden Tag.*

Wasser sucht sich seinen Weg. Und ich dachte immer, dass es mit Freundschaften, mit der Liebe ganz ähnlich sei. Ich nahm an, dass Liebe durch jedes Medium fließen könne. Doch ich habe mich geirrt. Scheinbar reichen schon einige wenige Menschen, die sich zwischen uns stellen. Die wir zwischen uns schieben. Als Schutzschild vielleicht. Scheinbar reicht eine Kopie. Eine Erinnerung. Eine Lüge. Ein Streit. Scheinbar können diese eine so hohe Mauer bilden, dass die Liebe keinen Weg mehr findet und auch die Vergebung nicht. Ein Staudamm der Gefühle, irgendwie.
*Du fehlst mir. Du fehlst mir jeden Tag.*

## ICH DARF DIE SUPPE NICHT VERSALZEN

November 2012

Ich würde gern etwas schreiben. Ich würde gern all das aufs Papier bringen, was mich im Innersten bewegt. Will diese kleinen Botschaften verschlüsseln und mich in Metaphern verlaufen. Ich will mit dem Tippen nicht mehr hinterherkommen. Ich will stundenlang über irgendetwas diskutieren und am Ende einfach nur weinen. Ich brauche Lautstärke, warme Füße und ein bisschen Schweiß. Die Nächte zum Tag werden lassen und anders herum.

Ich möchte wieder brennen.
Brennen für dich.

Aber was, wenn es da plötzlich gar nichts mehr gibt, worüber es sich zu schreiben, wofür es zu lodern lohnt? Die Liebe ist einfach weg. Das Verlangen, die Sehnsucht sind verflogen. Genau das, was ich mir die ganze Zeit wünschte, ist eingetreten, ohne dass ich es überhaupt gemerkt habe. Ich war zu beschäftigt damit, zu vermissen; Tränen haben meinen Blick getrübt. Ganz langsam, ganz leise, ja fast behutsam haben sie sich davongeschlichen. Und es scheint, als habe die Liebe alles mitgenommen, was mich ausgemacht hat –
*Und wieder wird deutlich, wie grausam Liebeskummer doch ist.* Und noch viel grausamer erscheint mir dieser Satz. Allein diese Worte rammen einen Pfeil in mein Herz. Nie zuvor habe ich diesen Schmerz einfach so kalt schwarz auf weiß niedergeschrieben. Man sollte es verbieten, dieses Wort auszusprechen. *Es wird ganz deutlich, wie grausam doch Du-weißt-schon-was ist.* Aber jetzt bleibt keine Zeit mehr, um es mit Worten erträglicher zu machen. Wieso schönreden? Liebeskummer. Liebeskummer! Man definiert sich plötzlich nicht mehr über sich selbst, sondern wird ganz zum Verlangen. Und wenn es dann irgendwann endlich aufhört, dann verliert man sich selbst oder das, was davon übrig ist. Es gibt keinen Grund mehr, zu heulen. Und dann?
Die Sehnsucht hat sich davongeschlichen, ganz langsam, ganz leise, ja fast behutsam. Hat mich zur Ruhe kommen lassen. Zu ruhig. Und jetzt gibt es so viele Regeln, so viel Verantwortung. Und zu wenig Leidenschaft, zu wenig Gefühl. Selbst setze ich mir Grenzen, halte mich im Zaum, ziehe die Zügel an. Keine Tränen, bloß nicht verlieben! Dafür ist jetzt keine Zeit. Ich darf die Suppe nicht versalzen, ich muss mich jetzt konzentrieren. Keine Gute-Nacht-SMS, wir müssen schlafen, denn morgen beginnt ein neuer Tag. Denke an deine Zukunft! Nutze deine Zeit! Also klammere ich mich an den Zeigern fest, will mit der Zeit gehen, doch bleibe zurück. Hänge noch in der Vergangenheit fest oder würde es gern und die Zukunft kann es scheinbar gar nicht mehr erwar-

ten, mich aufzusaugen, mich einzunehmen. Die Gegenwart ist irgendwie nur noch eine Übergangsphase, aber das schon eine ganze Weile. Die Nacht zum Schlafen nutzen, keinen Tropfen Schweiß und weg mit dem Spitzen-BH.
Keine Tränen, bloß nicht verlieben! Dafür ist jetzt keine Zeit. Ich darf die Suppe nicht versalzen ...

Und es ist so befreiend, wenn ich es dann doch wage.

GEMEINE SCHAFGARBE

lat.: *Achillea millefolium*

Familie: *Korbblütler* (*Asteraceae*)

Fundort: *N 50°59‘ 34.453“ O 13°38‘ 46.143“*

Jahr: *2013*

# 2. KAPITEL

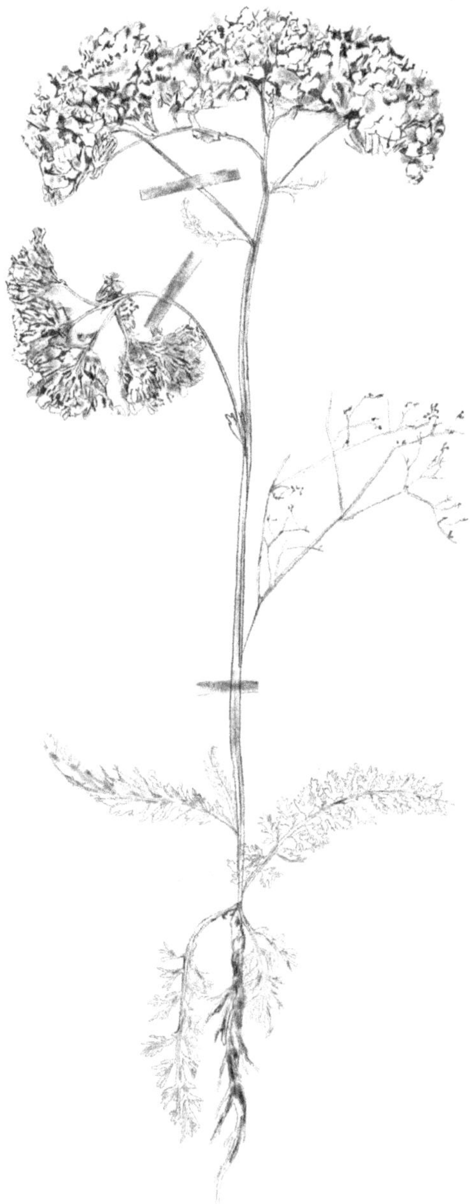

2013

*8. Januar 2013*
Ich bin nicht bereit. Aber war ich das jemals für irgendetwas? Die Zeit wird mich zwingen, ins kalte Wasser zu springen – hoffentlich Süßwasser!

## WIE WÄR'S MAL MIT TÜRKIS?

März 2013

Ich habe lang genug in meiner Blümchenbettwäsche geschlummert und vom Frühling geträumt. Die wenigen sonnigen Tage der letzten Woche haben bei mir einen Sturm der Motivation ausgelöst – was so ein paar Sonnenstrahlen alles bewirken können. Der Winter ist längst vorbei. Meine Finger sind aufgetaut, mein Herz auch. Wir sind bereit. Es wollen Bewerbungen geschrieben werden und Kisten gepackt. Es ist Zeit, aufzubrechen. Mein Kopf weiß das und nach und nach scheint sich auch mein Herz an den Gedanken gewöhnen zu können. Es schlägt wieder.

Noch nicht ganz gleichmäßig. Aber immerhin. Es pumpt frische Ideen durch meine Adern. Ich bekomme Farbe – wie wär's mal mit Türkis? Ich stehe auf, streiche ein letztes Mal über die Bettdecke und lasse die Tür ins Schloss fallen. Raus.

Auf dem Heimweg scheint mir die Sonne ins müde Gesicht. Ich blicke mich um und kann in der Ferne ein paar Knospen erahnen; es riecht nach frisch gemähtem Gras. Leben heißt Veränderung. Und ich bin das erste Mal seit langer Zeit wieder bereit dafür, fürs Leben. Ein bisschen zumindest –
Und auf einmal macht der Winter einfach auf dem Absatz kehrt, kommt zurück. Er hat es sich anders überlegt. Überfällt mich – zur Strafe, weil ich mich zu schnell, zu unbedacht abgewandt habe. Er ist wieder da und mit ihm der Zweifel und die Bedenken und der eingesessene Platz in meinem Bett. Ich spüre die Wärme noch auf meiner Haut, aber ich bekomme die Sonnenstrahlen nicht mehr zu fassen. Es fällt schwer, daran zu glauben, dass irgendwo hinter der grauen Wolkenfront noch eine Sonne auf uns wartet. Sehnsüchtig starre ich in den Himmel, will das störrische Grau beiseiteschieben, will mich bewegen und anfangen, nicht erdrückt werden. Ich brauche Luft zum Atmen! Doch umso höher ich greife, desto kälter wird es. Meine Finger frieren ein und die Kälte dringt in meinen Körper. Mein Herz kämpft. Vergebens. Ich komme zur Ruhe und die Schneeflocken flüstern mir verführerisch ins Ohr: „Es ist dein letzter Winter hier, genieße ihn. Genieße ihn in vollen Zügen. Bald wird es schon wärmer und dann wird die Hitze unerträglich sein, dich ersticken. Großstadtgehetze. Heiße Luft vermischt mit Abgasen. Du wirst untergehen. Genieße den Winter hier, genieße es, dass du jemand bist." Und dann folgt der Moment der Resignation und ich kralle mich an den Schneeflocken fest – sie kichern gehässig, sie schmelzen.
Bist Du nur zurückgekommen, damit der zweite Abschied noch schmerzhafter wird? Ich hätte Dich auch so nicht vergessen. Versprochen. Es ist grausam. Und eiskalt. Ich werfe mich in den Schnee, will mich festhalten. Aber wie findet man darin Halt? Schnee ist nicht zerbrechlich, er ist

viel mehr als das. Und dann weine ich und meine Tränen werden zu Eis und ich liege im Schnee und fühle mich zu Hause. Mir wird warm ums Herz. Und dann haben sie mich zurück – die Trägheit, die Angst vorm Unbekannten, das Zögern und Hadern. Wie eine Katze am Ofen liege ich zusammengekauert im Schnee. Gedankenverloren, gedankenfrei. Das Wetter soll so bleiben. Frier die Zeit ein!

*14. Mai 2013*

Die Windräder hören nie auf zu winken.
Kann den Bahnhof nicht mal mehr erahnen.
Seit einem Jahr sagen wir „Lebe wohl!"

*27. Mai 2013*

Ich muss die parameterfreie Gleichung suchen, darf mich nicht abhängig machen.
Flexibel sein. Summanden kann man vertauschen!

## VORSORGLICH. RESIGNIERT. ES IST EBEN SO.

August 2013

Lange habe ich mich nach diesem Augenblick gesehnt, einem Augenblick der Ruhe. Einfach allein sein. Keine Musik. Kein Mucks. Nur ich, mein Bett und der Laptop auf meinen Beinen. Es hat so sehr gefehlt zu schreiben, zu tippen und dann irgendwann in diesen Fluss zu springen, mich treiben zu lassen, die Worte hinter mir herziehend. Ich habe begonnen, über das Glück zu schreiben, über unsere Liebe und die Sonne und wie aufregend dieses neue Leben ist. Dieser Sommer ist heiß und bunt, blond und stark. Es sollte ausnahmslos positiv klingen. So wie du es dir gewünscht hast.
Heuchlerisch. Denn wie immer kam etwas dazwischen. Erst dieser Anruf und dann ... meine Gedanken – die Schlüssel, die nach zwölf Jahren jetzt in einer anderen Handtasche liegen. Man hat mir etwas weggenommen. Die Zeit, die Umstände, das Erwachsenwerden – all das hat uns getrennt. Voneinander und von unserer Burg, die wir hier in dieser grauen Stadt, hier an diesem Ort erbaut haben. Ein Zufluchtsort, ein Abenteuer. Und jetzt sitze ich da, Tränen in den Augen, während ich das verewige, was mich bewegt. Was mich heute bewegt und bald schon vergessen ist. Traurig. Aber das scheint schon Gewohnheit zu sein. Vorsorglich. Resigniert. Es ist eben so. Abschied.
Mit jedem Neuanfang geht auch ein Abschied einher – das ist nichts Neues, das wissen wir – und trotzdem habe ich Angst. Angst, dass ich diesen nicht verkrafte. Loslassen – nichts fällt mir schwerer. An Menschen kann ich mich festklammern und dann tragen sie mich mit sich herum. Oder ich sie? Aber wie mache ich das denn mit 64 Quadratmetern? Noch dazu, wenn ich rein rechtlich gesehen gar keinen Anspruch mehr darauf habe? Und da stellt sich die Frage, was denn nun wichtiger ist – der Grundriss oder das, was wir daraus gemacht haben. Ich habe zwölf Jahre in Kisten gepackt. Drei Menschen in verschiede-

nen Schachteln und Schächtelchen verstaut, einiges vergeudet, vergraben und die Reste zusammengekehrt. Hartnäckiges wurde vom Boden, von den Wänden abgekratzt und alles, was jetzt noch bleibt, zeigt, dass wir hier waren. Oder wird die Welle einfach brechen und dann alles mit sich reißen?
Die Wogen werden sich glätten. Eine Salzkruste als Souvenir.
Ich bin stehen geblieben, habe mir Zeit gelassen, Zeit genommen – aber sie nicht genutzt, nicht ausreichend geatmet, gerochen. Wie nimmt man Abschied von zu Hause, von Zusammenhalt, von Wut und diesem Geruch nach Spaghetti mit Tomatensoße? Wer macht das Dressing?
Wie nimmt man Abschied von zu Hause, wenn man nie wieder heimkehren kann?

## DU BIST MEIN ZUHAUSE.

September 2013

Im Winter ein Jahr. Ein Jahr mit Dir. Wir.
Es fühlt sich an wie eine halbe Ewigkeit, viel zu schnell vergangen. Ich muss mich konzentrieren, damit ich alles mitnehmen kann, damit ich nicht aufhöre zu atmen. Damit ich mich nicht verliere. Zeit ist relativ. Aber anhalten will ich sie nicht. Egal, wie schön der Moment ist. Es wird besser. Jeden Tag. Wir nehmen Anlauf. Heben ab.

Wenn man aufgenommen wird, aufgefangen. Ohne Fragen, keine Vorwürfe, keinen Plan. Einfach nur Du und ich. Dann passiert das Leben. Reißt mich mit und gibt mir genau das, was ich brauchte, brauche – *Stöckchen Retter-in-der-Not.*

Wir haben ausgeblendet, was da noch war, was da aus Worten geformt wurde. Uns abgesondert, eine Burg gebaut. Euch nicht drangelassen.
Wir haben sie beschützt, geschützt.
Es war deine Idee.
Umgeben von allen. Allein sein mit Dir.

Wir laufen nebeneinander her. Du begleitest mich ins Unbekannte. Es ändert sich alles.
Aber Du bist das, was bleibt.
Du bist mein Zuhause.
Ehrlichkeit. Du hast mir die Augen geöffnet, sie mir zugestrichen, wenn es nötig war. Kraul mich, halt mich. Du trocknest meine Tränen, deckst mich zu. Gibst mir von Deiner Wärme ab. Dein Lachen reicht für uns beide. Schwappt über zu mir.
Wiedersehensfreude, wenn wir am nächsten Morgen gemeinsam aufwachen.
Ein Wimpernschlag.
Sonnenaufgang.

Im Winter ein Jahr. Ein Jahr mit Dir. Wir.
Es fühlt sich an wie eine halbe Ewigkeit, viel zu schnell vergangen.
Lass uns ganz kurz anhalten, durchatmen. Festhalten.
Wir sind glücklich. Auch wenn wir traurig sind.
Du bist das Saxophon.
Danke.

## SCHNEIDE EIN LOCH IN MEIN SCHLAUCHBOOT

November 2013

Die goldenen Blätter tanzen nicht mehr durch die Lüfte. Es raschelt nicht, wenn wir nach Hause laufen. Der gehässige Regen hat sie eingefangen, gebändigt und verraten. Reglos auf dem Asphalt. Die Farbe getrübt vom Schlamm – der einst so bunte Farbenteppich verblasst.
Es wird kalt. So richtig. So kalt, dass meine Nase immer direkt rot wird, wenn ich aus dem Haus trete. So kalt, dass wir es kaum wagen, an den Sommer zu denken.
Ich ziehe die Jacke noch etwas fester um meinen Körper.
Meine Füße sind eisig und mein eigener Atem versperrt mir die Sicht. Ich höre, wie der Regen gegen das Fenster peitscht. Und ich friere. Aber die Heizung kann nichts für mich tun. So viele Mauern umgeben mich. Der Frost kriecht in meine Glieder. Lähmt mich. Drinnen oder draußen, das macht keinen Unterschied. Denn der Winter bringt nicht nur die Kälte, sondern auch die Zweifel und den Schmerz mit sich. Enttäuschung.
Bisher war es immer so. Jedes Jahr aufs Neue.
Doch ganz gleich, wie kalt es wird, Liebe kann man nicht einfrieren, um sie haltbarer zu machen. Das ist ein Gefühl, kein Mischbrot. Bisher haben wir das nie ausgehalten. Haben nur die Spitze des Eisbergs gesehen und sind gesunken, haben versagt, sind gescheitert. Ich bin gescheitert. Ich habe es nicht ausgehalten. Er hat nur sich selbst gewärmt.

Aber in diesem Jahr? – Noch ist alles neu, aufregend. Und obwohl es laut ist, ist es so unheimlich leise. Es gibt gar keinen Grund, außer die Beständigkeit der letzen Jahre, meine Erinnerungen und die Narben in meinem Tagebuch. Und deswegen warte ich nur darauf, dass irgendetwas, dass irgendwer passiert. Irgendwer geht. Wieder ein Abschied ohne Worte. Keine Vorwarnung.

Aber bisher: nichts.
Also muss ich das selbst übernehmen. Liege schon gekrümmt am Boden, alles verpassend, den Schmerz erwartend. Gleich tritt er wieder zu, erbarmungslos. Das weiß ich genau. Das lehrte mich die Erfahrung. Dieses vertraute Gefühl. Ich spüre, wie es sich heranschleicht, wie es nach mir greift, mich umgarnt. Unsichtbar. Noch. Bevor es mir dann mit seiner grausigen Fratze gegenübertritt. Mache es mir gemütlich, weil ich ganz genau weiß, dass es hart wird. Und ich bin allein.

Dieses Mal bereite ich mich vor.
Weine schon, bevor es überhaupt einen Grund gibt.
Schneide ein Loch in mein Schlauchboot, damit ich auch wirklich im Selbstmitleid versinken kann.
Weit und breit kein Land in Sicht!

*17. November 2013*
Schaltet die Lichterketten ein, schnell!
Ich brauche einen Weihnachtsbaum.
Der Schnee, der alles so rein erscheinen lässt. Der Schnee, der alles betäubt. Die Tränen werden gefrieren.
Christbaumkugeln.

**VERGISSMEINNICHT**

lat.: *Myosotis*

Familie: *Raublattgewächse* (*Boraginaceae*)

Fundort: *N 51°2‘ 44.7“ O 13°41‘ 26.124“*

Jahr: 2014

## 3. KAPITEL

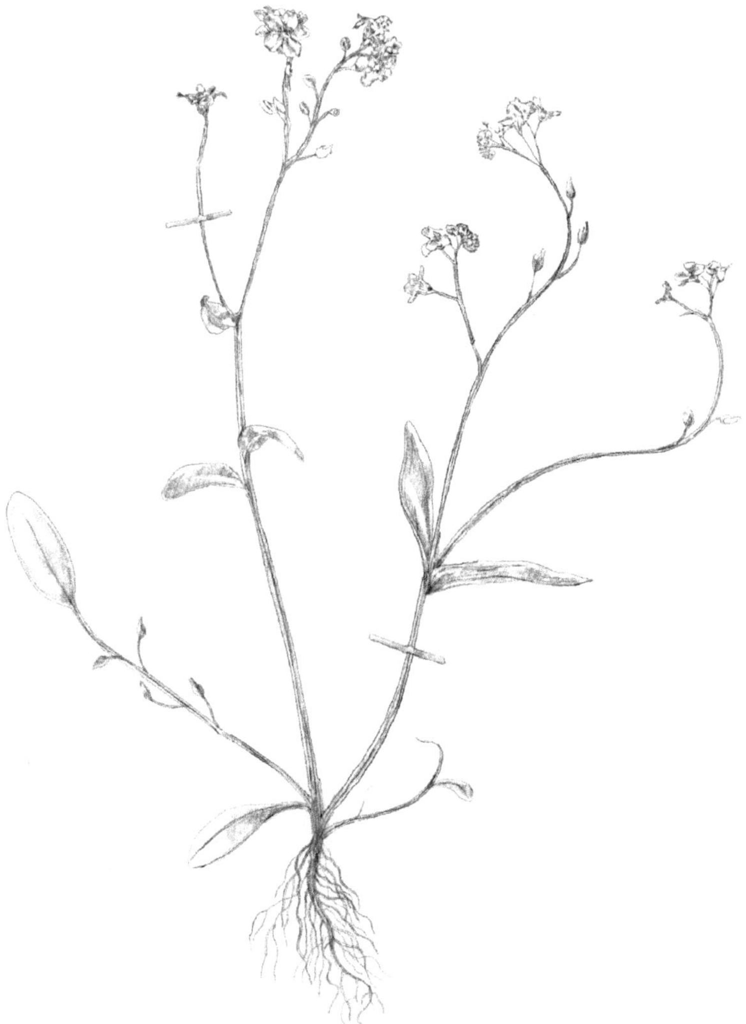

## 2014

## ICH BIN EIN FEIGLING

Januar 2014

Ich habe Angst vor Hunden. Und egal, ob „mein Hund nichts tut“ oder ich „wirklich keine Angst haben muss“ – ich habe sie. Ich wechsele dann die Straßenseite. Werde nervös. Und würde am liebsten anfangen zu weinen.
Ich habe Angst vor elektrischen Türen. Ich renne zur Bahn. Die Türen sind gerade im Begriff, sich zu schließen. Ich werde langsamer. Bleibe stehen. Und lasse sie fahren. Ich kann nicht durch diesen sich schließenden Spalt springen.
Und ich habe Angst vor dem Tod. Nicht vor meinem eigenen. Ich habe Angst vor dem Tod von ihnen. Ich bin ihm bisher nicht begegnet und von Tag zu Tag steigert genau diese Tatsache meine Angst. Ich kann nicht loslassen, „Lebe wohl!“ sagen oder gar zum Abschied freundlich winken.

Und alles, was ich tun kann, ist herumzulaufen. Orientierungslos. Ich renne auch gelegentlich. Aber das bringt doch nichts. Und während ich so durch die Straßen irre und die Menschen betrachte, fällt mir auf, dass mir ihre Augen wie die hell erleuchteten Fenster in einer kalten Winternacht erscheinen. Ich stehe draußen und sehe so viel, bin so weit entfernt, bin fremd und meine Hände eiskalt. Verachtung, ein lautes Lachen, Enttäuschung. Ich sehe das ganz genau. Und spüre es auf meiner Haut. Missbilligend.
„Feigling!“, schreien ihre Augen.
„Versager!“, brüllen sie mir hinterher.
Bis ich begreife, dass die Menschen mich gar nicht beachten, dass sich meine Haltung nur in ihren glasigen Augen widerspiegelt. Ich bin das selbst. Ich bin mein eigener Henker.

Die größte Angst ist die Furcht selbst.
Wir wollen Helden sein.
Auch die haben Angst, da bin ich mir ganz sicher – *aber sie gehen weiter.*

## WIR SIND VORBEREITET. WINTERREIFEN.

Januar 2014

Der Winter ist da. Endlich. Eiskalt, frostig und gemein. Schnee fällt. Es ist nicht ruhig. Es ist totenstill. Gelegentlich hört man den Wind heulen, die Kälte klirrt. Aber ansonsten: totenstill.
Ich kann meinen Atem sehen.
Der einzige Beweis dafür, dass: Ich lebe.
Ich habe zwei Schals um den Hals gewickelt und meine Mütze so tief ins Gesicht gezogen, dass ich lediglich geradeaus schauen kann – und das ist gut so, das ist richtig. Das ist kein Winterwonderland. Weihnachten ist längst vorbei. Ein neues Jahr. So viele Pläne, Ideen. Lasst sie uns in den weißen Schnee schreiben. Nur jetzt haben wir die Chance, den See auf kürzestem Weg zu überqueren. Du musst nicht mehr außen herum.
Das ist deine Chance.
Renn!
Denn irgendwann wird das Eis brechen.

## ICH WEISS, WAS BESTE FREUNDSCHAFT HEISST – WEGEN DIR.

März 2014

Seit der fünften Klasse waren A. und ich unzertrennlich. Konnten tagelang zu zweit allein sein, haben stundenlang das Telefon belegt, Pläne geschmiedet, Zukunft erträumt. Alles haben wir zusammen erlebt, entdeckt. Hatten dieselben Gedanken, Wünsche und Ideen. Waren zusammen naiv, unzertrennlich. Wir haben gesungen, gelacht, geweint und Jungs angehimmelt. Haben zum ersten Mal unsere Tage bekommen und konnten von Woche zu Woche lauter lachen. Ungeküsst? Es war ganz egal, was andere gesagt oder gedacht haben – wir, in unserer Welt, haben uns gegenseitig beschützt, vor bösen Blicken, neidischen Anfeindungen. Wir waren 13, rebellisch, haben wir geglaubt.
Deine Hand in meiner.

Bis die Zeit und meine Voreiligkeit, bis der Sommer uns getrennt, dieses unsichtbare Band zerschnitten hat und wir einfach aufgehört haben, wir zu sein. Da war nie wirklich ein Abschied, keine letzte Umarmung – du warst noch immer da, da für mich. Da war kein richtiger Zeitpunkt, um traurig zu sein. Wir haben verpasst zu bedauern. Und das ist gut so, denn es gibt keinen Grund, um Tränen zu vergießen.
Ich trage dich in meinem Herzen.
Du hast mir gezeigt, was *Beste Freundschaft* heißt.

Freundschaft – und ich meine keine aufgesetzten Zweckgemeinschaften, keine distanzierten Starbucks-Treffen, keine hinterhältigen Kolleginnen, bei denen es stets nur darum geht, dazuzugehören. Ich meine Freundschaft! Bedingungslose Zuneigung, unangefochtenen Beistand, Ehrlichkeit und dieses herzliche, wahre, aufmunternde Lächeln. Ich

meine, dass man stundenlang zu zweit allein sein kann und will. Dass man sich jeden Tag Neues zu erzählen hat, obwohl man den anderen doch schon in- und auswendig kennt. Ich meine Freundschaften, in denen man – so abgedroschen, wie das jetzt auch klingen mag – zusammen weinen und lachen kann. Ich meine diese gegenseitige Inspiration, *Stöckchen Retter-in-der-Not* und dass man sich auch einfach mal so meldet, weil man einander vermisst. Diese Freundschaft, die nicht nur zerbrochene Herzen flickt, sondern auch dann existiert, wenn gerade mal nichts besonders Aufregendes, besonders Tolles oder besonders Schmerzhaftes passiert. Und bei all dem Kitsch soll das aber ehrlich sein und wirklich. Nicht nur ein paar Wochen. Freundschaft muss diese anfängliche Euphorie überstehen, überleben.
– ziemlich viele Anforderungen an eine so zarte Sache. Ziemlich viele Wünsche, die wir hegen. Ein hoher Anspruch, das stetige Verlangen danach, verstanden zu werden, erwidert zu werden, geliebt zu werden.

Wir alle wünschen uns genau so eine Freundschaft und der ein oder andere hat sie wohl gefunden. Doch sind wir auch alle bereit dafür? Oder sind wir zu sehr abgelenkt, zu beschäftigt? Bist du um 4:30 Uhr erreichbar oder drückst du verschlafen den Anruf weg: „Soll die sich doch morgen ausheulen!?" Kannst du deinen Freund, dein Date, den süßen Nachbarn auch mal versetzen, weil sie heute unbedingt Beistand braucht? Legst du das Smartphone beiseite, vergisst mal eben Instagram und Co, wenn sie im Selbstmitleid ertrinkt oder noch mal erzählen muss, wie toll das Date war?
Bist du geduldig, ehrlich, aufmerksam, liebevoll?
Und das ist doch eigentlich so einfach. Es bedarf keinem prall gefüllten Portemonnaie, keiner komplizierten Flechtfrisur, es gibt hier keine Noten. Die einzige Bewertung erhalten wir in ihrer Umarmung, im Beisammensein. Belohn dich selbst – sei da!

## DU REAGIERST NICHT. DU REGST DICH NICHT.

März 2014

*Man sieht mit den Augen. Man tastet mit der Haut. Riecht mit der Nase. Und hört mit den Ohren. Die Zunge ist zum Schmecken da.*

Hallo. Eine sanfte Umarmung. Zaghaft. Und irgendwie unbeholfen.
Wir müssten kurz Luft holen und dann stundenlang so stehen bleiben, um all das nachzuholen, und könnten dabei nur hoffen, dass die Berührung das Erlebte, das Gefühlte, die Enttäuschung überträgt. Die Erinnerungen, die uns fehlen, die uns zu etwas Gemeinsamem machen würden.

Die Autotür fällt zu. Ein lauter Knall. Herrlich, dieser Krach, denn jetzt wird es still. Eine unendliche Leere erfüllt den Innenraum des VW. Verbreitet sich wie ein schwerer Nebel. Dringt in unsere Köpfe, verdrängt all das, was wir uns sagen wollten.
Einschüchternde, unheimliche Stille.
Und ich weiß nicht, woran es liegt. Weder meine Gedanken noch meine Lippen bewegen sich, kann keinen Satz formulieren. Will es nicht. Es gibt so vieles nicht zu sagen. Man soll gemeinsam schweigen können. Aber was hilft das? Das ist keine Erklärung! Ich klage dich an mit meinem Schweigen. Ich verurteile dich mit meinem abgewandten Blick.
Meine Stirn lehnt an der kalten Fensterscheibe.
Zwei Monate sind vergangen, wieder mal. „Wir haben uns so lange nicht gesehen." Haben wir uns jemals gesehen? Woran erkennst du mich? Es sind Jahre vergangen, unzählige Wutausbrüche, aufgeregte Minuten hinter dem orangefarbenen Vorhang, verweinte Stunden, zähe Entscheidungen. Du saßt nie im Publikum. Am Rand stehen zählt nicht, es ist immer ein Platz frei.

Nur ein einziges Mal habe ich dich von der Bühne aus entdecken können, aber du hast mich nicht angesehen. Jemand hat dich auf den Stuhl gedrückt, dich festgehalten. Wo wolltest du hin? Wovor wolltest du fliehen? Du hast mich nicht angeschaut, mich nicht empfangen, kein Lob, kein Blick. Ich wollte, ich will dich berühren mit meinen Worten. Aber es scheint nicht zu funktionieren. Ich mache etwas falsch. Habe wochenlang an diesem Auftritt gefeilt, habe mich über so viele Jahre vorbereitet. Du reagierst nicht. Du regst dich nicht.
Du warst niemals da.

Vielleicht ist es die Entfernung, die dich so starr, so ungelenk erscheinen lässt? Sind deine Bewegungen zu sanft, dass ich sie nicht erkennen kann? Wir tasten uns ab mit unseren Augen. Aber die sind nicht zum Anfassen da. Ist es die Zeit, die uns einander fremd erscheinen lässt? Müssen wir die Geschichtsbücher aufschlagen, uns erinnern und daraus lernen? Selbst wenn die eingeklebten Bilder uns gehören, die vergessenen Seiten so viel von uns enthalten – wir schreiben lieber. Wir schreiben das alles auf, in der Hoffnung, irgendwas damit erklären zu können. Aber egal, wie behutsam wir die Worte aneinanderreihen, egal, wie bedächtig man den Brief zusammenfaltet und überreicht. Diese Worte, die Zweifel, die Anklagen, die Fragen brauchen eine Stimme, um sich zu entfalten, um etwas zu bedeuten – und das hatten unsere bisher nie. Endlose Briefe wurden so bedeutungslos, leer. Denn Briefe liest man allein. Und das waren wir lang genug. Ich vermisse dich nicht. Ich suche dich nicht. Ich warte nicht mehr.

Es gibt so viele Welten und du hast dich für eine andere entschieden. Mein Blick ist getrübt, meine Beine dafür zu schwach. Ohren kommen nicht zum Einsatz. Der Abstand ist so groß.
Es ist nicht seine Schuld. Es ist unsere. Ich bin alt genug.

*Wir tasten mit unseren Augen. Wir sprechen mit unserer Haut. Unsere Ohren warten. Die Zunge ertrinkt im Salzwasser.*

## GLEIS 9 ¾

März 2014

Ich hasse es, wenn fremde Menschen zu dicht hinter mir laufen. Wenn mich in der Bahn feuchte Hände streifen. Ich werde unsicher, wenn ich angestarrt werde – so durchdringend, als wollte man meine Gedanken lesen. Ich mag es nicht, wenn man mir einfach so zu nahe kommt. Ohne Vorwarnung. Dann schrecke ich zurück. Bin scheu.

Ich brauche Distanz, ich brauche diesen gewissen Abstand: so viel, dass ich mich mit ausgebreiteten Armen um mich selbst drehen, meine Haare fliegen lassen kann. Luft zum Atmen. Manche mögen das verklemmt nennen, als arrogant empfinden und missverstehen. Und so gerne ich auch sämtliche Oberflächen betaste, meine Finger durch die sanften Grashalme fahren lasse und immer wieder meine Kleider glatt streiche, so zögerlich bin ich bei zwischenmenschlichen Berührungen.

Das mag abgedroschen klingen, aber haben wir nicht alle diese Mauer um uns errichtet, die es zu durchdringen gilt?

Bloß eingerissen werden darf sie nicht.

Magie braucht es.

Gleis 9 ¾.

## 42 BERÜHRUNGEN

März 2014

Ein Mensch braucht 42 Berührungen am Tag, um glücklich zu sein. Das habe ich mal irgendwo gelesen. Man braucht Zuneigung, Streicheleinheiten, eine Schulter zum Anlehnen. 42. Das erscheint so wenig, wenn da jemand ist, an den man sich schmiegen kann, der einem die Hand hält

und den Kopf krault. Wenn da jemand ist, der mir behutsam die Hände auf die Ohren legt, damit ich besser schlafen kann. 42 Berührungen sind so wenig, wenn man bei der Familie ist. Umarmung. Wiedersehensfreude. Oder ehrliche Gespräche über FaceTime. Sie kann ungeweinte Tränen trocknen. Einfach so. Aus 233 km Entfernung. Wenn da jemand ist, der weiß, wie viel Anlauf man nehmen muss, der weiß, was ihn hinter der Mauer erwartet, und der bereit ist, *wirklich* hinzusehen. Wenn man sich nicht umarmt, weil man sich eben gerade begegnet und begrüßt, sondern weil man sich etwas zu sagen hat. *Ich habe dich vermisst. Es tut mir leid. Du bist großartig.*
Aber diese Zahl, diese Sehnsucht kann so groß sein, wenn man allein im Auto zur Arbeit fährt, ein fester Händedruck, eine versehentliche Berührung, eine flüchtige Umarmung von der Kollegin. Und dann fällt man abends ins Bett, schmiegt sich in die Decke. Aber niemand da. Niemand da, der Wärme ausstrahlt, kein sanfter Kuss, keine Hand, nach der ich greifen kann. Fernseher einschalten, Buch aufschlagen, Musik anmachen, Laptop aufklappen – bloß dem *Alleinsein*, dem *Nichtberührtwerden* keine Chance geben, ablenken. Lesen, sehen, hören und die Heizung aufdrehen – und plötzlich werde ich doch berührt, obwohl ich vollkommen allein bin. Dieses Lied, dieser Film, diese Worte – ich lasse mich mitreißen und bekomme Gänsehaut. Wie ein inniger Kuss. Leidenschaftlich. Für ein paar Sekunden aus der Realität gerissen werden, aufhören zu atmen. Das Lied wird wieder ruhiger, der Text ist beinahe zu Ende – gleich ist es vorbei. Aber bis dahin: Noch mal!

*Wenn aus „man" „ich" wird. Wenn man sich vorbereiten muss. In Kisten verstauen, in Marmeladengläser schließen. Alles irgendwie zusammenrühren und einkochen. 42 Berührungen. Am Tag. Wir müssen das Konto aufstocken. Wir müssen die Akkus aufladen.*

*22. April 2014*
Das Schreiben kann so aufregend sein wie ein spannendes Buch. Ich kann meine Traurigkeit bändigen und so vieles festhalten. Wie Mo, nur andersherum.

## SONNENFINSTERNIS

Mai 2014

Jeder von uns – lebt in seiner eigenen Welt. Du bist die Sonne in deinem Sonnensystem. Stehst mit einem Bein in seiner Welt und bist regelmäßig da, wo es am schönsten ist. Andere Gegenden erkunden, in fremde Welten eintauchen – reden, reisen, zuhören. Es gibt Milchstraßen, aber auch Sternschnuppen. Sei vorsichtig, auf wen du dich einlässt, an wem du dich festhältst.
Und manchmal scheine nur für euch zwei: Sonnenfinsternis.

## IHR WUSSTET ALLES VON MIR

Juni 2014

Mit jedem Tag, den ich älter geworden bin, scheint sich alles in meinem Leben exponentiell vermehrt zu haben: mehr Aufgaben, mehr Rechte, mehr Möglichkeiten, mehr Schuhe. Ich habe mehr zu tun, muss mehr Hürden meistern, Steine aus dem Weg räumen. Ich habe mehr Geld, weil ich arbeiten kann. Mehr Erfolg, mehr Erinnerungen. Ich reise viel öfter, kann die Welt sehen. Mich erreichen von Tag zu Tag mehr E-Mails, das Adressbuch wird voller. Ich habe mehr Platz, mehr Freiraum. Es gibt mehr Menschen auf der Welt. Es scheint mir, als würde die Sonne viel öfter scheinen. Mehr Gedanken, mehr Ziele und mehr Plan.
Manchmal: ist das alles zu viel.
Ja, manchmal: ist weniger mehr.

Bloß etwas scheint stetig zu sinken: die Anzahl meiner Freunde. Das klingt erst einmal hart. Und irgendwie verdammt traurig. Aber so ist es. Irgendwie schäme ich mich dafür. Frage mich, wieso. Bin ich heute weniger interessant als gestern, weniger liebenswürdig? Die Anzahl meiner Freunde sinkt. Immer weniger Menschen, die mich verstehen, die mich berühren, mich wertschätzen. Immer weniger Menschen, die ich anrufen kann, die wissen, was los ist, die wissen wollen, was los ist. Wegen mir. Und nicht wegen irgendeiner Öffentlichkeit. Immer mehr Ach-haben-wir-uns-lange-nicht-gesehen-Freunde. Immer weniger Wir-sehen-uns-morgen-wieder-Freunde. Beste Freunde?
Als ich jünger war, langweilte ich mich niemals, obwohl ich nichts zu tun hatte. Ständig hat mein Handy geklingelt. Smileys. In großen Gruppen sind wir über weite Wiesen getobt, die Welt vergessend, nur der Himmel über uns. Nicht ohne Dich! Verbotene Dinge haben gemeinsam so viel mehr Spaß gemacht. Immer wieder das erste Mal. Wir ha-

ben Erinnerungen geschaffen. Gemeinsam. Ihr wusstet alles von mir. Es gab keine Auszeit, sondern ehrliche Tränen und echte Berührungen. Weiche Knie und zerbrochene Herzen. Zusammen. Irgendwo waren wir immer. Irgendwer wollte immer. Es ist doch scheißegal, ob es regnet. Küss mich! Vergiss dich!
Und ich bereue nichts.
Wir waren naiv, na klar. Und das war so herrlich einfach, nicht verwerflich. Jeder kannte jeden und wir vertrauten so schnell, sprachen so viel. Und waren genau deswegen einander so nah.
Obwohl wir uns vor Freundschaftsanfragen und Anstupsern kaum retten können, haben wir uns dann im echten Leben irgendwie verloren. Daran hat auch Facebook nichts ändern können. Dank Instagram weiß ich zwar, was du heute so kaufst und trägst und isst. Aber nicht, was du denkst, was du fühlst. Wir haben uns verloren. Irgendwie vergessen. Ich weiß gar nicht genau, wie das passiert ist. Wir haben uns nie gestritten, nie so sehr verkracht. Kein letztes Wort gesprochen. Haben nie die Freundschaft gekündigt. Vielleicht, weil sie die Kurve nicht gekriegt hat. Vielleicht, weil er mich beschützt hat. Vielleicht, weil die Zeit es einfach so wollte. Verarscht. Eine Lüge zu viel. Das kreischende Lachen verstummt, weil wir eben weitergegangen sind. Haben irgendwann aufgehört zu schreiben. Was würde ich dafür geben, all die Verläufe fein säuberlich notiert in einer Kiste liegen zu wissen.

Heute ist das irgendwie anders.
Heute wähle ich meine Worte mit mehr Bedacht, gebe nur zaghaft preis, was da wirklich ist. Heute bleibt nichts, außer in Erinnerungen zu schwelgen. Wieder einmal. Du hast mir einst die Welt bedeutet. Ihr wusstet alles von mir. Nur war das damals nicht so viel wie heute. Heute bin ich mehr. Heute bin ich mehr ich.
Ich habe jetzt vielleicht nicht mehr Freunde. Aber mehr Freundschaft. Freunde, die wissen, was sie wollen. Die wissen, wer ich bin. So viele Kilometer. Endlose Straßen, einsame Zugfahrten, verrückte Abenteuer.

Und dann endlich die belohnende Umarmung. Ein vertrautes Gesicht, keine flüchtige Bekanntschaft. Ehrliche Gespräche. Mein Name ist Luise. Vertrauen. Anvertrauen. Das wird nicht gegen mich verwendet. Es ist okay, wie ich bin. Und wenn nicht, dann wird das gesagt. Freundschaft. Das ist etwas für die Ewigkeit.
Heute bin ich mehr. Heute bin ich mehr ich.
Ich habe jetzt vielleicht nicht mehr Freunde.
Aber mehr Freundschaft.

## WIESO BIST DU SO SCHWEIGSAM? – SIEH MICH DOCH AN!

August 2014

*Ich stehe in meinem Zimmer. Um mich herum liegt alles auf dem Boden. Fenster könnte ich auch mal wieder putzen, denke ich. Mein Schreibtisch ist begraben unter Büchern. Kann keinen Stift mehr greifen, keine Nachricht mehr lesen. Ich schlüpfe in meinen Lieblingsrock. Fühle mich direkt wohler. Aber das ändert nichts an der Tatsache, dass ich müde aussehe. Dass alle Farbe aus meinem Gesicht gewichen ist. Matt. Erschlagen. Irgendwie trüb. Und das liegt nicht an dem Staub auf dem Spiegel.*

Schließ die Augen und vergiss alles um dich herum. Was siehst du? Wo bist du? Wer bist du? Schau dir selbst in die Augen. Und dann deinem Gegenüber. Schau mal genau hin. Welche Farben siehst du? Welche Gefühle spürst du? Welche Geschichten?
Man kann Menschen so unheimlich viel ansehen. Ein Leichtes ist es, zu erkennen, ob eine Person krank ist, traurig oder froh. Wir kennen den Unterschied zwischen verliebten und enttäuschten Augen. Freudentränen und Tränen des Kummers. Irgendwie abwesend. Ein Blick in die Ferne. Erst viele Jahre später habe ich verstanden, wieso man-

che Kinder in der Grundschule beim Rechnen ganz angestrengt nach oben blickten, wieso manche Männer einfach nicht in die Linse schauen können. Wieso sie so gerne farbige Kontaktlinsen und besonders viel Wimperntusche trug.
So kleine Details, die unheimlich viel verraten. Wenn man Acht gibt. Ein Hauch von Rosa auf ihren Wangen, ein Augenaufschlag. Ein Grinsen auf seinen Lippen, das er einfach nicht unterdrücken kann. Das heißt nicht immer etwas Gutes. Sie senkt den Blick, verlässt das Zimmer. Geht. Man lernt mit der Zeit, mit dem Schmerz, dass man auch zwischen lächelnden Gesichtern unterscheiden muss. Ein falsches Lächeln kann blenden und irgendwann richtig zubeißen.

Tränen werden tapfer hinuntergeschluckt. Verliebte haben nur Augen füreinander. Und selbst wenn wir darüber sprechen, schauen wir uns nicht immer an.
Dieser Moment, kurz bevor man sich küsst. Enttäuschung. Ein Lächeln. Scham. Tränen kullern mir übers Gesicht. Warum bist du so schweigsam? – Sieh mich doch an!

*Ich schaue in den Spiegel im engen Sechs-Mann-Abteil. Ungeschminkt. Meine nun weißblonden Haare hängen mir in leichten Wellen über die Schultern. Ich bin ungeschminkt, Augenschatten im sonnengebräunten Gesicht. Aber ich strahle dennoch. Seiten habe ich beschrieben in der letzten Wochen. So viele, wie in den ganzen letzten Monaten nicht. Ich lächle. Und es ist nicht mehr matt. Es ist ehrlich. Irgendwie erleichtert. Manch einer mag es Eitelkeit nennen, so lang, wie ich in den Spiegel blicke. Aber das Grün meiner Augen hat wieder viel mehr Facetten. Von Limettengrün bis hin zum sanften Ton eines Salbeiblattes. Ich denke an etwas Bestimmtes. Abschied. Abschied für ein Jahr und meine Augen schimmern türkis. Da ist so viel mehr als nur Graugrün, wie es in meinem Ausweis geschrieben steht.*

## ZUG FAHREN

August 2014

Seit ich denken kann, fahre ich Zug. Und vorher wahrscheinlich auch schon. Stundenlang aus dem Fenster sehen, Tagebuch schreiben, lesen, nachdenken. In dieser Zeit einfach ungestört, bis auf „Kaffee? Cappuccino?“ höre ich nichts. Beachte nur die vorbeirasende Landschaft. Winkende Windräder. Kühe. Birkenwälder. Deutschland.
Die wichtigsten Entscheidungen habe ich in Zügen getroffen, die meisten Tränen geweint, seine Briefe gelesen, die schönsten Texte verfasst. Auf Zugfahrten lassen sich wunderbar Hausarbeiten schreiben und Neuanfänge planen. Während einer Reise – so scheint es – kann ich Ideen wie Muscheln am Strand einsammeln.

## ICH ERKENNE SIE IN DER GISCHT DER TOBENDEN WELLEN

August 2014

Wenn ich an sie zurückdenke, dann sehe ich ein wunderschönes Mädchen mit kurzen karamellfarbenen Haaren, sinnlichen Lippen und mandelförmigen Augen, die gestrahlt haben, um zu verdecken, zu vergessen, was passiert ist.
Sie war so schön, dass man nichts vermuten konnte.

Und wir waren so unterschiedlich, uns so nah – haben verstanden, wie die andere tickt.
Wollten zu diesem Zeitpunkt genau das Gleiche. Wir haben zusammen geraucht, gelacht, sind durch die Nacht gerannt, haben verbotene Dinge

genossen, getanzt – auch ohne Musik, wir haben geküsst und geliebt, gelogen. Sind in fremde Städte gefahren, haben eine Welt erkundet, uns ausprobiert. Zusammen die gleichen Fehler gemacht. Wir haben unsere Grenzen gesucht, ich habe sie gefunden und Dich nicht mehr gesehen. Wir sind viel zu weit rausgeschwommen – Du konntest nicht aufhören, die Strömung hat Dich immer weitergetrieben, das hätte ich nie verstehen, Du nie vollends erklären können – und dann hat das *Wir* versagt. Ich habe mich an irgendwas oder irgendwen geklammert, aber nicht an das, was wir hatten. Wir wollten doch zusammen untergehen. Die Wellen. Die Tiefen des Meeres. Die Vertrautheit damit wurde ihr zum Verhängnis. Dieser zarte Körper hatte zu schwere Lasten zu tragen.

Als ich sie ein paar Jahre später wiedersah, war das Licht erloschen. Wer sind diese Leute hier? Was tust Du? Betäubt. Ich habe da keine Schmerzen mehr gesehen, keine Ängste. Nur wirre Antworten. Wie einstudiert. Ich bin es doch! Viel lauter kann ich nicht rufen. Aber ich hatte mich zu lange nicht umgesehen. Das war egoistisch. Ich weiß.
Dann habe ich sieben Müllbeutel mitgenommen, aber sie ist geblieben. Hat nicht mehr vertraut. Diesmal hätte ich Dich noch beschützen können. Aber Du wolltest mehr, als nur frei sein. Ich habe Dich verloren.
Es tut mir leid.

Ich sehe sie in den vorbeisegelnden Schwalben.
Du wolltest so gern so weit weg.
Ich rieche sie in meinen Erinnerungen.
Wir wollten nie vergessen werden.
Und ich erkenne sie in der Gischt der tobenden Wellen –
Du hast Dich selbst vergessen.
Wir haben einen Teil von uns aufgegeben.
Es ist nicht meine Schuld. Nicht Deine. Und das erste Mal möchte ich an Schicksal glauben. Und hasse es. Oder wer ist hier der Verräter? Schuldgefühle. Ich lege mich zu Dir!
Ich bin da, ich bin wieder da. Ich halte Dich fest.

## WIR SITZEN BIS DREI UHR NACHTS IN UNSERER STUDENTISCHEN KÜCHE, WERTEN DAS LEBEN AUS.

August 2014

Wir sitzen bis drei Uhr nachts in unserer studentischen Küche, werten das Leben aus.
Wir haben Lasten von Bord geworfen; Gefühle, die niemals erwidert werden, begraben; Unvermeidliches vergeben und trotzdem die Hoffnung nicht verloren. Wir bemerken, dass die Zeit uns nicht nur gezeichnet, sondern auch vorangetrieben hat, zusammengetrieben. Wir denken zurück, blicken zurück – mit einem Lächeln. Sieh nur, wo wir heute stehen. Wir haben noch mehr Träume – auf sechs Quadratmetern. Dieser kleine Raum bietet so viel Platz für Gedanken, für Vorhaben. Wir sind hier, jetzt. Die Welt dreht sich, immer. Und wir wissen, warum. Wir haben zusammen laufen gelernt und wie man richtig hinfällt, aufsteht. Wir strahlen – füreinander. Wir freuen uns – füreinander. Jetzt. Immer. Und diese wenigen Tage im Jahr ganz besonders. *Sonst wäre es doch zu langweilig.*
Und dann gehen wir durch die schmale Tür, steigen in irgendwelche Flugzeuge, erleben das Leben und nehmen nur noch die Lasten mit, die uns das alles erleichtern, die uns dem Glück etwas näher bringen. Wir sind schon längst ausgeflogen und tun es immer wieder. Waghalsig. Stürzen ins Unglück. Laufen direkt darauf zu. Mit Euch ist das ein Bungeesprung. Das ist doch nicht das Ende. Ihr federt das ab, ihr dämpft den Schmerz. Das ist Tauziehen für Fortgeschrittene, Leben, Freundschaft.

Und wieder gehen wir durch die schmale Tür, steigen in irgendwelche Flugzeuge, erleben das Leben. Wieder. Und wieder. Die Kunst ist es, zurückzukommen, ohne einen Schritt zurückzugehen. Manche Wege müssen allein gegangen werden. Aber ihr seid da. In meinem Herzen – so kitschig das jetzt auch klingen mag. Und wenn ich einen der Ratschläge, die ich nur so schwerlich annehmen kann, vergessen sollte, Euch an irgendwas erinnern muss, das Leben mir Angst bereitet – dann wähle ich Eure Nummern und wir setzen uns in die Küche, aufs Fensterbrett, bestaunen den strahlenden Mond und vergewissern uns, dass es nicht nur das Licht am Ende des Tunnels gibt. Wir sammeln Erinnerungen ein und bringen sie hierher. Ein Küchentisch, drei Klappstühle, ein Sternenhimmel.

*12.Oktober 2014*

„Komm schnell wieder rein!“

Ich schnappe mir meinen Schnorchel und springe in das türkisblaue, klare Wasser. Kurz orientieren, ein paar kräftige Züge und – neben mir taucht eine gigantische Schildkröte in die Tiefen des Meeres. Schon ist sie verschwunden. Ist das gerade wirklich passiert? Wie viele Jahre sind da wohl an mir vorbeigezogen? Weise. Ohne jegliche Hektik. Frei.

Ich schaue mich um. Nichts. Und doch so unfassbar viel. Ich bin so klein. Alles, was ich höre, ist mein eigener Atem. Unendlichkeit umgibt mich, beeindruckt, lässt verstummen – fühle mich so unbedeutend und so wertvoll wie noch nie.

*23. November 2014*
Ja. Er ist viel zu weit weg. Ich kann Dir das auf keiner Karte dieser Welt zeigen.

## EIN MORD / EIN DIALOG

November 2014

Ich bin gerannt. Gehastet. Und es tat mir gut. Ich kam voran. Habe nicht mehr zu viel nachgedacht, sondern einfach gemacht. Gelebt. Für mich. Ich habe vertraut. Hatte Lampenfieber. Dieses Kribbeln im Bauch. Ich habe gelacht. Hatte Zeit für mich. Habe verschiedene Masken anprobiert, Perücken. Weiß jetzt, was ich will. Wohin ich will. Ich habe mich selbst neu erfunden und wieder kennengelernt. Ich habe mich verändert. Habe etwas gewagt. Kondition kann man lernen. Du hast mir Raum gegeben. Ungewollt? Du hast mich ins Abseits gedrängt und nicht damit gerechnet, dass es von da aus direkt zur Überholspur führt. Oder? Ich genieße diesen Auftritt. Das wirst du nie verstehen.

> Wovor rennst du davon? Wovor fürchtest du dich? Ich kriege dich! Ich hole dich ein! Ich komme wieder und wieder. Was für eine lächerliche Show. Ich weiß zu viel von dir, um dir irgendetwas davon abzunehmen. Hör auf damit! Sei normal! Pass dich doch endlich an! Kein Schauspieler hat wirklich Emotionen. Keiner von denen sagt die Wahrheit. Sie fühlen nichts.

Oh doch! Du siehst den Unterschied nicht. Gelegentlich habe ich überlegt, wie das werden soll. Habe mich darauf vorbereitet. Irgendwie. Soweit das eben überhaupt möglich ist. Habe mir überlegt, was ich sage, wie ich es erkläre – es gab keinen Text zum Auswendiglernen. Plan A bis D

hatte ich parat. Nur um wieder zu bemerken, dass das Leben nicht danach verläuft, keinen Regeln folgt und sich Herzensangelegenheiten eben nicht steuern lassen. Keine Regieanweisung. Ich habe Zeit verschwendet, um etwas zu prüfen, was längst bewiesen war. Ich habe den Vorhang doch genau gesehen. Auch wenn er verschlossen ist. Ihr steht auf einer Bühne. Rampenlicht. Und du sprichst mit mir. Lüge! Du fasst mich an. Lüge! So ist das eben mit der Schauspielerei, nicht wahr?
Ich habe mich verlaufen. Im Orchestergraben. Verlaufen im Glauben an uns. Dieses Gerüst, das wir um uns erbaut haben, droht zu zerbrechen. Mein Kompass zeigt nach oben. Kannst Du mir sagen, wo es langgeht? Räuberleiter. Aber ich will Dich nicht mit Füßen treten.

> Ich hab Dich! Das ist eine Sackgasse. Ergib dich. Hör auf. Das ist kein Kampf, den wir öffentlich austragen sollten. Ganz ruhig. Komm zur Ruhe. Ich heb dich hoch, wie immer. Und ich hol dich runter. Tief fallen. Ohne mich bist du nichts!

**Ohnmacht*
Ich muss mich orientieren. War gerade noch voller Energie, Wut und Hass! Voller Euphorie zugleich. Es folgte die nackte Angst. Ich kann nicht mehr atmen. Hilfe! Hör bitte auf! Meine Augen springen mir fast aus dem Kopf. Der Puls dröhnt in meinen Ohren. Ich will hier weg! Raus! Ich will nach irgendetwas greifen. Panik umgibt mich. Komme nicht dazu, logisch zu denken. Was ist der kürzeste Weg von A nach B? Wo ist B? Ich kann nichts erkennen. Vor allem nicht mich selbst.
Es folgt: Nichts. Keine Antwort. Dann ein kalter Schauer und ganz langsam beginnt da etwas zu gedeihen, was ich doch vor so langer Zeit schon versuchte zu verbannen – Selbstzweifel. „DAS IST NICHT FAIR!“, möchte ich schreien. Ich winde mich, wehre mich mit aller Kraft, ein paar Wochen – bis ich verstumme, aufgebe, versage. Ekel überkommt mich. Scham. Der Rest fühlt sich kahl an, kühl. Meine Beine irgendwie gebrechlich. Jetzt bin ich ganz ruhig, hoffnungslos. Ich habe mich damit abgefunden.

**Ein teuflisches Lachen*
Ich hab doch gesagt: Gib auf! Hab dir doch zu verstehen gegeben, dass es keinen Zweck hat. Du wirst mir nicht entkommen. Nicht noch einmal.

Du drückst mich unter Wasser. Ich wehre mich nicht mehr. Sehe verschwommen, deswegen. Kann nicht weinen, deswegen. Jeder Schlag, jeder Ton, Emotion ist gedämpft. Ich verbeuge mich dennoch. Applaus. Ich lächle. Mit dem Mund. „Vielen Dank!“, rufe ich. Und frage mich im selben Moment: Wofür?
**Der Vorhang fällt.*
Jetzt liege ich da. Liege einfach nur da. Regungslos. Starre die Wand an und sehe so viele Fehler in der Tapete.

„Ich habe zu danken“, sagt die Sucht. Sagt der Neid. Sagt sie.

**DUFTWICKE**

lat.: *Lathyrus odoratus*

Familie: *Hülsenfrüchtler* (*Fabaceae*)

Fundort: *N 54°31‘ 38.54“ O 13° 5‘ 8.572“*

Jahr: 2015

## 4. KAPITEL

2015

## GEGENWIND.

Januar 2015

Wir fahren mit dem Fahrrad in das nächste Dorf. Drei Kilometer vielleicht. Der Wind treibt mir die Haare aus dem Gesicht. Die Gräser liegen fast flach am Boden.
„Auf dem Heimweg haben wir dann Rückenwind."
– Ich werde nicht zurückkehren.
Der Wind wird sich wieder drehen. Ich aber meine Richtung nicht.

## DU MUSST MIR VERGEBEN.

Januar 2015

*„Die Leute sehen Dich gern weinen, weil deine Augen dann plötzlich blau sind."*
Immer wieder gehen mir diese Worte durch den Kopf. Als würde ein Teller zu Gold werden, sobald man ihn auf den Boden wirft.
Genugtuung. Rache. Fühlst du dich jetzt besser?
Du hast mir nie vergeben. Damit sind wir dann schon zu zweit.
Also bitte: Vergib mir. Das braucht Zeit. Aber bitte nimm sie Dir.
Bitte, vergib mir.
Ich kann das jetzt auch.

## DREAM BIG!

Februar 2015

„Dream big!“, schreit mir Instagram jeden Montagmorgen ins Gesicht. „Sei außergewöhnlich!“, scheint das Mantra unserer Generation zu sein.

Ich habe Träume. Ja. Aber die behalte ich für mich. Das ist nämlich genauso, als würde man eine Sternschnuppe sehen oder eine Wimper wegpusten. Ich behalte das für mich. Ich bin eine realistische Vollzeitträumerin. Immer wachsam modelliere ich mir meine Träume alltagstauglich.
Denn ich weiß, wie schmerzlich es sein kann aufzuwachen.

## ELBSPAZIERGANG.

Februar 2015

Ich pflege zu sagen, dass mir Städte ohne einen markanten Fluss suspekt seien. Dann fällt es mir schwer, mich zu orientieren. Alt- oder Neustadt? Auf welcher Seite stehe ich? Wo muss ich lang? Wo sind die Brücken? Durstig.
Und ich pflege zu sagen, dass ich Dresden liebe und hasse zugleich. Dresden, meine Heimatstadt. Die Elbe. Vom Blauen Wunder bis zur Brühlschen Terrasse. Was wären wir ohne die Elbe? Was wären wir mit noch weniger Brücken?

*Ich muss drei Jahre alt gewesen sein, vielleicht vier. Zum Elbufer brauchten wir nur wenige Minuten. Ich kann mich kaum erinnern. Aber ich weiß noch genau, dass die Gräser der Elbwiesen höher gewachsen waren als ich. Dann sind wir drei durchs Gras gestapft und hatten plötzlich*

*eine Wohnung unter freiem Himmel. Eine kleine heile Welt. Bastelten eine Flaschenpost und schickten sie auf Reisen. Ob sie je angekommen ist?*
*Wir schreiben das Jahr 2002. Das Wasser steht uns bis zum Hals. Angst. Eine Woche haben wir nur Milch getrunken, auf dem Balkon die Tiefkühlpizza gegrillt. Mittlerweile ist es 13 Jahre her, dass meine Mama weinend auf dem Balkon saß und ich draußen die Männer habe schreien hören.*
*Auf dem Flohmarkt am Elbufer, unterhalb der Albertbrücke: Hier habe ich meine Kindheit verabschiedet. Und als das kleine dicke Mädchen mit meinem Barbie-Flugzeug davongestapft ist, wäre ich am liebsten hinterhergerannt und hätte es ihr wieder aus den Händen gerissen, habe aber auch begriffen, dass Erinnerungen nicht an Gegenständen hängen.*
*Ein warmer Sommerabend. Viel zu schön, um ihn allein zu verbringen. Meine Einsamkeit war Dir völlig egal. Danke, dass Du aber da warst, T. Ich lachte, ich vergaß, dass zu Hause niemand mehr auf mich wartet. Und plötzlich sah ich Dich. Dort hinten. Und sie an Deiner Hand. Es führte kein Weg vorbei. Mein Herz brach. Ich konnte die Tränen nicht aufhalten. Die Sonne glitzerte in den trägen Wellen der Elbe.*

*Elf Jahre später. Die gleiche Situation. Irgendwie. Es regnete seit Tagen. Gerade als mir die Augen zufielen, hörte ich die Sirene. Sie kam immer näher. „Bringen Sie sich und Ihr Hab und Gut in Sicherheit." Einziger Unterschied? Meine Schwester lag nicht im Doppelstockbett über mir, meine Mama nicht auf dem Balkon.*

Hier hat mich meine Mutter mal mit einer Zigarette erwischt, als ich noch viel zu jung zum Rauchen war. Hier haben wir uns verliebt und den ganzen Nachmittag geknutscht. Und als Du weggeflogen bist, habe ich Dir von hier aus gewunken.
Flüsse sind eigenwillig.
Du kannst entscheiden, ob Du mit dem Strom schwimmst.

Lass Dich treiben. Gelegentlich.
Ein Zufluchtsort, der vorantreibt.
Elbe.

## EIN BLICK

April 2015

*Ich schaue mich um. Ganz unbemüht. Als wäre es belanglos. Aber ich habe es die ganze Zeit gespürt. Ein leichtes Kitzeln auf der Haut. Als könnte man tatsächlich ertasten, dass man angesehen wird. Ein Augenaufschlag in seine Richtung. Unsere Blicke treffen sich. Und er sieht mich genau so an, wie man als Frau angesehen werden möchte.*

Kurz bevor du mich das erste Mal geküsst hast.
Der verletzte Ausdruck in Deinen Augen – gemischt mit Scham –,
als Du begriffen hast, was ich gefühlt habe.
Das stolze Funkeln in den Augen meiner Mama,
wenn sie über meine Schwester und mich spricht.
Du hast mir nie in die Augen gesehen, wenn du gelogen hast.
Ihr aufmunterndes Zunicken, bevor ich auf die Bühne ging.
Ein Blick, der mir verriet, was sie wirklich von mir hält.
Der richtige Augenaufschlag auf der Tanzfläche.
Hasserfüllt. Eingeschüchtert. Unsicher. Belanglos. Zuversichtlich.
Und dieser eine Blick, mit dem man als Frau angesehen werden möchte.

## ICH WILL DABEI SEIN. ABER AUCH GANZ WEIT WEG.

April 2015

Ich vermisse Dich. Aber ich vermisse die Welt mehr. Das Abenteuer. Unentdecktes.
Du hast mich nicht zurückgelassen. Du bist Deinem Herzen gefolgt. Das hat Dich weit weg geführt. Und das hatte absolut nichts mit mir zu tun. Heute verstehe ich das. Heute kann ich das verstehen.

## I`M A WORK IN PROGRESS

Mai 2015

*Als ich auf dem Gymnasium erfuhr,*
*dass Freundschaft nicht gleich Freundschaft bedeutet.*
*Als ich mitten in der Pubertät – schmollend, natürlich – zugab, dass Mama mir wirklich nichts Böses wollte, wenn sie mir dieses oder jenes verbot.*
*Als ich mir mit 16 – nach monatelangem Herzschmerz –*
*endlich eingestehen konnte, dass ich ein Problem hatte.*
*Als ich feststellen musste, dass ich noch lange nicht so erwachsen war,*
*wie ich dachte, als ich das erste Mal auf mich allein gestellt war.*
*Als ich in der zwölften Klasse endlich anfing, den Zusammenhang*
*zwischen all dem Erlernten zu erahnen.*
*Als ich im Studium begriff, dass das Abitur eigentlich entspannt war.*
*Als ich im September letzten Jahres bemerkte,*
*dass ich die Welt bereisen will.*
*Und als mir vor Kurzem erst klar wurde,*
*dass ich den Abschied noch lange nicht verarbeitet habe.*

Ich schreibe meine Gedanken in Tagebüchern nieder, seit ich Buchstaben sinnvoll aneinanderreihen kann. Tagtäglich. Und jedes Mal komme ich zu einer neuen Erkenntnis. Jeder Text, jedes Gedicht, beinahe jeder zu Ende gebrachte Gedanke bringt eine Einsicht mit sich. Das klingt ja fabelhaft. Veränderung. Entwicklung. Begreifen. Das Problem an der Sache ist nur, dass ich jedes Mal ganz sicher bin, dass ich meine endgültige Meinung, das richtige Ergebnis gefunden habe. Und blicke dann mit einem Schmunzeln auf die letzten Tage zurück. Selbstherrlich. Immer wieder. *Jetzt weiß ich's besser. Wie konnte ich vorher so unwissend durch die Welt spazieren?* Lege jedes Mal aufs Neue die Scheuklappen ab.

Mit der Zeit kam ich mir damit selbst irgendwie lächerlich vor. Will endlich mal das Gestern bestätigt haben. *Ich habe richtig gelegen. Das wusste ich schon!* Ich fing an, mich zu fragen, wieso das so lange dauert. Wie weit ist es denn noch? Wie lang ist der Tunnel? Wann sind wir hier endlich fertig? Das hält doch den Verkehr auf. Ich ärgerte mich und wünschte, dass mir jetzt und sofort ein Licht aufgehe. Ein Feuerwerk. Was ich wissen will? Was ich erwarte? Ich möchte jetzt verstehen. Ich möchte jetzt wissen. Ich möchte jetzt die *richtige* Einstellung zum Leben haben. Ungeduldig.

Ich bin ein *Work in Progress*. Oder: Ich bin eine Baustelle. Und beinahe täglich wird hier gewerkelt, geschraubt – aber nicht geteert. Und vielleicht ist das gut so. Natürlich ist es frustrierend, wenn man immer wieder umgraben muss. Dieses Loch noch mal aufreißen. Eine Schraube locker drehen. Aber ich bin froh, dass ich mich nicht festgefahren habe. Ich lasse es zu. Ich muss nur lernen, dass ich mir nie sicher sein kann. Und das ist gut so.

*Und heute: Als ich einsah, dass das alles noch lange kein Ende hat.*

## KOMMT EIN VOGEL GEFLOGEN

Mai 2015

Du hast mich fliegen lassen
Obwohl es das Schwerste für Dich war
Und ich werde immer zurückkehren
*Kommt ein Vogel geflogen*

*2. Mai 2015*
Ich habe schon viele Menschen gehen lassen. Aber ich wusste dann immer: wohin.

## DAS IST MAGIE. EIN FLÄSCHCHEN ZAUBERTRANK.

Mai 2015

*Es ist Freitagabend. Die Woche endlich vorbei, der Fernseher läuft und sie steigt gerade in die Badewanne, als das Handy klingelt. Ganz egal. Heute werde ich keinen Schritt mehr vor die Tür wagen, denkt sie und taucht unter. Sie wäscht sich die Haare, mit ihren Gedanken hier und da, genießt den Augenblick. Eincremen, einkuscheln. Endlich Wochenende. Nichts an der Situation verrät ihr, was die Nacht noch für sie bereithalten wird. Bis es an der Tür klingelt. Wer sollte das sein? Sie schielt auf ihr Handydisplay. 00:41 Uhr. Sicher nur irgendein Betrunkener, der sich einen Spaß erlaubt. Es schellt erneut. Und sie steht widerwillig vom Sofa auf und nimmt den Hörer ab. „Wer ist da?" – „Ich bin's", hört sie den weichen Klang seiner Stimme und eine unerklärliche Vorfreude durchfährt ihren Körper. Und dann steht er da mit der braunen Ledertasche, einer Flasche Wein und einer Schachtel Gauloises.*

*Sie betritt die Tanzfläche und es scheint, als wären alle Augen auf sie gerichtet. Auf einmal ist es stockdunkel, gleich beginnt ein neuer Song. Ihre drei besten Freundinnen sind dabei. Der Lippenstift sitzt und sie hat endlich wieder in diese eine Jeans gepasst. Aber es bleibt keine Zeit zum Nachdenken. Alles bebt, die Menge tanzt. Ihre Haare fliegen, einen Drink in der Hand und dann verliert sie sich in der Musik, lauthals mitsingend. Sie wirbelt herum und plötzlich treffen sich ihre Blicke. Er hat sie die ganze Zeit angesehen, ein Auge auf sie geworfen, aufgepasst. Aber da ist nichts Sanftes in seinem Blick. Beunruhigend. Besitzergreifend. Nicht aufhören zu tanzen. Genießen. Sie schließt ihre Augen, bewegt sich zum Beat und weiß genau, dass er herüberschaut.*

*Sie sitzen zusammen auf dem Balkon. Genießen eine Zigarette in der Abendsonne. Es wird langsam frisch und sie fährt sich mit der Hand über die Gänsehaut, fröstelt und zieht sich die Decke ein bisschen fester um die Knie. Die beiden reden über Gott und die Welt. Eigentlich wie immer. Ein Glas Rotwein. Obwohl er lieber weißen trinken würde. Sie erzählt und regt sich auf und berichtet begeistert. Durchlebt so viele Gefühle in wenigen Minuten. Er hört geduldig zu und wartet nur auf den Moment, in dem sie – unbemerkt – an ihrem Zeigefinger knabbert. Das macht sie immer. Und dann streicht sie sich eine Strähne hinters Ohr. Sie wird ruhiger. Ihre Gedanken, ihr Blick irren nicht mehr umher. Sie atmet aus und sieht ihn endlich an. Und bemerkt es.*

Diese Momente. Wenn die Fingerspitzen kribbeln. Das Selbstbewusstsein aus einem heraussprudelt. Man sich das Lächeln einfach nicht verkneifen kann. Dieser Moment, wenn man begreift, sich endlich traut, es aus einem herausbricht. Bremsen ist zwecklos. Jetzt

oder nie. Das macht Spaß, das ist gefährlich, raubt einem den Atem. Aufregend. Risikoreich.
Diese Energie zwischen zwei Menschen. Leidenschaftlich. Sinnlich. Unberechenbar. Lass den Moment ewig andauern. Nie seinen Reiz verlieren. Das ist Magie. Ein Fläschchen Zaubertrank. Und manchmal fühlt es sich an, als sei man in den Kessel gefallen. Reizüberflutung. Also: Sei nie zu gierig. Lieber sparsam. Bedächtig. Auf die Dosis kommt es an. Das ist das große Geheimnis. Es soll doch am Ende nicht heißen: Zu viel des Guten.

## SINGLEMÄDCHEN

Juni 2015

Die Dreharbeiten waren abgeschlossen. Das Kamerateam machte sich auf den Weg zum Flughafen. Und ich saß allein in einem der gelben Taxis. Ich hatte mir schon vor Wochen einen späteren Flug gebucht.
Jetzt: ich in New York. Und ich verstehe plötzlich, dass man zwischen tausenden Menschen ganz allein sein kann. Dass man in New York einsam sein kann. Ich bin auf dem Weg in eines der unzähligen Hostels dieser Stadt und versinke im Selbstmitleid. Ich wollte es nicht zulassen – aber es überkommt mich einfach. Die Anspannung der vergangenen Tage fällt ab und mir fließen die Tränen übers Gesicht. Eine weitere Reise, die ich mit niemandem teilen konnte. Ich denke daran, dass in wenigen Wochen tausende Menschen meine Reise auf den Bildschirmen ihrer Fernseher mitverfolgen können. Aber die Erinnerung gehört nur mir. Ich bin dankbar für all die Möglichkeiten. Aber habe das Gefühl, dass all das so viel weniger wert ist. Keine Weißt-du-noch-Momente. Ich sehne mich nach seiner Hand in meiner. Die letzte Reise hatten wir zusammen erlebt, genossen, geteilt. Ich schwelge in Erinnerungen. Will gerade unseren WhatsApp-Verlauf suchen, als das Taxi anhält und ich angekommen bin. Der Fahrer knallt meine Koffer auf den Gehweg, kas-

siert sein Geld und braust weiter. Wie ein Häufchen Elend stehe ich da und befördere dann mit Ach und Krach mein Gepäck in den Abstellraum des Hostels, schnappe mir meine Handtasche, einen Metroplan und meine Kreditkarte.
Zwischen den Wolkenkratzern shoppe ich ein Teil nach dem anderen und lande dann in einem kleinen Restaurant direkt am Times Square. Ich schlage die Karte auf und kriege einen Herzinfarkt, als ich sehe, dass keine Preise an den Gerichten stehen. Na super! Aber wegen meiner andauernden Traurigkeit, des geminderten Selbstwertgefühls und der Tatsache, dass man das Knurren meines Magens hören kann, obwohl ich in New York bin, bleibe ich sitzen und bestelle eine große Portion Spaghetti Bolognese. Es schmeckt nicht. Weder Essen noch Shopping haben meine Laune bessern können. Ich schaue betrübt auf mein Handy. Keine neuen Nachrichten. Noch 20% Akku. Ich kann gar nicht richtig erklären, weshalb, aber mir steigen schon wieder die Tränen in die Augen. Ich sehe mich in der Fensterscheibe. Vermisse ein Gegenüber. Bin kurz davor einzuknicken. Ich vermisse jemanden. Nach so langer Zeit bin ich wieder Single. Habe es bisher einfach nicht wahrhaben wollen. Aber diese Reise, diese drei Tage allein in New York sind wie eine Lautsprecherdurchsage: Du! Bist! Single!
Nicht erst seit gestern. Und ich bin wirklich nicht der Typ, der damit ein riesiges Problem hat. Aber in diesem Moment trifft es mich genau ins Herz. Und ich frage mich, ob die Bolognese bei Susi und Strolch wohl besser geschmeckt hat. Wahrscheinlich schon. Ganz sicher.
Einen viel zu süßen Eistee und ungefähr 34 Sprachnachrichten meiner Freundinnen später verlasse ich dieses scheußliche Restaurant, setze meine Sonnenbrille auf und mache mich auf den Weg zum nächsten Victoria's Secret Store. Eigentlich sind das zu Fuß viel zu viele Blocks. Aber ich bin traurig und wütend und so laufe ich eine Dreiviertelstunde durch New York. Am Anfang noch mürrisch, gekränkt und allein. Aber umso näher ich meinem – zugegebenermaßen konsumgesteuerten und nicht gerade kulturell wertvollen – Ziel komme, desto selbstbewusster werde ich. Und wie in einer dieser schlechten Nachmittagssoaps bricht

genau in diesem Moment die Sonne durch die Wolken.
Meine Freundinnen haben recht: Ich bin in New York! Ich habe nicht nur genug Schuhe im Schrank, sondern auch zahlreiche Stempel in meinem Pass. Und das Beste daran? Ich habe mir das selbst erarbeitet. Seit Jahren träume ich davon, durch die Straßen des Big Apple zu spazieren. Cosmopolitan zu trinken. Das zu tun, was ich möchte. Und jetzt ist es soweit. Und ich sitze wahrhaftig hier in dieser atemberaubenden Stadt, in der mir mein Traummann in der nächsten Minute begegnen könnte oder auch nicht – aber das wäre gar nicht schlimm, denn das mindert nun wirklich nicht die Größe, die Magie, die Unwirklichkeit dieser Stadt – und ich habe nichts Besseres zu tun, als mich allein zu fühlen? Als ich gerade dabei bin, mir selbst in den Hintern zu treten und imaginäres Konfetti über mich regnen zu lassen, betrete ich den Victoria's Secret Store und beschäftige mich eineinhalb Stunden mit mir, meiner Körbchengröße und guten Düften. Der Akku meines Handys hat bereits versagt. Aber das ist gut so.

Ich! Bin! Single! Ich bin nicht undankbar. Nicht verzweifelt. Und ich gehöre auch nicht zu den Menschen, die nicht allein sein können. Das war kein Moment der Schwäche. Sondern der Stärke. Ich bin – nach Monaten– endlich soweit, es hinzunehmen, zu realisieren. Bis vor Kurzem ist mir gelegentlich noch „mein Freund“ rausgerutscht und zumeist habe ich es unkommentiert im Raum stehen lassen. Aber in diesem Moment, an diesem Tag habe ich es mir das erste Mal bewusst gemacht, dass ich nach mehr als zwei Jahren wieder ein Singlemädchen bin.

Später bin ich zu sehr damit beschäftigt, beeindruckt zu sein, angelächelt zu werden und natürlich meine Einkäufe zu bestaunen. Am selben Abend geht es für mich auf das Rockefeller Center. Ich setze mich allein auf eine Bank und beobachte die untergehende Sonne. Ein Pärchen bittet mich, ein Bild von ihnen zu machen. Gern!
Ich schließe die Augen, genieße die Ruhe. Und mir gehört New York City.

## EINE SONNENBLUME, VERGISSMEINNICHT, EINE PFINGSTROSE.

Mai 2015

*Drei. Das ist irgendwie eine merkwürdige Zahl. Drei. Das ist einer zu viel. Dachte ich immer. Hatte schlechte Erfahrungen gemacht. Man fühlt sich überflüssig. Abgehängt. Rücken zugekehrt. Ich wollte mich nur ganz kurz umsehen. Und bin dann – rückwärts ins Messer gelaufen.*
*Also wurde ich misstrauisch. Vorsichtig. Scheu.*

Ich war nie besonders gut darin, Freundschaft zu schließen. Bekanntschaften? Eine Menge. Smalltalk? Bin ich eine Meisterin. Aber Ehrlichkeit, Aufrichtigkeit – das fällt schwer, das bedarf Überwindung und Energie. Zeit. Ich teile meine Gedanken mit jedem, der daran teilhaben will. Ganz öffentlich. Aber dass ich mich jemandem persönlich öffne, in echt – das kommt selten vor. Dass ich wirklich ich selbst sein kann. Dass ich endlich mein Misstrauen ablegen kann. Namen nennen. Gefühle preisgeben. Ohne Zeitverzögerung. Ohne Metaphern. Mit echter Angst. Echten Tränen. Nicht sorgfältig zu Papier gebracht und überdacht. Sondern einfach so. Das fällt schwer. Ich bin skeptisch. Traue das niemandem zu.
Und dann habe ich Euch getroffen.
Und dann habe ich Euch kennengelernt.
Und Ihr wart geduldig. Und seid es heute noch. Ihr seid sanft. Einfühlsam. Einzigartig.
Ihr erwartet nicht zu viel. Ihr sagt mir einfach so, dass ich toll bin. Ihr verzeiht mir kleine Sticheleien.

Jede Liebe ist etwas ganz Besonderes. Einmaliges. Sie gleichen sich, aber sind gänzlich voneinander verschieden. Mit Freundschaften ist es genauso. Jede Freundschaft ist einzigartig. Und genau dieses Wissen

verbindet uns. Wir sind nicht eifersüchtig. Oder gar neidisch. Wir verstehen. Können auch mal wegstecken. Sind nicht nachtragend. Aber ehrlich. Aufrichtig.
Und jede von uns blüht. Auf unterschiedlichste Art und Weise. Eine Sonnenblume, Vergissmeinnicht, eine Pfingstrose. Es geht nicht darum, wer die strahlendsten Farben trägt, am höchsten wächst oder am schönsten duftet. Es geht darum, dass wir zusammen noch viel schöner sind. Ein prächtig duftender Blumenstrauß. Es geht darum, dass wir blühen, ohne einander übertreffen zu wollen. Es geht darum, dass diese Freundschaft kein Wettbewerb ist. Wir laufen in dieselbe Richtung, im selben Wettkampf. Ja. Aber wir sind keine Konkurrenten. Wir sind ein Team. Wir kämpfen nicht nur für uns selbst, sondern füreinander. Keine Ellenbogen, sondern ausgestreckte Hände. Einladend. Denn wir wissen, dass es so viel mehr Spaß macht. Zusammen. Zu dritt. Das ist wie Kirschkernweitspucken. Es geht nicht darum, einander zu übertrumpfen. Es geht nicht darum, den anderen schlecht dastehen zu lassen. Wir haben längst gewonnen. Zu dritt.
Wie ein prächtig duftender Blumenstrauß. Und wir haben verstanden, dass der immer wieder ergänzt werden kann. Wir müssen nicht eifersüchtig sein, wenn einer sich mal mit jemand anderem trifft. Weil wir diese Sicherheit haben. Wir haben einander. Ganz egal, wo wir gerade sind.
Auch wenn uns mal die Kirschen ausgehen sollten.

*Drei. Das ist irgendwie eine merkwürdige Zahl. Drei. Das ist einer zu viel. Dachte ich immer. Hatte schlechte Erfahrungen gemacht. Man fühlt sich überflüssig. Abgehängt. Rücken zugekehrt. Ich wollte mich nur ganz kurz umsehen. Und bin dann rückwärts ins Messer gelaufen.*
*Also wurde ich misstrauisch. Vorsichtig. Scheu.*
*Drei. Dann haben sich zwei plötzlich viel lieber. Unternehmen mehr gemeinsam. Einer bleibt auf der Strecke. Dann wird aus der Drei eine Zwei. Und das ist schade. Scheiße! Denn sechs Augen sehen mehr als vier und drei Herzen schlagen lauter als nur zwei. Natürlich reichen zwei Räder,*

*um ein Fahrrad zum Rollen zu bringen. Aber Dreiräder gibt es auch – und wir wollten doch immer jung bleiben.*

Das Leben ist eine Blumenwiese mit Euch. Weil ihr blüht. Und weil Ihr mich wachsen lasst. Wir wiegen gemeinsam im Wind, halten stand.

## PERLENTAUCHER

Juli 2015

*Die See tobt. Wellen überschlagen sich. Der Wind pfeift über die Dünen. Der Strand ist ehrfürchtig zurückgewichen. Und das Meer peitscht erbarmungslos weiter. Irgendwo kreischt eine Möwe. Der Himmel hat die unterschiedlichsten Grautöne angenommen. Ein Spektakel. Ein eisiges Willkommen. Im Juli.*
*Und ein paar Stunden später ist es ganz ruhig. Du musst nur durchhalten. Dann lässt der Wind irgendwann nach. Die Wellen ziehen sich zurück. Die Wolken machen Platz für Sonnenschein. Alles wirkt unberührt. Friedlich. Irgendwie ganz unbeteiligt. Nur das Seegras zeigt noch, welche Aufregung hier gerade herrschte. Füße im weichen Sand vergraben. Wohlfühlen.*
*Das ist ein Test, eine Probe.*
*Bist du noch da? Oder gerade erst gekommen?*

Mystisch. Unberechenbar. Endlos. Launisch. Und wunderschön.
Genau wie sie. Genau so unberechenbar wie das Meer seit Jahrhunderten, Jahrtausenden, für sie seit Jahren war, so undurchschaubar ist sie selbst. Ihre Augen haben die Farbe des Meeres. Es scheint, als gäbe es eine magische Verbindung. Mal Dunkelgrau, Giftgrün, dann ein sanftes Türkis. Unergründlich. Und wenn sie die Augen schloss, dann hörte sie das Rauschen des Meeres. Egal, wann, egal, wo und egal, wie viele Leute sie gerade umgeben. Wenn sie die Augen schließt, dann hört sie das Rauschen des Meeres. Wie ihren eigenen Herzschlag. Verlässlich.

Einmal im Jahr. Arme ausbreiten. Tief einatmen. Drehen. Lachen. Schneller drehen. Fallen lassen. Und liegen bleiben. Verdammt noch mal liegen bleiben. Ehrlich sein. Endlich ehrlich sein. Zu sich selbst. Endlich frei. Wie ein offenes Buch lag sie am Strand. Lauschte. Und hätte – wenn irgendwer da gewesen wäre – alles erzählt, was sie beschäftigte. Ohne Metaphern, ohne beschönigende Nebensätze, ohne überspielendes Lächeln. Alles. Die dreckige Wahrheit, die unschönen Hinteransichten, von Traurigkeit und Stolz.

Denn das Meer betäubte sie, ihre Ängste und das Misstrauen, das sie jedem entgegenbrachte, dem sie begegnete. Ganz gleich, wie behutsam man sie zu berühren versuchte. Im echten Leben merkte man ihr das nicht an. Die Unaufmerksamen. Im echten Leben, im Alltag würde man sie als extrovertiert bezeichnen. Redselig. Ihre schweigsame Art hatte sie bereits vor einigen Jahren abgelegt. *Sei nicht immer so ruhig! Erzähl doch mal was!* Und seitdem erzählte sie. Wie gut, dass die meisten Menschen nicht hinhörten. Nicht zuhörten. Nicht begriffen, dass hier nur an der Oberfläche gekratzt wurde. Aber die ist immerhin schön warm. Sie erzählt. Und lächelt. Und vergisst dabei manchmal selbst, dass sie sich das vor einiger Zeit noch aufgezwungen hatte. Legt etwas ab oder zieht etwas auf – sie weiß es selbst nicht mehr. Heute wirkt sie sympathisch, ein Lächeln auf den Lippen, aufgeschlossen. Wie sehr hatte sie sich das gewünscht. Nicht, dass sie vorher nicht liebenswert gewesen wäre, aber jetzt ist es offensichtlicher. Manch einer würde sagen, dass sich das jahrelange Beobachten ausgezahlt hat, denn jetzt sind alle Augen auf sie gerichtet. Aber daran, so fühlte sie, ist nichts Wünschenswertes. Wer hätte das gedacht.

Einmal im Jahr. Arme ausbreiten. Tief einatmen. Drehen. Lachen. Schneller drehen. Fallen lassen. Und liegen bleiben. Verdammt noch mal liegen bleiben. Ehrlich sein. Endlich ehrlich sein. Zu sich selbst. Endlich frei. Wie ein offenes Buch lag sie am Strand. Lauschte. Und hätte – wenn irgendwer da gewesen wäre – alles erzählt, was sie beschäftigte. Ohne Metaphern, ohne beschönigende Nebensätze, ohne überspielendes Lächeln.

Alles. Die dreckige Wahrheit, die unschönen Hinteransichten, von Traurigkeit und Stolz.
Den Blick in den Himmel gerichtet erinnerte sie sich daran, dass sie es versucht hatte. Das ist alles, was sie zu ihrer Verteidigung zu sagen hat. Es sind nicht immer die anderen schuld. Natürlich nicht. Aber – und sie ärgerte sich über dieses Aber – bisher waren sie immer gescheitert. Denn sie hatte es gewagt. Sie hatte versucht, ihm etwas zu verstehen zu geben. Sie hatte geweint. Sich angreifbar gemacht. Verletzlich. Und es wurde schamlos ausgenutzt. Oder hatte sie einfach zu viel erwartet? Sie hatte erwartet, dass er besser wäre, als er es war. Sie hatte gehofft, dass man bis zum Schluss zuhörte. Aber dann war irgendeine andere Geschichte interessanter, lustiger, farbiger, lauter. Oder war es ihre Stimme, die zu durchdringend war? War das zu viel für eine Person? Jeder schreit nach Ehrlichkeit, aber wenn es regnet, spannt ihr den Schirm auf.
Sie streckte immer wieder mutig ihre Fühler aus. Nimmt all ihren Mut zusammen. Manchmal werden die Wellen stärker. Forsch. Herausfordernd. Neugierig. Aber sie kommen doch nie über den Deich.
Aber wer schützt sich hier eigentlich vor wem?

Einmal im Jahr. Arme ausbreiten. Tief einatmen. Drehen. Lachen. Schneller drehen. Fallen lassen. Und liegen bleiben. Verdammt noch mal liegen bleiben. Ehrlich sein. Endlich ehrlich sein. Zu sich selbst. Endlich frei. Wie ein offenes Buch lag sie am Strand. Lauschte. Und hätte – wenn irgendwer da gewesen wäre – alles erzählt, was sie beschäftigte. Ohne Metaphern, ohne beschönigende Nebensätze, ohne überspielendes Lächeln. Alles. Die dreckige Wahrheit, die unschönen Hinteransichten, von Traurigkeit und Stolz.
Sie hätte erzählt, wie schmerzlich es ist, im Abseits zu stehen. Sie hätte beschrieben, wie es einen zerreißt, wenn man nichts gegen die Grausamkeit der Entfernung tun kann. Selbst dann nicht, wenn man sich endlich wieder in die Augen sehen kann. Weil man es eben nicht kann. Sie hätte bis ins letzte Detail geschildert, was der letzte Sommer für sie

bereitgehalten hatte. Und hätte vielleicht sogar selbst bemerkt, ja sogar verstanden, dass sie schon vor so vielen Jahren gebrochen wurde. Sie hätte das erste Mal wirklich gesprochen, preisgegeben.
Aber niemand war da. Kein offenes Ohr.
Außer einiger Muscheln. Sie umschlossen all das. Weil sie erkannten, wie wertvoll Worte sind. Und das Meer trug die Sorgen davon. Spülte die Tränen, die ohnehin aus Ostseewasser bestanden, weg und verschluckte jedes ihrer schmerzlichen Geheimnisse. Und sie tat es dem Meer gleich.
Es scheint, als gäbe es eine magische Verbindung.
Perlentaucher – wunderbar und gefährlich –, wo bleibst du?

*Ein Sonnenuntergang. In dem Moment, wenn die Sonne den Horizont küsst, beginnt der hinterlistige Wind wieder zu wehen. So sanft, dass nur die schmalen Gräser der Dünen dem aufmerksamen Beobachter verraten, was sich hier anbahnt. Niemand sonst bemerkt es. Denn alle Augen sind auf die verschwindende Sonne gerichtet, auf das Licht, das entzückend auf den sanften Wogen des Meeres tanzt. Ihr legt eure Arme umeinander. Der Sand ist noch heiß vom Tag. Das fühlt sich gemütlich an. Ein Lachen geht durch die Runde. Vorfreude. Einen lauen Sommerabend hat euch die Ostsee beschert. Ihr kehrt ihr den Rücken.*
*Und nur die Nacht hört das Kreischen, wenn die Wellen auf die Buhnen schlagen. Nur der Mond sieht den Kampf, den Meer und Strand gegeneinander führen. Tragisch. Albträume.*
*Du bist noch da? Hörst du es? Verstehst du es?*
*Ja. Mystisch. Unberechenbar. Wunderschön. Aber in dem Moment, in dem du denkst, dass du irgendwas verstanden hättest, durchschaut hast, stellst du fest, dass es keinen Sinn ergibt. Denn selbst wenn kein Lüftchen weht, selbst wenn keine einzige Welle das klare Bild des Meeres zu stören wagt, wirst du nie sehen, was sich am Grund des Meeres abspielt.*
*Sieh hin! Tauch ein! Probier dein Glück. Vielleicht triffst du eine Meerjungfrau. Aber du weißt doch, was das heißt: Lass dich von ihrem Gesang nicht täuschen!*

## FREI SEIN

August 2015

Wir laufen über die Seebrücke.
Ich denke lange darüber nach – eine Brücke mit Ende. Was ist das für eine Brücke? Was für ein Leben? Zum Anlegen. Zum Ankommen. Aber das reicht mir nicht. Die Sonne verneigt sich und über uns segeln die Möwen Richtung Horizont.
Meine Gedanken fliegen mit ihnen, bis ich mir die Frage stelle: Wohin?
Ich habe mir immer gewünscht, frei zu sein, fliegen zu können – bis ich feststellen muss, dass wir, ganz egal, wie wir uns fortbewegen, nie gänzlich frei sein werden, oder? Vor knapp einem Jahr tauchte neben und mit mir eine riesige Schildkröte in die Tiefen des Ozeans. Und jetzt stehe ich hier und zweifle sogar an der Freiheit der Vögel. Merkwürdig. Wieso gerade jetzt? Nichts hält mich. Ich könnte einfach in irgendeinen Zug steigen und weit wegfahren. Ich kann Nächte durchtanzen, ohne dass mich jemand dafür tadelt. Ich kann glauben, lieben, denken, was ich will.
Aber Freiheit hat in meinem Fall nichts mit Ländergrenzen zu tun. Nichts mit dem Alter. Nichts mit Religion. „Aber womit denn dann?“, schreie ich mich selbst an.

*Menschen fliehen aus ihrer Heimat.*
*Und alles, was ihr für sie übrig habt, ist ein abwertender Blick?*
*Wie geizig geht ihr mit unserer Freiheit um?*
*Wie verachtend mit diesem Gut, welches ihr selbst tagtäglich genießen dürft.*
*Und nicht zu verantworten habt.*

Ich reise. Ich steige ständig in irgendwelche Flieger. Ich darf die Welt erkunden. Bin dankbar. Aber fühle mich nicht frei.

Ich möchte mich daran erinnern, wann ich mich das letzte Mal frei gefühlt habe, und bemerke, dass mich dieses Gefühl vor gar nicht allzu langer Zeit überkam. Wie konnte ich das vergessen?
Als du gegangen bist. Als du mich endlich losgelassen hast. Als du mich das letzte Mal hingeworfen und mir dann endlich den Rücken gekehrt hast. Der Moment, in dem ich wusste, es ist endgültig. Du lässt mich – ein für alle Mal – in Ruhe. Kein Grund zum Weinen mehr –
außer: Erleichterung. Befreiung. Ich kann aufatmen.

*Ein Pullover. Ein Bett. Eine Zahnbürste vielleicht.*
*Ein Stück Freiheit.*
*Der Eurotunnel.*
*Weitergehen. Laufen. Rennen.*
*Weil sie frei sein wollen.*

Wie kann ich dieses Gefühl wieder herauskitzeln? Wie geht das ohne einen so langen Kampf, wie wir ihn austragen mussten?
Muss ich erst auf die Philippinen fliegen und Schildkröten finden?
Muss ich es nur endlich mal wagen, Verträge zu kündigen, Kisten zu packen?
Oder werde ich den Schalter umlegen und endlich über den Tellerrand hinausblicken und über die Tischkante. Ich habe das Privileg, keine Mauern durchbrechen zu müssen – ich kann mich daraufstellen, darüberlaufen, mich aufstützen und sehe all das, was da noch ist, was es zu erkunden gilt. Ich kann mich hinter den Grenzen, die ihr mir gebt, verstecken. Finde Schutz. Die Hürden, die mir gestellt werden und die ich für unüberwindbar halte, existieren nur in meinem Kopf.

***Das ist nicht selbstverständlich.***

## DER LETZTE ABEND

August 2015

Der letzte Abend einer jeden Reise hat etwas Magisches an sich. So aufregend und unerforscht sich alles bei der Ankunft anfühlt, so vertraut und anschmiegsam erscheinen einem die letzten Stunden.
Ich erinnere mich an das erste Ferienlager auf dem Reiterhof – es hat in Strömen geregnet und wir saßen mit heißem Kakao im Wohnwagen, die Katze auf meinem Schoß.
Sommerurlaub in Kroatien.
Nach zehn Tagen auf einer Yacht in der Karibik.
Familienurlaub an der Ostsee.
Die letzte Klassenfahrt.
Nach fünf Wochen, am Pool, irgendwo in Malaysia. In seinen Armen.
So unterschiedlich die Reisen, Urlaube und Erkundungstouren auch waren, das Ende fühlt sich doch immer gleich an – man erhascht die letzten Sonnenstrahlen des Tages. Die Haut ist braun. Bikinistreifen manchmal. Die Haare viel heller, lockig und spröde vom Salzwasser. Der letzte Blick. Abschiedsstimmung. Revue passieren lassen. Allein oder in Gesellschaft. Urlaubsritual noch mal vollziehen, ganz gleich, was es ist. So fühlt sich Ewigkeit an. Eine kleine Ewigkeit. Nummern austauschen, die wir womöglich niemals wählen werden. Im Tagebuch festhalten, was ich gelernt habe, was ich mitnehmen möchte. Ein letztes Mal anstoßen. Tanzen. Erlebtes manifestieren. Und nicht schlafen gehen, vielleicht bleibt die Nacht dann für immer.
Sternenhimmel.

Das tut nicht weh. Nur ein ganz klein bisschen vielleicht. Ein kleines Stechen, was genauso schnell wieder vergessen ist, wie es kam. Zuhause wirkt wie ein Pflaster. Vorfreude. Auf das Wissen, das Erlebte, das man den Daheimgebliebenen erzählen will. Ein bisschen Sand in

der Jackentasche, ein Metroticket im Portemonnaie, ein zerfledderter Stadtplan. Die Postkarten sind bereits auf dem Weg. Der Koffer mehr schlecht als recht gepackt. Aber das ist egal. Darum geht es nicht. Die letzten Minuten Ferne genießen.
Vielleicht ist das sogar das Schönste am Urlaub. Weil all die hohen Erwartungen erfüllt werden. Weil man noch mal bewusst ganz tief einatmet. Weil man wertschätzt. Genießt.

Es ist Mitte August.
Und ich freue mich schon jetzt auf den letzten lauen Sommerabend.

*2. August 2015*
Ist das schon wieder dieses Erwachsenwerden? Wenn ja: Wie kann ich es aufhalten?

## WENN BÜCHER SICH AUSSUCHEN KÖNNTEN

August 2015

*Der Moment, in dem ein neues Buch in der Hand hält. Behutsam darüber streicht. Die Kanten sanft mit dem Finger entlangfährt. Einmal durchblättern und nicht die leiseste Ahnung haben, was einen erwartet. Daran riechen. Neu. Aufregend. Und wenn man dann die erste, leere Seite überblättert hat, wird es spannend. Oder gruselig. Romantisch.*
*Wir lesen Bücher und stellen sie unachtsam in eine Ecke. Wir lesen Bücher und stellen sie behutsam ins Regal. Ich habe mal ein Buch in der Straßenbahn vergessen. Und während ich früher genau ein Lieblingsbuch hatte, kann ich mich heute nicht entscheiden – so viele fabelhafte Geschichten, besondere Einbände, lustige Klappentexte. Wir sammeln Bücher. Verfluchen*

*sie – aber nur dann, wenn wir sie nicht verstehen. Wir verschlingen sie – weil wir nicht erwarten können, zu erfahren, wie es weitergeht. Lesen einige Geschichten immer und immer wieder – weil es eben passt.*
Wenn Bücher sich aussuchen könnten, wer ihre kostbaren Zeilen lesen darf, würde es dann Bibliotheken geben, in denen Menschen fein säuberlich nach Buchstaben sortiert stünden? Würden wir uns darauf bewerben? Nach welchen Kriterien würde ausgesucht? Würden wir dieses Privileg zu schätzen wissen?
Ich habe alles mit Dir geteilt: mein Wissen, meine Gefühle, Erinnerungen.
Ich habe Dich ausgesucht. Du hast mich gelesen. Du musstest nie zwischen den Zeilen suchen, ich habe es Dir vorgetragen. Dazu unzählige Randnotizen. Ich habe mich erklärt. Lag aufgeschlagen und schutzlos vor dir. Ich habe mit allem gerechnet. Habe den Schmerz schon in der Magengrube gespürt. Aber ich habe es trotzdem getan. Immer und immer wieder. Es hätte doch regnen können.
Und Du hast mich gelesen, verschlungen und ein paar Zitate markiert. Du hast gesagt, ich sei Dein Lieblingsbuch. Und dann kam dieses eine Kapitel. Irgendwie dunkler als die anderen, irgendwie anders. Verstörend vielleicht. Glaub mir, nicht nur für Dich. Und alles, was Du tust, ist gehen. Du rennst nicht. Du läufst nicht rückwärts. Du gehst. Demonstrativ. Nicht aus Versehen. Nicht, weil man eben weitergeht. Du verlässt mich. Willst mich bestrafen. Ein Exempel statuieren. Wieder. Schon wieder. Und ich kann mich nicht rühren. Wie ein Käfer liege ich auf dem Rücken, zappelnd, ausgeliefert. Ich schreie. Aber Du hältst dir die Ohren zu. Ich will Dich schütteln. Besänftigen. Erinnern. Und alles, was Du tust, ist weitergehen. Demonstrativ. Grausam. Grausam, weil Du genau weißt, was Du tust. Was ich fühle.
Ich habe Dich ausgesucht. Du hast mich gelesen. Du musstest nie zwischen den Zeilen lesen, ich habe es Dir vorgetragen. Dazu unzählige Randnotizen. Ich habe mich erklärt. Lag aufgeschlagen und schutzlos vor Dir. Du hast ein paar Seiten ausgerissen. Sie mitgenommen. Und ich weiß nicht mal, ob Du sie bedächtig verstaut hast und gelegentlich wie-

der herauskramst oder einfach, wie ein altes Taschentuch, versehentlich mit Dir herumträgst.
Ich habe alles mit Dir geteilt: mein Wissen, meine Gefühle, Erinnerungen. Du bist mein menschliches Tagebuch gewesen. Und andersherum. Wir haben einander gelesen und quer über die Seiten Neues geschrieben. Ergänzt. Die Geschichte sollte nie enden. Wir haben einander berührt.
*Jedes Buch, das ich gelesen habe, ist versehen mit Bleistiftnotizen. Jedes Zitat, das mir gefällt, mich überzeugt, das unterstreiche ich und übertrage es handschriftlich in mein Notizbuch – mit dem Namen des Autors versehen.*
*Ich stehe hier im Bücherregal. Du bist gegangen.*
*Ich habe Deine Zitate noch, werde sie nie ausradieren. Ich erinnere mich gern an Deine Geschichte, auch wenn ich nicht weiß, wie sie weitergeht. Male mir die verschiedensten Szenarien aus, wie es Dir wohl heute gehen könnte.*
*Ob ich Dich noch mal auswählen würde? Ob ich Dich wieder meine Zeilen lesen lassen würde? Ich weiß es nicht. Denn jetzt, da Du weg bist, fühle ich mich unvollständig. Ausgelesen.*

## GLAUBE

September 2015

Ich wurde atheistisch erzogen.
Als ich neun oder vielleicht zehn Jahre alt war, beschloss ich auf eigene Faust hin, die Christenlehre zu besuchen. Einige meiner Freundinnen gingen damals jeden Mittwoch in dieses kleine Häuschen neben der Kirche und hatten viel Spaß. So entschied ich mitzugehen.
Conny, damals vielleicht Mitte zwanzig – kam mir als kleiner Knirps viel älter vor, reifer, erwachsener –, erzählte uns Geschichten aus der Bibel, wir spielten, malten, sangen. Am Anfang und am Ende jeder Stunde

wurde gebetet. Wenn man nicht wollte, musste man nicht mitmachen. Das fand ich super.
Und dann kam der Herbst und es galt, das Erntedankfest vorzubereiten. Ich bekam einen Vers, lernte ihn auswendig, fand die Idee dahinter so schön. Ich weiß noch, wie aufgeregt ich war, als ich den Mittelgang in der Kirche hinunterlief, mit einem Glas Honig in der Hand, und mich dann vor all den Menschen bei Gott bedankte. Irgendwie fühlte ich mich trotzdem nicht dazugehörig. Sah meine Mama in einer der letzten Reihen der Kirchenbänke etwas unbeholfen sitzen, trotzdem mit einem aufmunternden Lächeln auf den Lippen.
Mehrere Jahre besuchte ich die Christenlehre, verstand immer mehr, aber verstand auch immer mehr nicht. Conny, die damals neben mir wohnte, brachte mich immer mit dem Auto nach Hause. Das war schön – somit fühlte ich mich ihr viel mehr verbunden und traute mich, Fragen zu stellen. Traute mich, zu hinterfragen. Ich weiß noch ganz genau, wie verwundert sie mich mit ihren großen braunen Augen angesehen hat, als ich partout nicht verstehen konnte, wieso Gott wollte, dass man die von ihm erschaffenen Tiere, Wesen opfert. Auch einige andere Aspekte, die mich persönlich berührt und betroffen haben, konnte ich nicht nachvollziehen. Haben mich traurig gemacht. Und wütend. Das wollte ich nicht glauben!
Irgendwann hörte ich auf, zur Christenlehre zu gehen. Ich war vielleicht zwölf oder dreizehn Jahre alt.

Ein paar Jahre später trafen wir uns im Rahmen des Ethikunterrichts mit einem Pfarrer. Ich kannte ihn vom Gottesdienst, den ich gelegentlich besucht hatte. Wir haben viele Fragen gestellt, er hat viel erzählt. Und er sagte schließlich: „Es fängt damit an, dass man glaubt, dass diese Jeans cool aussieht." – Ich war ein bisschen verwirrt, was das jetzt genau mit Religion und Glauben zu tun haben sollte. Aber *Jeder von uns glaubt an irgendetwas* hat sich bis heute in meinen Gedanken verankert.

Ich wurde atheistisch erzogen. Ich glaube nicht an die Bibel. Nicht an Allah. Ich gehöre dem Judentum nicht an. Und ich bin so unendlich froh, dass ich das hier aufschreiben kann, ohne dafür Anschuldigungen erdulden zu müssen.
Aber *Jeder von uns glaubt an irgendetwas* hat sich bis heute in meinen Gedanken, in meinem Herzen verankert und beschreibt genau meine, ja ich möchte sagen, religiöse Einstellung.
Ich wurde atheistisch erzogen.
Aber ich glaube an etwas.

*10. September 2015*
Aber kann es wirklich sein, dass ein Mensch einem anderen gleichzeitig so viel gibt und nimmt – und es am Ende trotzdem nicht fair verteilt ist?

## OSTSEEGÄNSEHAUT

September 2015

Eine Stunde auf der Fähre,
letzte Vorbereitungen treffen
In den Wind werfen
Die Frisur sitzt – noch, See tiefblau –
ziehe die Jacke etwas fester um den Körper.
Fast alles bedeckt, an meinen Fesseln kitzelt die Brise der Ostsee
Wiedersehensfreude

Strandaufgang
Tief einatmen
Verneigen
fröstelnd hinterm gestreiften Strandschutz verstecken

Zaghaft den Fuß ins Wasser halten
Überraschende Wellen, mit denen wir längst gerechnet haben
Ostwind, Algen und dann lassen wir uns endlich fallen
liegen bleiben, salzig, sorglos

Kurz nach sechs, wenn sich die rauen Wellen der Ostsee
den Tag wiederholen.
Die Sonne hat ohne Gnade gebrannt
Geht nach Hause! Lasst mich in Ruh!

Abendbrot. Wie früher,
es hat sich nie etwas geändert.
Die Möwen kreischen
Beine fest an den Körper gepresst
Die braune Haut friert
Ostseegänsehaut

Weiß nicht genau,
wann die Sonne hier untergeht
Aber in dem Moment,
wenn sie unverhofft auf den Horizont trifft, das Meer küsst,
überfällt mich ein Schauer.
Jedes Mal.

Früh, kurz nach sieben
– ich weiß nicht, ob die Insel noch schläft oder ob ich mich nach meinen beunruhigenden Träumen
erst wieder an die Ruhe dieses Ortes gewöhnen muss.
Auf dem Weg zur ersten Fähre,
Möwengeschrei, Tau auf dem vertrockneten Gras.
Guten Morgen, See!
Gute Reise, Engel
– haucht mir die Ostsee nasskalt ins Gesicht.

Abfahrt
die Zeit zu schnell vergangen
Obwohl eine Minute doch immer eine Minute bleibt.
Oder?
Und man hört, begreift, versteht die Rufe der Möwe.
*Die eigensinnige Ostsee.*
*Und dabei ist es der Wind. Sind es die Wolken.*

## SINGLEMÄDCHEN #2

Oktober 2015

Es war 13:52 Uhr und ich saß in dem kleinen Apartment eines Freundes. Immer noch im Schlafanzug. Der Regen prasselte gegen die Fensterscheiben. Und ich zog mir die Bettdecke noch ein kleines Stück weiter übers Gesicht.
Es war 13:53 Uhr. In Paris.
Ab 18:00 Uhr war mein Terminkalender wieder prall gefüllt und ich hatte bisher noch nichts von Paris gesehen – außer den Eiffelturm, der, wenn man auf den Gehweg hinaustrat, über den Dächern der Nachbarhäuser emporragte. Also gar nicht so weit weg. Der Eiffelturm. Ich schlüpfte widerwillig in eine Jeans, schnappte mir meinen Lieblingsmantel, einen Regenschirm und verließ die Wohnung. Es regnete. Immer noch. Ich spannte den Schirm auf und machte mich auf den Weg – ich wusste nicht genau, in welche Straße ich abbiegen musste, aber die Spitze des Eiffelturms war immer zu sehen – da geht es lang!
Irgendwann, als es aufhörte zu regnen, umgaben mich immer mehr Touristen. Und auch wenn ich das Eisengerüst, welches das Ziel meines Spaziergangs sein sollte, nicht immer erkennen konnte, so wusste ich doch, dass ich auf dem richtigen Weg war.
Mir war kalt und ich war allein. Wieder mal umringt von so vielen Menschen. Gelegentlich wurde ich angelächelt. Aber selbst das Karussell am Fuß des Turms konnte meine Laune nicht aufheitern. Mein Gott, du bist in Paris!, dachte ich und zwang mir ein Lächeln auf die Lippen, setzte mich auf eine der schmalen Bänke und beobachtete das graue Durcheinander. Fast fünf Jahre ist es her, dass ich hier das letzte Mal gewesen bin. Fünf Jahre – ich schwelgte in Erinnerungen: mit den Klassenkameraden, mit meinem Papa und damals zum Nationalfeiertag. Irgendwie war Paris aber diesmal so anders – trist, grau und einsam. Und während ich so dachte, widersprach ich mir in Gedanken selbst: Wie

sollte eine Stadt wie Paris trist sein? Ich zog mir die Jacke noch etwas fester um den Körper und wurde aus den Gedanken gerissen, als ich bemerkte, wie viele Tauben sich um mich tummelten. Eine ältere Frau hatte sich neben mich gesetzt und die Tiere mit Brotkrumen angelockt. Paris war nicht trist. Paris war nicht grau oder gar langweilig. Aber woran lag es dann?

Ich stand auf, lief umher, beobachtete Menschen, verliebte Pärchen. Seit einem halben Jahr schon gehe ich jetzt allein durchs Leben. Allein durch Paris. Lange habe ich nicht mehr darüber nachgedacht – irgendwie doch zu viel Arbeit, zu viel Sommer in den vergangenen Monaten, zu viele Termine, zu viele andere Dinge im Kopf, als dass ich tatsächlich zu Hause sitzen und mich selbst bemitleiden könnte oder gar wollte. Aber in dem Moment, als ich wie ein begossener Pudel durch diese romantische Stadt lief, kam ich nicht umhin, für einen klitzekleinen Moment einzuknicken, einen Arm um meine Hüfte zu vermissen. Zum Lachen bringen. Auffangen.

Es war 15:23 Uhr und ich hatte es satt, zu vermissen, zu frieren, unsicher zu sein. Ich legte den Kopf in den Nacken, sah nach oben und überlegte, ob ich doch noch mal hochlaufen und einen Blick über Paris werfen sollte? *Es ist doch schon fünf Jahre her. Und schließlich bin ich gewachsen. Ein neuer Blickwinkel.* Eigentlich blieb keine Zeit mehr, musste doch in zwei Stunden schon am anderen Ende der Stadt sein. *Aber ich bin in Paris!* Ich wollte nur mal schauen, wie viel das Ticket kosten würde und ging zaghaft auf den Schalter zu. Musste mich noch bemühen und selbst anfeuern, jetzt wieder zu lächeln und das Leben zu genießen. Ganz konzentriert darauf und mit der Frage, wo denn jetzt genau die Schlange ihr Ende findet, fühlte ich mich nicht angesprochen, als eine zarte Stimme „Excuse me?“ sagte. Angestrengt schaute ich auf die Uhr. *Die Zeit reicht einfach nicht, ich muss weiter.*

„Excuse me ... Madame?“ Etwas streifte mich am Arm – ich drehte mich um und da hielt mir eine zierliche junge Frau ein Ticket entgegen, erklärte mir, dass ihr Freund krank geworden war, und wollte keinen Cent von mir annehmen. Genauso schnell, wie sie gekommen war, war sie auch wieder verschwunden und auf meinem Gesicht breitete sich ein Grinsen aus – unwillkürlich, ohne Zwang, ohne Mann an meiner Seite. Ich stellte mich in die Reihe, stieg in den Fahrstuhl und – als wäre diese Geschichte nicht schon kitschig genug – als ich so viele Meter über der Stadt auf die Aussichtsplattform ins Freie trat, brach die Sonne durch die hartnäckige Wolkenschicht.

Schnell lief ich auf die anderen Seite und hielt Ausschau nach einem Regenbogen. Wusste doch ganz genau, dass irgendwo einer sein müsste. Ganz zart, fast gar nicht wirklich, entdeckte ich ihn nur wenige Augenblicke später über den Dächern dieser zauberhaften, ganz und gar nicht tristen Stadt.

## EIN LÄCHELN. EINFACH SO.

Oktober 2015

*Als ich ungefähr zwölf oder dreizehn Jahre alt war – ich habe merkwürdigerweise kaum Erinnerungen an diese Zeit –, hatte ich eines Abends einen ersten Schub pubertärer Selbstzweifel. Meine Mutter schnitt mir, weil ich es unbedingt wollte, einen Pony. Ich saß auf dem kalten Badewannenrand und sie schnitt. Und schnitt. Und schnitt. Als sie kritisch ihr Werk beäugte, wusste ich bereits, dass es schmerzhaft werden könnte, in den Spiegel zu blicken. Ich tat es dennoch und dann brach es einfach aus mir heraus. Ich weinte und schimpfte und versank im Selbstmitleid. Über meine neue Frisur, die wirklich scheußlich aussah, über meine kurzen Beine und meinen traurigen Mund.*

*Meine Mutter erzählt die Geschichte heute noch gern und ahmt dabei nach, wie herzzerreißend ich schluchzend auf dem Badezimmerfußboden kauerte und mich selbst bedauerte.*

*Warum ich das erzähle? Nun ja, wer aufmerksam gelesen hat, stellt fest, dass ich über meine traurigen Mundwinkel heulte. Wenn ich ganz starr und ohne eine Miene zu verziehen in den Spiegel sah, hingen die nämlich nach unten. Ich sah dann traurig aus. Miesepetrig. Und als ich genug darüber geheult hatte, nahm ich mir vor, von nun an mehr zu lachen und zu lächeln – damit irgendwann meine Mundwinkel immer nach oben zeigen würden.*

Eine kurze Zeit später kam ich in die fünfte Klasse. Gymnasium. Alles neu. Nur ein anderes Mädchen von meinen neuen Mitschülern kannte ich. Ich war so aufgeregt, als ich das Klassenzimmer betrat. Setzte mich schüchtern in die zweite Reihe und unterhielt mich mit einer anderen über Pferde. Sie war nett. Kurz bevor es zur ersten Stunde klingeln sollte, betraten drei Mädchen lachend das Klassenzimmer und setzten sich unmittelbar hinter mich. Sie waren mir auf Anhieb sympathisch. Ich wollte dazugehören. Ich drehte mich um, lächelte zaghaft und in der nächsten Pause wurden wir Freunde.

Als unsere Freundschaft langsam auseinanderging und sich auch die Schulzeit dem Ende näherte, plagte mich wochenlang ein starker Husten. Es war mein zweiter oder dritter Arbeitstag. Zu Hause wartete der Haushalt und nach meiner Schicht hatte ich nur noch sechs Stunden, bis der Wecker klingeln würde. Viele meiner Kollegen mochten mich nicht, ich habe einige unschöne Erinnerungen an diese Zeit. An jenem Tag musste ich – wieder mal – die Sachen aus dem Lager auf die Verkaufsfläche bringen. Treppe hoch und runter. Die Bügel schnitten in meine Handflächen. Ich konnte nicht mehr. Ich hustete. Während ich gerade einige Bodysprays ins Regal räumte, bemerkte ich, wie er mich ansah. Er stand an der Kasse und gerade war kein Kunde im Raum. Er lächelte. Als ich die dritte Ladung Bodysprays anschleppte – es war eigentlich schon gar kein Platz mehr in den Regalen –, sprach er mich an.

Gestern, ich bin mittlerweile über die Trennung hinweggekommen, spazierte ich durch Hamburg. Etwas erschöpft von den letzten Wochen. Ein bisschen aufgeregt wegen der nächsten Stunde. Ich saß im Zug und mir fielen fast die Augen zu. War seit neun Stunden unterwegs. Ich zwang mich, die Augen offen zu halten und mir noch einige Fakten einzuprägen. Mein Handy klingelte und ich suchte hektisch in meiner Tasche danach – während des Gesprächs stieg ich aus der S-Bahn und schaute online, wo es jetzt langgeht. Eine ältere Frau sah mich an, lächelte und sagte: „Sie schaffen das!"

Ein Lächeln.
Der Anfang einer grandiosen Freundschaft.
Der Beginn einer wunderbaren Liebesgeschichte.
Ein Lächeln.
Einfach so.

*Ich nahm mir vor, von nun an mehr zu lachen und zu lächeln – damit irgendwann meine Mundwinkel immer nach oben zeigen würden.*
*Heute tun sie das tatsächlich.*
*Und ich freue mich so sehr darauf, wenn ich eines Tages all das meinen Enkeln erzählen kann. Mit Lachfalten im Gesicht.*

## 19. OKTOBER 2015

Oktober 2015

16:20 Uhr soll es losgehen. Ich muss heute nicht zur Uni, sondern habe den ganzen Tag zu Hause am Schreibtisch gesessen. Ich war bei Aldi. Und dort stellst du fest: Die Leute vor und hinter dir an der Kasse – du hast keine Ahnung, was die heute Abend machen werden. Willst du es überhaupt wissen?
Ich bin zu Hause, eine heiße Dusche.
Und ich freue mich darauf, heute auf die Straße zu gehen, Gesicht zu zeigen und viele meiner Freunde zu sehen. Ich schreibe bei WhatsApp einigen von ihnen.
Gehst Du heute zur Demo? –

Auf gar keinen Fall.
Gerade tanzte ich noch durchs Zimmer. Doch jetzt stehe ich da. Blicke erschrocken auf das Display. Gestern haben wir noch zusammen gekocht und gelacht.
Du willst „*auf gar keinen Fall*" für Menschlichkeit einstehen?
Du willst „*auf gar keinen Fall*" gegen Gewalt und Hetze auf die Straße gehen?
Du willst „*auf gar keinen Fall*" zeigen, dass Dresden bunt und nicht Pegida ist?
Ich setze mich aufs Bett und frage mich, was das jetzt für dich heißt. Und vor allem für mich?
Gespalten.

Zu viert fahren wir zur Uni. Der Weg ist vertraut. Doch als wir aus dem Bus aussteigen, laufen wir fast vor die unzähligen Polizeiautos. „Mehr Betrieb als zur normalen Vorlesungszeit ist hier aber nicht, oder?", bemerke ich beschämt. Wir unterhalten uns über das Flüchtlingslager, das gerade auf dem Campus entsteht. Nur eine halbe Stunde später ist der Platz voll. Wir gehen zu einem Ende der Menschenmasse. Und ich ärgere mich, dass ich so klein bin – kann nichts überblicken. Wie viele Menschen sind hier? Gedankenversunken grüße ich jemanden etwas weiter hinten. Auf einmal setzt sich alles in Bewegung, Musik ertönt und meine Anspannung fällt fürs Erste ab. Trotzdem immer mit der leisen Vorahnung im Hinterkopf, was heute noch passieren könnte.
Wir laufen die Hochschulstraße hinunter und als ich gerade meine Freunde suche, schweift mein Blick nach hinten und ich kann noch hunderte Meter weiter Menschen sehen. Der Strom reißt nicht ab. Ich bin überwältigt. Stelle mich kurz an den Rand. Luft holen.
Doch während ich sonst auf jeder Party ständig bekannte Gesichter sehe, bleibt das heute aus. Wir laufen weiter. Erreichen den Altmarkt. Sie haben einen Hektar markiert. Selbst nach mehreren Minuten, alle sind mittlerweile angekommen, ist dieser nicht voll. War ich nicht gerade noch überwältigt von dieser Masse an Menschen? Wo seid ihr alle?

„Es gibt ja noch andere Treffpunkte, Luise", höre ich einen meiner Freunde sagen. Aber der Altmarkt ist nicht voll. Noch lange nicht.
Die TU Dresden hat mehr als 36 000 Studierende. Wo sind die alle?
Was heißt das für Euch? Und vor allem für uns?
Gespalten.

Laut Plan endet unser Lauf hier. Es folgt das Konzert am Postplatz. Mehr weiß ich gerade nicht. Außer, dass sich in nur wenigen Minuten, nur wenige Meter weiter tausende Menschen, die gegen den Islam, gegen Menschen auf die Straße gehen, versammeln werden.
Wir laufen weiter. Alles ist noch ganz friedlich. Mein Herz pocht, weil ich nicht weiß, was mich erwarten wird. Wir kommen an meinem Fitnessstudio vorbei und an der Currywurstbude, an der meine Mama und ich früher immer Pommes genascht haben. Heimat. Schöne Erinnerungen. Aber was dort passiert, lässt mir die Tränen das erste Mal an diesem Abend in die Augen schießen: Vorwiegend Männer stehen an den Tischen, Zigarette im Mund und ein abwertender Blick. „Das sind sie!", haucht mir jemand ins Ohr. Ich kann meinen Blick nicht abwenden. Schockiert. Und nirgendwo Polizei. Ich sehe Kinderwagen, Zigarettenqualm und Plakate, noch auf dem Boden liegend, mit hetzerischen Parolen. Ein Mann fällt mir besonders auf: Solariumbräune, kurzes Haar, einige Tattoos. Plötzlich treffen sich unsere Blicke. Er lächelt dreckig und erhebt dann den Mittelfinger gegen uns.
Zwischen denen und uns ist eine schmale Gasse. Aber keine Polizei.
Zwischen denen und uns.
Was heiß das für Euch? Und vor allem für uns?
Gespalten.

Wir laufen weiter. Einer meiner Freunde tritt versehentlich auf den Schuh eines Mannes. Wir haben das gar nicht mitbekommen. Gedränge. So viele Menschen. „Sag mal, spinnst Du eigentlich völlig? Was willst Du eigentlich? Verpiss Dich!", schreit dieser, eine Deutschlandflagge in der Hand. Der Postplatz ist voll und irgendwie kann ich nicht mehr unter-

scheiden, wer hier zu wem gehört.
So wie jeden Tag, denke ich. Jeden Tag laufen wir über diese Straßen und haben keine Ahnung, auf welcher Seite das Gegenüber eigentlich steht.
Vermischt.

Schreie, Pfiffe, Gebrüll, BuhRufe. „Wo ist meine Gruppe?“ Panik. Aggressivität. Man kann die Anspannung überall spüren. Dieses Gefühl macht sich breit – Eskalation. Ich halte mir die Ohren zu. Mir laufen die Tränen übers Gesicht. Weil ich wütend bin.
Die Polizei kommt endlich. Bildet eine Gasse für all jene, die sich auf den Weg zum Theaterplatz machen, um sich dort hetzerische Reden anzuhören.
Während sich im ersten Moment noch alle in einer Art Schockstarre zu befinden scheinen, werden die nächsten Menschen, die sich ganz klein hinter der Polizei machen und schnell vorbeieilen mit Buhrufen verfolgt. Jemand stimmt „Say it loud, say it clear: Refugees are welcome here!“ an und wir rufen alle im Chor. Auch etwas, was ich den Pegida-Anhängern sagen möchte. Wofür ich einstehe. Auf der Bank hinter mir wird ein Platz frei und ich stelle mich darauf. Ich kann nicht glauben, wie viele Menschen sich versammelt haben. Aber mein Blick bleibt dennoch an der ungefähr zwei Meter breiten Gasse zwischen einer Reihe aus Polizisten und der Hauswand hängen. Ich will mir die Menschen ansehen, die dort entlanglaufen. Will mir ihre Gesichter einprägen. Und manchmal beschleicht mich das Gefühl, dass ich da einen beschämten Blick sehe. Einen Blick der sagt: „Ich weiß gar nicht, ob ich wirklich auf diese Seite gehöre oder doch lieber mit euch bunt sein würde!“ Ich meine, Unsicherheit zu sehen. Und am liebsten würde ich hinrennen und schreien: „Du kannst es Dir anders überlegen! Das ist okay! Es ist nicht zu spät!“ Gedankenversunken frage ich mich, ob ich mir das einbilde, glaube doch zu oft an etwas Gutes in anderen, das es da manchmal gar nicht gibt. Zu viel Empathie. Ich werde aus meinen Gedanken gerissen, weil plötzlich alle um mich herum, all jene, die hier für Menschlichkeit

einstehen, anfangen zu schreien. Am Anfang verstehe ich nicht, was die Botschaft ist. Doch dann wird es immer deutlicher.
„Haut ab!"
„Haut ab!"
„HAUT AB! HAUT AB! HAUT AB! HAUT AB! HAUT AB!"
Ich nicht. Ich schweige. Das kann doch nicht die Lösung sein.
Zwei Seiten, Gebrüll. Erhobene Fäuste und Mittelfinger. Keiner hört dem anderen zu. Ja, was habe ich auch anderes erwartet.
Aber: Was heißt das für Euch? Und vor allem für uns alle?
Gespalten.

Der Strom der Pegida-Anhänger scheint abzureißen. Unter den letzten befindet sich ein Paar. Mitte 40 vielleicht. Gepflegt. Sie lachen. Werfen ihren Buhrufern Kusshände zu. Widerlich.
Die Mauer aus Polizeibeamten verschwindet jedenfalls. Und ehe ich mich's versehe, setzt sich die Masse um mich herum wieder in Bewegung.
„Leute? Wo gehen wir hin?" – „Na, zum Theaterplatz natürlich!" Auf Twitter erfahre ich, dass sich dort mittlerweile tatsächlich an die 20 000 Menschen versammelt haben und den Geburtstag Pegidas feiern. Ich will dort nicht hin. NEIN!
„Verzeihung!", eine ältere Frau möchte gern vorbei. Hinter ihr noch zwei Männer. Sie bahnen sich schnurstracks den Weg durch die bunte Masse. Ein Stück einer Deutschlandflagge guckt aus ihrer Handtasche. Sie hat sich wohl verlaufen. Jetzt bloß nicht auffliegen, hoffe ich für sie. Ich erzähle in dem Moment niemandem davon.
Will sie schützen. Blicke ihr schockiert hinterher. Bleib doch stehen!
Wir stehen noch einige Minuten hier. Und manchmal ist mir so, als könnte ich die hetzerischen Parolen hören. Weit entfernt, ganz leise. Aber nur wenige Meter weiter ereignet sich all das:
Wir hüpfen, lachen wieder ein bisschen. Bunte Plakate. Herz statt Hetze!
Immer wieder beginnt das Gebrüll. Was wird passieren, wenn sich deren Versammlung auflöst? Und wo ist die Polizei?

Unsere Versammlung. Und deren Versammlung.
Was heißt das für euch? Und vor allem für uns?
Gespalten.

Wir entschließen uns, nach Hause zu fahren. Wir waren da. Haben Gesicht gezeigt. Und alles, was jetzt noch folgt, wird in Gewalt münden, vermuten wir. Also laufen wir aus der Menschenmasse und steigen in die Straßenbahn. Die restlichen Meter zu Fuß.
Beim Abendessen bin ich so ruhig wie noch nie. Die anderen lesen noch die neusten Meldungen vor. Wir diskutieren über die Zahlen. Aber an diesem Abend scheint festzustehen, dass sich auf dem Theaterplatz mehr Menschen versammelt haben als für Menschlichkeit, für Flüchtlinge, für Toleranz. „Wieso kriegen die Dresdner ihren Arsch nicht hoch?“, frage ich wütend. Und das bleibt das Einzige, was ich dazu sage. Wut steigt wieder in mir auf. Mann! Wo wart ihr?

Später schlafe ich schnell ein. Am nächsten Morgen. Meine Timeline ist voll mit Videos, Schreckensbotschaften, Zahlen. Überall verschiedene Zahlen. Schreie. Verletzte. Angriffe. Schlägereien. Verfolgungsjagden. Parolen. Plakate.

Ich weiß, dass in Dresden die Zahl der Menschen, die für Toleranz sind, überwiegt. Ich weiß es einfach, dass Pegida nicht die Mehrheit ist. Heute Morgen denke ich das immer noch.
Aber: Wo wart ihr?
Dresden, meine Heimatstadt. Dresden, ein Ort, der für mich bis vor einem Jahr noch Ruhe ausgestrahlt hat. Zu Hause. Heute: Gespalten. Hasserfüllte Blicke. Dresden, ein Ort an dem Unterschiede gemacht werden: Nazi, Ausländer, Gutmensch, Wutbürger, Asylbewerber, Pegida-Anhänger, Arschlöcher, Schuldige. Wir sitzen tagtäglich nebeneinander in der Bahn. Wir sind Menschen. Aber seit gestern habe ich das Gefühl, dass wir aufgehört haben, zu sprechen.
Wir sind gespalten.

Und das macht mich traurig.
Das macht mich wütend.
Das macht mir verdammt noch mal Angst.
Herz statt Hetze!

## FREITAG, DER 13. NOVEMBER 2015

November 2015

Es ist 19:52 Uhr und in wenigen Augenblicken landet der Flieger, in dem ich sitze, auf dem Flughafen Paris-Charles-de-Gaulle. Ich gucke angestrengt auf meine Armbanduhr – in 18 Minuten beginnt das Boarding meines nächsten Fluges. Und mein Handy hat schon vor einigen Stunden den Geistaufgegeben.
Ich ziehe meinen Koffer aus der Gepäckablage, stürme aus dem Flugzeug und suche aufgeregt mein Gate. „Soll ich mir noch schnell ein französisches Baguette kaufen?", überlege ich – aber dafür bleibt keine Zeit mehr. Hätte ich doch nur ein bisschen länger Aufenthalt.
In diesem Moment hatte ich keine Ahnung.

Pünktlich um 20:50 Uhr rollt der Flieger der französischen Airline auf die Startbahn und hebt nur wenige Sekunden später ab. Es ist stockdunkel und als ich einen Blick nach draußen werfe, stockt mir kurz der Atem. Selbst hier oben scheint man zu spüren, dass man sich in dieser magischen Stadt befindet. Alles leuchtet, schillert. Und plötzlich entdecke ich den Eiffelturm – die Anspannung der letzten Tage, die Enttäuschung fällt von mir ab und ich lächele. Zücke augenblicklich meine Kamera und halte diesen Moment fest – für mich.
Der Flug verläuft friedlich. Dabei hatte ich dieses Mal besonders große Angst. Ich konnte gar nicht genau sagen, wieso. Aber ich hatte ein flaues Gefühl im Magen bei dem Gedanken, wieder in ein Flugzeug steigen zu müssen. Doch diese 150 Minuten in der Luft nahmen mir wieder alle

Furcht. Ich schrieb ein paar Zeilen, verspeiste ein Sandwich, der tatsächlich lecker schmeckte, schaute aus dem Fenster in die Dunkelheit und spürte das erste Mal seit Wochen wieder Ruhe. Im Herzen und im Kopf. Irgendwie hatte ich in dem Moment das Gefühl, völlig über den Dingen zu stehen.

In diesem Moment hatte ich keine Ahnung.

Als Letzte verlasse ich das Flugzeug, weil ich meinen Koffer ganz hinten verstauen musste, obwohl ich in der sechsten Reihe saß. Mir fallen immer wieder die Augen zu – seit mehr als neun Stunden bin ich mittlerweile unterwegs. Will nur in mein warmes Bett. Meine Schwester in die Arme schließen. Als wir den Flughafen mit einem dieser kleinen Busse erreichen, springt mein Handy wieder an. Ich hatte es während des Fluges mithilfe meines Laptops wiederbeleben können. 10% Akku zeigt es an. Meine Mutter hat mir zahlreiche Nachrichten geschickt und ich verdrehe schon genervt die Augen. Sie macht sich immer so viele Sorgen.

Als ich ihr mitteile, dass ich sicher in Lissabon gelandet bin, höre ich sie nahezu aufatmen.

Hast du von Paris gehört?, tippt sie. Weißt du, was passiert ist? Aber Lissabon müsste sicher sein!

Ich bleibe abrupt stehen, sodass die Passagiere, die hastig durch die Flughafenhalle hetzen, zu schimpfen beginnen. Mir rasen so viele Gedanken durch den Kopf. Ich ahne Schreckliches. Nur noch 5%. Ich schreibe einem meiner besten Freunde – er lebt in Paris. Die Nachricht kommt nicht an. Ich rufe ihn an. Nichts. Nur eine französische Stimme, die mir wohl mitteilen will, dass er nicht erreichbar ist. Mir steigen die Tränen in die Augen.

In diesem Moment hatte ich keine Ahnung, welches Ausmaß das Ganze bereits angenommen hatte.

Meine Mutter schreibt mir in Stichpunkten, was passiert war. Oder zumindest das, was man bisher weiß. Nach einigen Minuten, es fühlt sich an wie eine halbe Ewigkeit, meldet sich auch mein Freund. Er sei im

Stadion gewesen, jetzt in der Metro. Wenig später ist er zu Hause. Ich atme einmal tief durch.
Ich werde abgeholt und ins Hotel gebracht. Die ganze Fahrt über kann ich nichts sagen. Lese die Nachrichten. Fange langsam an zu begreifen und befinde mich in einer Art Schockstarre.
An der Bar begrüße ich alle, genehmige mir einen Drink und wir stoßen darauf an, dass ich es geschafft habe, den Anschlussflieger zu erreichen. Belangloser Smalltalk.
Wir gehen aufs Zimmer. Ich klappe meinen Laptop auf und scrolle mich durch Facebook. Instagram. #prayforparis. Und im Liveticker erscheint eine Schreckensnachricht nach der anderen. Fassungslosigkeit.
Es ist bereits spät in der Nacht. Wir schalten die Lichter aus. Ich kann nicht schlafen.

Am nächsten Morgen soll der Wecker um 8:30 Uhr klingeln.
Ich schlage die Augen auf und merke, dass es noch viel zu früh ist.
Ich werfe einen kurzen Blick auf mein Handy. Zig Nachrichten. Ob es mir gut ginge. Wo ich grad sei. Ihnen hatte ich am Vorabend noch freudig Ich bin in Paris gelandet geschrieben.
Ich gehe ins Badezimmer und wasche mir mit eiskaltem Wasser das Gesicht.
Ich klappe den Laptop auf. Eine Facebook-Nachricht wird mir angezeigt: Verstehst du jetzt, wieso ich hier keine Flüchtlinge will? Ich schlucke und unaufhaltsame Wut macht sich in mir breit. Mir wird schlecht. Und ich hacke schon wie wild eine Antwort in die Tasten. Wie kann man so egoistisch sein? Wie kannst du, nach dem, was gestern in Paris passiert ist, jetzt wieder nur an dich denken? Kann ich hier überhaupt von Denken sprechen? Wie kannst du verallgemeinern? Wie kannst du all diese Menschen verantwortlich machen für diese Grausamkeiten, vor denen sie selbst fliehen? Das ist doch genau der Grund, wieso sie ihre Heimat hinter sich lassen. Terror. Das, was gestern in Paris passiert ist, gehört dort zum grausamen Alltag.
Ich atme tief aus. Und lösche diese Person von meiner Freundesliste bei Facebook.

Das ist nicht der Islam, den ich in Dubai, den ich in Malaysia, den ich in Deutschland kennengelernt habe. Das ist keine Religion.
Das ist Terror.

Frankreichs Luftangriff auf Syrien.
Mir laufen Tränen übers Gesicht.
Terror

## FAHRERFLUCHT

November 2015

Habe Briefe geschrieben, deren Zeilen nie gelesen wurden.
Geburtstagskuchen gebacken – für dich. Dessen Kerzen ich am Ende selbst ausblies. Ohne mir etwas zu wünschen.
Gute Ratschläge erteilt. Und dabei nur an dich gedacht.
Ich habe dir einen Schubs gegeben, damit du endlich losfliegst. Obwohl es mir das Herz gebrochen hat, dich gehen zu lassen.
Aufopferungsvoll.
Und ihr habt genommen. Genommen. Genommen.

Und ich habe es die ganze Zeit über nicht bemerkt. Nicht bemerkt, dass ich bald aufgebraucht bin. Ich bin blass geworden. Habe abgenommen. Sehe müde aus. Das ist normal, habe ich gedacht. Es ist Winter und die Sonne hat schon seit einigen Tagen nicht mehr geschienen. Ich erledige alltägliche Dinge. Setze einen Fuß vor den anderen. So, wie wir das alle machen. „Das muss genäht werden!“, ruft mir jemand aus der Ferne zu. Ich schüttle nur sacht den Kopf. Der Schmerz wird vergehen. Es geht mir schon besser. Und alles, was zurückbleibt, ist eine kleine Narbe.

Ich habe hingenommen. Gelernt, mit nur einem Bein zu gehen. Das ist okay. Immerhin habe ich überlebt. Die Krücken, auf die ich mich stütze, sind noch etwas wackelig. Ich weiß nicht, ob sie dem Winter standhalten oder wir gemeinsam ausrutschen werden. Ich befürchte einiges, aber habe keine Kraft, mir darüber weiter Sorgen zu machen.
Ich eile durch die Straßen der ergrauten Stadt. Kaum ein Licht brennt in den Fenstern. Der Schnee rieselt ganz leise. Betäubt. Lässt mich bremsen. Macht mich nachdenklich. Wieder mal. Und ohne irgendeinen besonderen Grund – denke ich – steigen mir die Tränen in die Augen. Ich schlucke sie herunter.
Plötzlich entdecke ich etwas. Einen reglosen Körper. Am Ende der Straße. Und alle Menschen laufen daran vorbei. Seht ihr denn nicht? Wieso hilft denn niemand?
Ich renne. Werde immer schneller. Aber der Abstand scheint sich kaum zu verringern. Meine Schritte werden größer. Habe irgendwas verloren. Mir rutscht die Mütze immer tiefer ins Gesicht. Der Schnee fliegt mir in die Augen. Egal. Schneller!
Bis ich – eine Querstraße weiter – den Unfallort endlich erreiche. Es ist totenstill. Hier ist niemand mehr. Ich bleibe abrupt stehen.

Ein Mädchen liegt auf der Straße. Blass. Eiskalt. Ihr Gesicht ist schneeweiß. Und überall Blut. Dunkelrot im unschuldigen Weiß. Chaos. Ich kann mir nicht erklären, was hier passiert ist. Und alles, was zurückbleibt: ist sie.
Ich renne zu ihr. Sammle ihr Hab und Gut auf. Alles irgendwie wieder zusammenflicken. Das wird schon! Aber sie regt sich nicht. Wieso habe ich im Erste-Hilfe-Kurs nicht besser aufgepasst? Kann sie nicht anheben. Ich schreie nach Hilfe. Ohne Echo. Mund-zu-Mund-Beatmung. Will ihr Leben einhauchen. Mein Gesicht über ihrem.
Sie öffnet die Augen. Ich atme auf. Sie bewegt ihre Hand und fährt über ihr Gesicht, als wolle sie sich mit den kleinen Fingern Tränen aus dem Gesicht wischen. „Kennst du das, wenn man nicht mal mehr Tränen übrig hat?“, fragt sie. Ich verstehe nicht. Hetze wieder umher. Panisch.

„Wer war das?“, schreie ich sie an. „Wie ist das passiert? Wir müssen die Polizei rufen. Kannst du dich an das Kennzeichen erinnern?“
Keine Antwort.
„Ich weiß nicht, wie es so weit kommen konnte“, haucht sie. „Es fühlt sich an, als hätte mich ein Vampir gebissen. Und bis auf den letzten Tropfen alles Blut aus mir gesaugt. Gnadenlos. Und weißt du was? Ich hatte eingewilligt.“ Sie spricht so ruhig, so gelassen, dass es mir Angst macht. „Kennst du das, wenn man nicht mal mehr Tränen übrig hat? Kennst du das, wenn man einfach leer ist? Unendlich leer?“, fragt sie wieder und blickt mir starr in die Augen.
Ich brauche nichts zu sagen. Und gebe auf. Sacke zusammen. Knie neben ihr. Mein Gesicht auf ihrem Bauch. Und sie streichelt mir zart übers Haar. Ich schaue sie an. Und durch meinen Tränenschleier scheint es, als wäre sie gar nicht mehr vollkommen da. Als würde sie verschwinden. Ich klammere mich fest an sie. Will ihren schmalen Körper wärmen. So zart, dass ich sie nicht halten kann. Wie Wasser rinnt sie mir durch die Finger.
Ein letzter Atemzug.
Etwas stirbt in mir.

Du hast mich zurückgelassen. Ich stand am Flughafen. Unsere Handflächen an der Fensterscheibe. Tränen. Eine verlassene Flughafentoilette. Wir wussten, es würde ein Wiedersehen geben, aber das war ein Abschied für immer.
Du hast mich zurückgelassen. Hast an dich selbst gedacht. Und das ist okay. Aber wieso hast du nicht all die Erinnerungen mitgenommen?
Du hast mich zurückgelassen. Wieso hast du nie Lebewohl gesagt?
Ich habe geliebt, bis alles von mir aufgebraucht war.
Es tut weh, zurückzubleiben.
Man steht da. Winkt. Und wartet. Auf Rückkehr. Vergebens.
Fahrerflucht.
Manche Begegnungen fühlen sich an wie ein Vampirbiss.
Aber vergiss nicht, sie geben dir Unendlichkeit.

## PHÖNIX

November 2015

Die Hoffnung stirbt zuletzt.
Und das ist wohl der schmerzhafteste Abschied.
Ich weiß.
Aber wenn es so weit ist, dann – verdammt noch mal – begrab sie.
Und geh weiter.
Phönix. Immer und immer wieder.

## FROM PARIS WITH LOVE

Dezember 2015

*„HAMLET: So wählt Ihr Eure Männer. – Fang an, Mörder! Lass deine vermaledeiten Gesichter und fang an! Wohlauf: Es brüllt um Rache das Gekrächz des Raben –*
*LUCIANUS: Gedanken schwarz, Gift wirksam, Hände fertig, Gelegne Zeit, kein Wesen gegenwärtig.*
*Du schnöder Trank aus mitternächt`gem Kraut,*
*Dreimal vom Fluche Hekates betaut!*
*Dass sich dein Zauber, deine grause Schärfe*
*Sogleich auf dies gesunde Leben werfe!“* *
– William Shakespeare, Hamlet: dritter Akt, zweite Szene

Vater tot.
Der Bruder auf dem Thron, die Frau an seiner Seite nun. Verrat!
Die beiden sind schuld. Rache!

Wirr. Ein Test soll es sein. Alles unter Kontrolle.
Theaterstück. Ist es so passiert? Wird er sich verraten?
Wenn Worte Dolche wären, würde er töten.
„Sein oder Nichtsein.“ *
Ophelia, Geliebte!
Der Vater durch seinen Degen getötet.
Ophelia im Bach. Ertrunken. Verzweiflung!
Der Bruder, Laertes, vermisst Vater und Schwester.
Rache!
Gegen wen? Wer ist der Feind?
Am Grabe des Mädchens das Treffen.
Geschlichtet. Aufatmen. Aufatmen?
Nein. Er muss sterben.
Verwundet!
Ersticht er den Onkel. Tot.
Tot.
Und die Mutter stirbt. Irrtümlich.
Nach den Intrigen und Kämpfen ist das gesamte dänische Herrschergeschlecht ausgelöscht.
Ende.

Es muss in der siebten oder achten Klasse gewesen sein. Wir saßen nichtsahnend im Ethikunterricht. Es hätte eine Stunde wie jede andere sein können: Keiner hörte wirklich zu. Nebenbei die Mathe-Hausaufgaben. Am Ende gab es immer Süßigkeiten.
Wir waren naiv und laut. Hatten andere Dinge im Kopf.
Und dann stellte uns die Lehrerin die Frage, wie viel ein Menschenleben wert sei.
*Wie viel ist ein Menschenleben wert?*
Wir legten alles andere beiseite. Keiner wusste eine Antwort. Wo können wir das nachschlagen?
*Würdest du den Tod einer Person in Kauf nehmen, um das Leben von 120 Menschen zu retten?*

Ich weiß nicht mehr, ob wir zu einem Ergebnis gekommen sind.
Ich weiß nur noch, dass ich die Frage für mich bis heute nicht beantworten konnte.
Ich weiß nur, dass ich *Hamlet* bis heute nicht verstehen kann.

Es sind 14 Jahre, 2 Monate und 21 Tage vergangen.
Heute vor 14 Jahren, 2 Monaten und 21 Tagen hat die Welt den Atem angehalten.
Heute vor 14 Jahren, 2 Monaten und 21 Tagen starben 2759 Menschen. Anschläge. In New York City.

Es sind 19 Tage vergangen.
Heute vor 19 Tagen hat Europa, hat die Welt den Atem angehalten.
Heute vor 19 Tagen starben 132 Menschen. Anschläge. In Paris.

Ich werde diese beiden Tage nie vergessen. Kann jetzt noch fast jede Stunde des Tages haargenau dokumentieren. Wiedergeben, wie ich erlebt habe, was passiert ist.
Mir läuft es eiskalt den Rücken hinunter, wenn ich daran denke.
Werde den Moment, als über der Gedenkstätte in New York ein Regenbogen erschien, nie vergessen.
Bin nach wie vor erschüttert. Den Tränen nah.
Aber: Das Töten geht weiter. Das Töten hat kein Ende.
Und ich sitze hier. Höre, lese, sehe die Nachrichten und fühle mich taub. Ohnmächtig.

Wie viel ist ein Menschenleben wert?
Würdest du den Tod einer Person in Kauf nehmen, um das Leben von 120 Menschen zu retten?
Was braucht es, um ein Menschenleben zu rächen?
*From Paris with Love.*

* Shakespeare, William. (2011). *Hamlet.* (Übersetzung Von Schlegel, A. W.). Husum/Nordsee: Hamburger Leseheft.(Orig.: Hamlet. 1603). S. 60.

## SEILTÄNZERIN

Dezember 2015

Der Zirkus ist in der Stadt!
Auf einmal ist er da. Mit all den Waggons, die sie im Halbkreis aufgestellt haben.
Neugierige Blicke. Getuschel, wenn die Zirkusleute an der Supermarktkasse vor einem stehen.
*Sie muss noch schnell einige Besorgungen tätigen. Wieder eine fremde Stadt. Und auch wenn sie jetzt nicht im Scheinwerferlicht steht, fällt sie trotzdem auf. Weil alle anderen einander kennen.*
Und von einem auf den anderen Tag wird die sonst so triste Stadt verschönert durch ein rotes Zirkuszelt. Die Farbe ist bereits ein bisschen verblasst. Die leuchtenden Lettern, die ZIRKUS an den dunklen Himmel schreiben, lassen das aber vergessen. Weil niemand genau genug hinsieht, um zu entdecken, dass einige der zahlreichen Glühbirnen bereits seit Monaten nicht mehr leuchten.
Hereinspaziert! Hereinspaziert!
Klapprige Bänke, von denen der Lack längst abgesplittert ist. Sägespäne überall. Popcorn! Und Leuchtstäbe. Aufgeregtes Kindergeschrei. Ein Clown, der durch die zerrupfte Menge schlendert. Unter der weißen Schminke tiefe Augenringe.
Plötzlich stockdunkel. Wenn man nach oben schaut, ist es, als würde man den Sternenhimmel sehen. Durchlöchert.
Scheinwerfer auf die Manege gerichtet: Der Zirkusdirektor. Seine tiefe Stimme erfüllt das ganze Zelt. Ansonsten ist es mucksmäuschenstill. Spannung. Aufregung. Die Show beginnt! Manege frei! Clowns und Hunde. Viele andere Tiere, die träge im Kreis laufen. Ein Kunststück. Eine Belohnung. Peitschen liegen bereit. Ponys mit albernen Kopfbedeckungen. Und Zaubertricks, die das Publikum zum Raunen und Staunen bringen. Es wird geklatscht und gebrüllt. Gekreischt und gelacht.

*Sie hört die fröhlichen Kinderstimmen wie aus weiter Ferne. Gerade noch die Tickets verkauft – zu wenige mal wieder –, sitzt sie jetzt vor dem verstaubten Spiegel ihres kleinen Waggons und schminkt sich die Sorgen aus dem Gesicht.*

Die Show ist fast vorbei. Das Popcorn längst aufgegessen. Einige Kinder haben keine Lust mehr. Lehnen sich müde über die Absperrung. Und dann ertönt ganz sanfte Musik, die einen in den Arm nimmt und leicht wiegt. Was jetzt gleich passiert: ist magisch.

Ein einzelner Scheinwerfer ist auf den Vorhang gerichtet. Dunkelrot. Ein kleiner Spalt öffnet sich. Und das Mädchen, das euch gerade noch die Karten in die Hand gab und einen schönen Abend wünschte, tritt hervor. Verwandelt. Niemand erkennt sie wieder. Sie glitzert und strahlt. Man kann nicht sehen, wen sie anlächelt. Sie klettert flink die schmale Leiter empor und macht den ersten Schritt – ein Fuß nach dem anderen auf das Seil. Graziös. Leichtfüßig. Elegant. Kein einziger Fehler, kein Schwanken, kein unsicheres Gesicht. Sie ist wunderschön. Springt und landet. Perfekt. Perfekt einstudiert. Sie, das Seil und die Musik – das ergibt eine Einheit. Verzaubert. Sie beendet ihren Auftritt mit einem Spagat in so vielen Metern Höhe. Lächelt. Nickt und verbeugt sich. Verschwindet wieder.

Tobender Applaus. *Bewundernde Blicke, die sie kaum erkennen kann. Sie weiß das zu schätzen. Aber irgendwann verstummt der Applaus. Und dann ist sie allein.*

Wir aber stellen uns vor, wie sie freudestrahlend nach hinten läuft. Ihre Familie sie in den Arm nimmt. Lobt. Und alle zusammen den Abend ausklingen lassen. Feiernd. Strahlend. Glücklich. Genauso, wie in der Manege. Was für ein wunderbares Zirkusleben. Frei und glücklich. Ja, so muss es sein.

*Schnell schält sie sich aus dem Glitzerkleid und hofft, dass ihr Vater nicht gesehen hat, dass sie die Choreografie kurz vergessen hatte. Sie schnappt sich den Besen und wartet, bis der letzte Zuschauer das Zirkuszelt verlässt.*

*Dann schminkt sie sich ab. Schaut in den Spiegel. Ihre Augen werden glasig*

*und sie spürt, was gleich passiert. Also steht sie auf, bindet ihre Haare zusammen und geht weiter.*
*Denn heute Nacht wird sie üben. Kämpfen. Und die Hoffnung nicht verlieren.*
*Denn morgen muss sie wieder strahlen. Funktionieren.*

## ICH GENÜGE MIR SELBST.

Dezember 2015

Wenn eine große Liebe zu Ende geht – und es tut mir leid, einige von euch vielleicht enttäuschen zu müssen: aber ja, das tun sie tatsächlich –, dann kann man nicht einfach so tun, als wäre nichts passiert. Dann kann man nicht einfach so weitermachen. Dann verändert man sich. Und seine Ansprüche. Und ganz gleich, wie und wieso wir uns getrennt haben, mein letzter fester Freund hat die Messlatte ziemlich hoch gehängt. Also startete ich allein und mit utopischen Erwartungen, einem gebrochenen Herzen und einer viel zu hohen Mauer um mich herum in das neue Jahr. Und um es vorwegzunehmen: Das Jahr 2015 hat es nicht geschafft, mich gänzlich neu zu verzaubern – doch: Es hat mir gezeigt, dass diese Welt ein paar tolle Typen zu bieten hat. Natürlich auch ein paar weniger tolle. Aber ganz ehrlich? Um die Männer, die mit einer smarten Antwort auf einen blöden Anmachspruch nicht umgehen können, oder all die Anstupser und Facebook-Speed-Dater soll es heute nicht gehen. Die gibt es – aber die können wir doch gekonnt ignorieren, oder Ladys? Es soll heute nicht um die Typen gehen, die ihren Mann nicht stehen können oder mich haben abblitzen lassen, weil sie „nicht damit klarkommen, dass du so erfolgreich bist und mehr Geld verdienst als ich“. Es soll nicht um besitzergreifende Machos gehen, die hinter jeder meiner Geschäftsreisen einen heißen One-Night-Stand vermuteten. Auch die Geschichte vom langweiligen Starbucks-Date [Männer,

niemals(!) ein erstes Date im Starbucks. Ich bitte euch!], bei dem wir getrennt zahlten, soll heute nicht im Mittelpunkt stehen.
Nein, auch wenn es herrlich Spaß machen kann, sich über die ein oder andere Begegnung, WhatsApp-Nachricht oder Geste zu amüsieren – letzten Endes handelt es sich dabei doch irgendwie immer um Enttäuschungen. Egal, wie amüsant wir die Geschichte vor unseren Freundinnen am Ende verpacken. Erhofft hat man sich etwas anders. Deswegen geht es heute schlichtweg um die Männer, die mir mit einem Blick die Knie haben weich werden lassen, die mich überrascht haben, die mir geholfen haben, mich selbst zu überraschen. Die Männer, die fabelhaft, aber letzten Endes doch nicht für mich bestimmt sind:

Ein Sushi-Date im Winter. Es war eigentlich noch viel zu früh und der Arme hatte somit also ohnehin keine Chance, aber was sollte ich schon gegen echt gutes Sushi einwenden? Zumal ich meinen Freundinnen auch mal wieder etwas anderes erzählen wollte, als immer nur die neuesten Facebook-Einträge meines Ex-Freundes zu interpretieren.
Als er großkotzig die „exklusive Sushi-Platte für zwei" bestellte, obwohl er eigentlich gar kein Sushi mochte und ich niemals so viel essen würde, dachte ich für einige Augenblicke an die Bescheidenheit, die meinen Ex-Freund ausmachte. Mit Mühe schob ich die Gedanken beiseite und konzentrierte mich wieder auf das Gespräch. Es war erstaunlich gut, dafür, dass ich dachte, ich hätte nach mehr als zwei Jahren das Daten verlernt. Was mich verunsicherte, war der ca. 1,50 m kleine asiatische Kellner, der meinem Gegenüber die ganze Zeit aufmunternd zuzwinkerte. *Haben die sich irgendwie vorher abgesprochen?* Deswegen war ich auch nicht besonders traurig darüber, dass wir das Lokal nach nur einer Stunde wieder verließen. Eine Bar und zwei Drinks später stieg ich in die Straßenbahn und atmete tief aus. Die Erleichterung hatte gar nichts mit dem Date – was rückblickend wirklich gut war – zu tun, sondern allein mit der Tatsache, dass ich einen ersten Single-Schritt getan hatte und immer noch lebte.

Dieser April hielt eine wunderschöne Sommerromanze für mich bereit. Zwar war es in Deutschland noch viel zu kalt, um es als eine solche zu bezeichnen. Aber manchmal spielt das Leben so, wie man es gerade braucht.
Auch wenn wir nur für wenige Tage Zeit bekamen. Und lange dachten, dass das nicht gereicht habe – aber: Es war definitiv genug. Denn man soll ja bekanntlich aufhören, wenn es am schönsten ist.
Als ich ihn das erste Mal sah, war mein Interesse sofort geweckt. Ich habe aber gelernt, das geschickt zu vertuschen. Gerade dann, wenn man nicht dieselbe Sprache spricht. Es dauerte aber nicht lange, bis ich mir ganz sicher war, dass seine Blicke für mich bestimmt waren. Und das Wunderbare an der Sache? Er hörte nicht auf, mich so anzusehen. Dieser Blick der Begierde. Momente der unendlichen Freiheit. Sternenhimmel. Irgendwo auf dem Ozean. Einfach rundum perfekt. Vielleicht war es auch nur perfekt, weil alles andere während dieser zwei Wochen so grandios gewesen ist. Vielleicht lag es auch an den kostenfreien Drinks, dem guten Essen und der karibischen Sonne, die uns täglich auf den Bauch schien. Aber ganz gleich, woran es lag – es war wunderbar.
Drei Wochen später schwelgten wir noch in Erinnerungen. FaceTime. Und dann war es vorbei. Ganz sanft. Für immer in Erinnerung.

Mitten im Sommer – eigentlich hatte ich neben all den Abgaben, Prüfungen und Reiseplanungen gar keine Zeit. Aber er ließ nicht locker. Also traf ich mich – ich glaube, das allererste Mal überhaupt – mit einem Typen, den ich vorher noch nie gesehen hatte. Draußen war es unfassbar heiß und so schlüpfte ich in meinen Lieblingsrock, legte ein bisschen Puder und Lipgloss auf und machte mich auf den Weg.
Später erzählte er mir, dass ich ziemlich kühl gewesen wäre. Komplimente hätte ich mit einem schlichten „Danke" entgegengenommen. Er konnte es kaum glauben, dass mich mal jemand wegen meiner „flirty" Art (ich werde die Betonung, mit welcher er dieses Wort damals immer aussprach, nie vergessen) hat abblitzen lassen. Ich wusste, dass ich ihn mit meiner Arroganz einschüchterte. Ich wusste, dass er bisher nur

Mädchen gedatet hatte, die ihn unwiderstehlich fanden – er sah ja auch wirklich verdammt gut aus. Aber ich hatte schlichtweg kein Interesse. Es passte einfach nicht.
Wieso ich trotzdem von diesem Treffen erzähle? Weil er nicht lockerließ. Er wollte unbedingt und um jeden Preis wissen, was hinter der Fassade steckte. Und so anstrengend seine aufdringliche Art auch manchmal war, wie unattraktiv ihn das an mancher Stelle auch machte – rückblickend ist es ein wunderbares Gefühl, dass jemand Fremdes so viel in mir gesehen hat. Dass jemand Fremdes so viel für mich getan hat. Und empfunden.

Ein Wiedersehen in einer fremden Stadt. Nach so vielen Jahren.
Ein eigentlich belangloser Flirt, der eine unglaubliche Wendung hinlegte.
Der süße Typ, der mir gegenüber in der Bahn saß. Wir haben uns danach nie wieder gesehen. Und ich habe ihm meine Nummer auch nicht gegeben. Aber allein die Frage danach hat mich an diesem lauen Sommerabend aufgemuntert.
Seine Schmeicheleien, die Begierde in seinem Blick und die vollkommene Aufopferung, die ich zu diesem Zeitpunkt ganz furchtbar und zu viel fand, sagten mir: Du bist begehrenswert.
Und dafür muss ich den Männern, denen ich in diesem Jahr begegnet bin, danken. Zwar war keiner von euch der Richtige. Aber ganz gleich, ob wir uns nur ein einziges Mal begegnet sind, der Kuss wirklich romantisch war oder die Nacht unvergesslich – so habt ihr mich nicht nur für den Moment glücklich gemacht, sondern auch für die Zukunft aufgepäppelt. Denn es gibt Momente im Leben einer jeden Frau, mag sie nun noch so wunderschön oder intelligent, selbstbewusst sein, da braucht sie die Bestätigung eines Mannes. Und das hat nichts damit zu tun, dass man schwach ist, sich abhängig macht oder nicht emanzipiert genug ist – sondern schlichtweg mit der Tatsache, dass dieser bestimmte Blick eine magische Wirkung haben kann. Und sind wir mal ehrlich?
*Es ist wunderbar, bewundert zu werden!*

Und jetzt kann ich wieder allein ins Kino gehen. Ich habe kein Problem mehr damit, dass ich am Sonntagabend niemanden zum Kuscheln habe. Ich rufe meine Freundinnen nicht mehr jede Woche heulend an und versinke nicht mehr im Selbstmitleid, weil alle um mich herum so wunderbare Beziehungen führen. Ich führe endlich wieder eine zu mir selbst. Und natürlich liegt das auch daran, dass ich einiges in meinem Leben verändert habe, dass ich gewachsen bin, dazugelernt habe. Aber es liegt auch daran, dass ihr mir das Gefühl gegeben habt, bewundernswert zu sein.

Jetzt lege ich mir mein eigenes Jackett um die Schultern und laufe mit einem Lächeln alleine nach Hause… denn ich genüge mir endlich wieder selbst.

## BEISAMMENSEIN

Dezember 2015

In diesem Jahr wünsche ich mir: Beisammensein. Glücklichsein. Lachende Gesichter. Glitzer und einen wunderschönen Weihnachtsbaum. Familie. Besinnlichkeit und dass wir so viele Plätzchen backen, dass uns schlecht wird. Weihnachtslieder und Glühwein. Gebrannte Mandeln. Süßigkeitenteller. Gesundheit und langersehntes Wiedersehen. Ich wünsche mir Ehrlichkeit und Aufrichtigkeit und Loyalität. Und ein klein bisschen Schnee vielleicht. Dass wir stundenlang Monopoly spielen. Einen Nachmittagsspaziergang.
In diesem Jahr wünsche ich mir: Beisammensein. Beisammensein. Beisammensein.
Nachhausekommen.
Wenn das so einfach wäre.
Wenn immer eine Hälfte fehlt.
Oder mehr als die Hälfte.

Oder eben alles – das kann man nicht messen.
Weil wir nie alle gemeinsam an einem Tisch sitzen werden. Weil es nicht passt. Zu wenig Stühle. Aber daran liegt es nicht. Denn selbst wenn wir noch welche dazustellen würden, der Platz würde nie reichen. Weil die Zeit einander genommen hat. Auseinandergedriftet. Weil sich Menschen und Geschichten und Erinnerungen dazwischengeschoben haben. Weil Vergebung ausbleibt. Weil manche Kämpfe noch immer nicht ausgetragen sind.

Und: Wenn immer etwas fehlt – ist es unmöglich, nach Hause zu kommen, anzukommen, beisammen zu sein. Und so verbringen wir die Vorweihnachtszeit damit, zu planen, wann wir wo welches Geschenk überreichen. Um welche Uhrzeit wir den Braten in den Ofen schieben müssen, damit auch alle pünktlich ankommen. Und dann müssen wir die Verspätung miteinberechnen. Weihnachten auf dem Bahnhof. In Zugabteilen. Es schneit. Und wir winken, obwohl wir uns doch gerade erst in den Arm genommen haben.
Aber jeder ist dran. Einer nach dem anderen. Wie das Abarbeiten einer Liste. Schnell, denn der Zug fährt bald ab. Wir hetzen vollbepackt durch die Bahnhofshalle – und verlieren dabei so viel, vergessen dabei noch mehr. Lassen das Wichtigste zurück.

Alles, was ich mir wünsche ist: Beisammensein.
Und Nachhausekommen.
Wenn das so einfach wäre.
Ach, wenn man das doch nur in einem dieser überfüllten Läden kaufen, in goldenes Geschenkpapier verpacken und eine hübsche Schleife drumherum binden könnte.
Wenn es doch so einfach wäre.
Beisammensein.

**PERLMOOS**

lat.: *Chondrus crispus*

Familie: *Rotalgen* (*Gigartinaceae*)

Fundort: *N 40° 41‘ 37.665“ W 73° 57‘ 47.89“*

Jahr: 2016

# 5. KAPITEL

2015

## WER BIN ICH?

Januar 2016

Wer bin ich?
Wer will ich sein?
Und wie komme ich dahin?

*31. Januar 2016*
Ich will allein sein. Und das nicht, weil ich traurig bin. Sondern weil ich mich selbst so sehr vermisse.

## DAS LETZTE MAL.

Februar 2016

Das Schlimmste beim letzten Mal ist, dass du in dem Moment nicht weißt, dass es das letzte Mal ist. Es fühlt sich an wie immer. Da ist ein leiser Zweifel. Vielleicht. Ein kaum hörbarer Einwand. Den du aber einfach beiseiteschiebst.
Und irgendwann sitzt du da. Mitten in der Nacht. Kannst wieder nicht schlafen und fragst dich, wann das alles eigentlich aufgehört hat: das letzte Mal kraulen. Das letzte Mal deine schützenden Hände auf meinen Ohren. Das letzte Mal durchkitzeln. Der letze Kuss. Die letzte ehrliche Umarmung. Das letzte Mal, dass ich am wunderschönen Elbufer entlangspaziere.
Die letzte Seite. Das letzte Wort. Herauszögern. Du klappst das Buch zu. Nach dieser unfassbar schönen Geschichte. Du merkst, dass das

Lied gleich vorbei ist. Es wird immer leiser. Unumgänglich. Und dann: Stille. Und wenn der Sommer sich mit einem letzten lauen Sommerabend verabschiedet. Langsam. Irgendwie genüsslich. Ein klein bisschen schmerzhaft. Aber nicht so richtig – vielleicht wird es ja morgen doch noch mal schön. Vielleicht gibt es einen zweiten Teil. Vielleicht geht die Geschichte weiter.

## ICH LIEBE DICH.

Februar 2016

*Wir alle sind auf der Suche nach der großen Liebe.*
*Glaube ich.*
*Also ich bin es jedenfalls.*
Und wenn ich die gefunden habe, dann sage ich das hier:

Ich liebe Dich.
Alles an Dir. Deine Augen, die nie müde werden, mich anzusehen. Und wie Du mich ansiehst. Deine Geduld. Deine Zielstrebigkeit. Ich liebe Deine Fehler genauso sehr wie Deine Talente.
Und ich liebe uns. Alles an uns. Dass wir zusammen die Welt erkunden. Dass wir Freunde und Liebhaber, Komplizen und manchmal doch wieder Fremde sind.

Ich liebe Dich dafür, dass Du in den richtigen Momenten da und in den richtigen Momenten nicht da bist. Weil ich meine Mädels trotzdem noch genauso oft sehe. Ohne dass Du mir das Gefühl gibst, ein schlechtes Gewissen haben zu müssen. Wir sind ein Wir und trotzdem noch einzelne Individuen. Wir unternehmen so viel. Zusammen und allein. Und ich liebe es, wenn Du mich abends anrufst, nur um mir zu erzählen, wie schön Dein Tag war.

Manche Dinge muss ich allein tun, allein durchstehen, allein erleben – und Du lässt mir diesen Freiraum. Hast aber immer einen Blick auf mich. Bewundernd. Beschützend.
Du bist da, auch wenn Du nicht da bist.

Ich liebe Dich dafür, dass Du mich heute begehrst wie am ersten Tag. Ich liebe es, dass wir nicht eines der Pärchen geworden sind, die jeden Abend auf der Couch gammeln. Und wenn wir es tun, dann ist es auch okay. Dann pfeifst Du mir hinterher, wenn ich in Deinem Shirt und Slip schnell in die Küche gehe, um uns einen Wein aufzumachen.
Du weißt, wie viel Schminke ich mir manchmal ins Gesicht schmiere, und Dein Blick ist trotzdem überrascht, wenn ich dann endlich fertig bin. „Du siehst wunderschön aus!" – Und wir verlassen das Haus, tanzen gemeinsam durch die Nacht, damit Du mich abschleppen kannst.
Und Du findest mich auch am Sonntag heiß, weil wir uns eben nicht gehen lassen und trotzdem entspannen können. „Du siehst wunderschön aus", sagst Du wieder. Und es gibt nicht einen Augenblick, in dem ich an Deiner Ehrlichkeit zweifle.
Ich liebe Dich. Uns.
Dafür, dass Du mich ansiehst, als wäre ich ein Wunder. Weil ich ein Wunder bin. Und das weiß ich, weil Du es mir jeden Tag sagst. Weil du mich behandelst wie eine Prinzessin, ohne mich dabei vergessen zu lassen, dass ich für all das selbst verantwortlich bin. Weil du mir hilfst, mich stützt, motivierst, aber mich zwingst, das Ruder niemals aus der Hand zu geben.
Wir sitzen nebeneinander. Fahren in dieselbe Richtung. Im Takt. Wir.

Ich liebe Dich, dafür, dass du mich jeden Tag aufs Neue überraschst – mit Deiner Intelligenz, Deinen Zuneigungen, einem Blumenstrauß. Oder einem Gänseblümchen. Weil Du weißt, dass es mir nicht um den Preis oder die Größe geht, sondern schlichtweg: um den Gedanken, die Aufmerksamkeit. Du überraschst mich mit Deiner Liebe. Denkst an meinen Geburtstag und den Valentinstag und unseren Jahrestag – ohne dabei jemals kitschig zu werden. Du denkst daran, weil es Dir etwas bedeutet und nicht, weil Du musst oder ich es erwarte. 99 Luftballons. Du kommst unerwartet eine Stunde eher von der Arbeit nach Hause – mit Sushi. Das ich Dir auch gelegentlich gern an den Kopf werfen würde.

Ich liebe Dich. Weil wir uns streiten können. So richtig. Weil wir uns über wichtige Sachen streiten. Anschreien. Verzweifelt. Und dann knall ich die Tür hinter mir zu. Und du wirfst mir noch einen Schirm zu, weil es draußen regnet. Und ich brülle durch den Hausflur: „Ich hab Dich lieb, Du Arschloch!“ – Weil wir nicht im Streit auseinandergehen wollen und uns in dem Moment trotzdem hassen. Ich liebe Dich, weil Du stundenlang mit mir diskutierst und nicht einfach nur abnickst, was ich sage. Du willst wissen, was ich denke, und willst mich wissen lassen, wie Du fühlst.
Wir streiten, weil wir uns lieben. Und weil wir Versöhnungssex beide großartig finden.

Ich liebe Dich, weil Du die Zuneigung, mit der ich dich überschütte, zu schätzen weißt. Weil Du den Moment genießt und mich nicht verurteilst, wenn ich mal wieder stundenlang am Laptop sitze und den Blick nicht vom Desktop abwenden kann. Ich liebe es, dass Du Dich von meinem Erfolg nicht einschüchtern lässt, gerne mit auf meine Reisen kommst und sie zu unseren machst. Ich liebe es, dass Geld bei uns keine Rolle spielt – egal ob viel oder wenig davon. Ich liebe es, dass Du mich zum Essen einlädst und Dich einladen lässt, ohne dabei zu denken, ich würde Deine Männlichkeit infrage stellen.
Ich liebe Dich so sehr und werde nie müde, Dir das zu sagen, zu zeigen. Und wenn ich es in der Hektik des Alltags doch mal vergessen sollte, dann hältst Du mich fest, erinnerst mich daran, was wir haben.

Ich liebe Dich, weil du meine Macken kennst. Und nicht erschrickst, wenn du eine weitere kennenlernst. Weil du diese Mauer, die ich um mich erbaut habe, Stück für Stück abgetragen hast und mich auch ohne

Maske, ohne Beschönigungen, ohne Make-up und ohne Filter wunderbar findest. Du kennst meine Fehler. Du bist Dir der Tatsache bewusst, dass ich bei Weitem nicht so stark bin, wie ich tue, und nicht so perfekt, wie andere es über mich denken. Du weißt all das, gibst mir aber nie das Gefühl, bemitleidet zu werden.
Nach drei Wochen Glücklichsein nimmst Du mich in den Arm und hältst mich fest, weil Du genau weißt, dass sich einiges angestaut hat und dass ich einfach mal heulen muss. Dann wischst Du mir die Tränen aus dem Gesicht und die Welt sieht wieder wunderschön aus.

Ich liebe Dich. Weil ich mit Dir über alles reden kann. Du hörst mir zu, wenn ich über GNTM berichte, Du beruhigst mich, wenn ich mich aufrege, und Du sagst die richtigen Dinge zum richtigen Augenblick. Ich liebe es, wenn Du mir erzählst, was Du denkst, wirklich fühlst, Dir wünschst. Weil Deine Augen dann strahlen und Du nicht aufhören kannst. Dann sprechen wir über die Liebe und Sterne, ferne Kulturen und darüber, wie sehr wir die Welt vermissen. Du sprichst mit mir über Politik und Gesellschaften, Konflikte und Ängste – aber genau richtig, nicht zu viel, nicht zu gestochen, nicht zu selbstüberzeugt. Sondern neugierig. Du willst wissen, was ich denke. Du fragst nach. Wir verurteilen einander nicht für Dinge, die wir getan haben, Lügen, die wir ausgesprochen und Fehler, die wir begangen haben.
Und wenn wir uns anschweigen, dann weil wir die Ruhe genießen, das Zusammensein. Nicht, weil wir uns nichts mehr zu sagen haben. Und ich glaube nicht, dass es irgendwann mal so weit kommen wird. Und wenn? Dann steigen wir in irgendein Flugzeug und erleben ein neues Abenteuer zusammen.

Ich liebe Dich.
Weil Du mich unterstützt.
Weil Du niemand bist, der einfach aufgibt. Mich aufgibt.
Weil Du Dir nimmst, was Du willst.
Weil Du nicht perfekt und damit genau perfekt bist. Für mich. Für Uns.

Ich liebe Uns.
Weil wir auf einer Augenhöhe sind. Einer Wellenlänge.
Weil wir uns immer wieder neu erfinden.

*22. Februar 2016*

Dresden – wenn ich meinen Blick über die Häuser, die Elbe, die wunderschöne Silhouette der Altstadt schweifen lasse, spüre ich tiefste Zufriedenheit. Und das beruhigt, beunruhigt mich.
In einer Woche schon sitze ich im Flieger. Dann: drei Monate nur. Ganze drei Monate. Ich werde gehen, weil Heimat existiert, damit man nach Hause kommen kann. Und um das zu tun, muss man sich vorher verabschieden. Also werde ich ausfliegen und Erinnerungen an neue Fassaden heften. Ich werde auf fremden Parkbänken heulen. Und einem Zimmer irgendwo in Brooklyn Leben einhauchen.
Und nach New York? Kommt Asien. Kommt Kapstadt. Kommt Wer-weiß-wo.
Und zwischendrin: Dresden. Zum Nachhausekommen. Zum Über-die-Brühlsche-Terrasse-flanieren. Für Hier-hatte-ich-meinen-allerersten-Kuss–Erinnerungen. Bekannte Gesichter. Überfüllte Elbwiesen. Die Straßenbahnlinie 7.

Was ich mir jetzt noch wünsche? Dass Margo und ich uns doch noch einig werden. Und ich sagen kann: „*Die Leute sind der Ort ist die Leute*“*. Mit einem guten Gewissen, meine ich. Möge die Schönheit der Stadt auf die Charaktere der Menschen überschwappen. Hört auf, mit aller Kraft gegen unsere eigenen Mauern zu treten. Ich will leben. Und gern zurückkommen.

* Green, John. (2011). Margos Spuren. (Übersetzung Zeitz-Ventura). München: DTV. Auflage 3. (Orig.: Paper Towns. New York: Dutton Books. 2008). S. 316.

## SIEH MICH AN. UND SAG MIR, WAS DU FÜHLST.

Februar 2016

Sieh mich an. Und sag mir, was du fühlst.
Stille.
Es ist ein Jahr vergangen. Ein Jahr, in dem wir gelernt haben, ohne einander zu leben. Und wenn ich heute an Dich denke, dann trage ich ein Lächeln auf den Lippen. Wunderschöne Erinnerungen. Und ein stechender Schmerz. Immer noch. Weil ich es noch immer nicht verstehe. Weil ich es bedauere.
Aber: Ich habe mich daran gewöhnt, dass Du nicht mehr da bist. Ich habe – auch wenn es eine gefühlte Ewigkeit gedauert hat – aufgehört, darüber nachzudenken, mir selbst die Schuld in die Schuhe zu schieben und meine Laune vom Schmerz regieren zu lassen. Ich habe mich längst aufgerappelt. Ich bin glücklich. Ich bin gewachsen. Und weiß: dass ich niemanden, und vor allem nicht Dich, für mein Glück verantwortlich machen kann.
Ich treffe jetzt sogar jemand anderen. Ich bin distanziert. Er ist fabelhaft. Aber ich nicht bereit. Ja, ich wollte diesmal alles anders machen. Selbstschutz. Wir haben eine schöne Zeit. Aber darum geht es nicht.
Denn ich weiß: dass ich niemanden, und vor allem nicht Dich, für mein Glück verantwortlich machen kann.
Und heute bin ich glücklich. Wirklich.
*Aber ich weiß genau: Ein Blick, ein Wort, ein Kuss – würde alles ändern. Diese drei Worte. Die Bitte, Dir zu verzeihen. Offene Arme. Ein Friedensangebot.*
*Ich würde es annehmen. Ohne zu zweifeln.*
*Wirklich?*
*Aber es passiert ja nichts.*
*Stille.*

So oft habe ich deine Nummer gewählt. Geweint. Gefragt. Vergebens. Ich habe gekämpft. Mich aufgeopfert. Und selbst jetzt, da die Wunden verheilt und die Wogen geglättet sind, gibt es Augenblicke, in denen mir eine einsame Träne über die Wange läuft. Ich wische sie beiseite. Und gehe weiter. Als wäre nichts gewesen. Denn es ist nichts gewesen. Ich kann Dich nirgendwo sehen – laufe über die Bahnsteige des Bahnhofs, auf dem Weg zu einem neuen Abenteuer, und kann meine Augen nicht daran hindern, alles nach Dir abzusuchen. Aber ich kann Dich nicht hören. Nichts.
Und dann vergehen wieder Wochen, in denen ich nicht eine Sekunde an Dich denke. Ich tanze durch die Nacht. Bekomme Aufmerksamkeit. Blumen. Eine Umarmung, die sich ein klein bisschen wie zu Hause anfühlt. Eine gute Nachricht. Ein neuer Haarschnitt. Veränderung.
*Aber ich weiß genau: Ein Blick, ein Wort, ein Kuss – würde alles ändern. Diese drei Worte. Die Bitte, Dir zu verzeihen. Offene Arme. Ein Friedensangebot.*
*Ich würde es annehmen. Ohne zu zweifeln.*
*Wirklich?*
*Aber es passiert ja nichts.*
*Stille.*

Ich bin über Dich hinweg.
Auch wenn ich es nie für möglich gehalten hätte. Das war's. Die Gefühle sind irgendwie verschwunden – in kleinen Kästchen eingeschlossen, an ihr zerschellt, tief in unseren Herzen in Sicherheit gebracht.
Es geht mir gut. Ich werde die Stadt verlassen. Abenteuer. Du weißt. Ich werde noch erwachsener. Und noch aufregendere Dinge erleben. Menschen kennenlernen. Lektionen erteilt bekommen. Ohne Dich. Das alles hat gar nichts mit Dir zu tun. Aber ich bin mir sicher, es würde Dir gefallen. Auch wenn Du das niemals zugeben würdest. Aber die meiste Zeit denke ich gar nicht darüber nach, was Du darüber denken, dazu sagen würdest. Während ich mich früher immer bemüht habe, Dir zu gefallen, Dir gerecht zu werden, Dir aufzufallen, geht es mir heute um

mich. Nur um mich. Das ist fabelhaft. Manchmal ganz schön viel.
Aber will mich nicht beklagen.
Ich bin frei.
*Aber ich weiß genau: Ein Blick, ein Wort, ein Kuss – würde alles ändern.*
*Diese drei Worte. Die Bitte, Dir zu verzeihen. Offene Arme. Ein Friedensangebot.*
*Ich würde es annehmen. Ohne zu zweifeln.*
*Wirklich?*
*Aber es passiert ja nichts.*
*Stille.*

Und heute sind wir Freunde. Ich kann Dich anrufen, wenn irgendwas ist. Und wir trinken einen Kaffee und tauschen uns darüber aus, was es Neues gibt. Belanglosigkeiten.
Wir wissen immer noch ganz genau, wie der andere tickt. Man verlernt es nicht, die Uhr zu lesen. Ich weiß genau, wann es Dir nicht gut geht. Aber wir bohren nicht nach. Gebührender Abstand. Aus Respekt.
Ich lächle Dich an und wir schwelgen in Erinnerungen. Lachen. Weißt Du noch? Seeboje.
Längst vergangen.
Und ich bin froh, dass ich heute eine andere bin.
*Aber ich weiß genau: Ein Blick, ein Wort, ein Kuss – würde alles ändern.*
*Diese drei Worte. Die Bitte, Dir zu verzeihen. Offene Arme. Ein Friedensangebot.*
*Ich würde es annehmen. Ohne zu zweifeln.*
*Wirklich?*
*Aber es passiert ja nichts.*
*Stille.*

Es geht mir gut. Mit Deiner, mit unserer Entscheidung. Ich habe längst eingesehen, dass das jetzt und hier und mit uns nicht funktioniert. Ich habe längst eingesehen, dass Du das so siehst. Meine Liebsten haben mich aufgepäppelt und ich bin an dem Punkt angelangt, an dem ich

meiner verzweifelten Freundin sagen kann: „Du wirst darüber hinwegkommen! Es sieht aussichtslos aus, ich weiß. Ich bin über den Weihnachtsmarkt geschlendert und habe allein in meine Kapuze geweint. Und jetzt sitze ich hier und verbringe den Abend lieber allein, als mit irgendeinem ermüdenden Date. Weil allein sein okay ist. Single sein ist fabelhaft!“ – Ich genieße das Leben! Ich bin froh, dass ich auf niemanden außer mich selbst Rücksicht nehmen muss.
Aber: Ich fürchte mich. Ich fürchte mich davor, dass Du es bereust. Dass wir es bereuen.
Ich will nicht eines Tages dasitzen. Meine Kinder spielen im Garten. Aber nicht unsere.
Ich will nicht, dass wir uns falsch entscheiden.
Ich will nicht, dass nie ausgesprochene Worte. Ich will nicht, dass deine Feigheit, Gefühle zu zeigen. Ich will nicht, dass Deine Angst, mir nicht gerecht zu werden. Ich will nicht, dass dieser eine Fehler. Ich will nicht, dass diese Lüge. Ich will nicht, dass dein Stolz oder deine Fehleinschätzung meiner Gefühle.
Ich bin glücklich.
Aber ich werde nie aufhören, Dich zu lieben.
Bitte, lass uns nie irgendwas bereuen.
Sieh mich an. Und sag mir, was du fühlst.

*8. März 2016*
Während ich mir immer alle Optionen offenzuhalten versuchte, habe ich es endlich geschafft, mich zu entscheiden. Auch das heißt Freiheit. Ich habe mir selbst Probleme geschaffen, die gar keine waren. Mich halbherzig an etwas gebunden, damit sich die Freiheit nicht ganz so einschüchternd anfühlt.
Ein Ballon – Helium oder Heißluft oder was auch immer – und ich habe mich selbst ans Geländer gebunden. Die Schnur war so lang und doch zu kurz ... sodass ich nirgendwo richtig gewesen bin.

## ICH BRAUCHE DICH NICHT.

März 2016

„Zeig mir doch nur ein einziges Mal, dass du mich brauchst! EIN! EINZIGES! MAL!“, knallt er mir an den Kopf und geht. Ich habe den Schmerz schon seit einigen Wochen in seinen Augen gesehen. Seitdem ich begriffen habe nämlich, dass das für ihn mehr ist.
Aber: Ich brauche dich nicht, geht mir durch den Kopf. Und es bricht mir das Herz. Denn: Es ist ein schreckliches Gefühl, niemanden zu brauchen. Es ist ein schreckliches Gefühl, sich nicht festhalten zu müssen. Zu können. Ich bin stark. Selbstbewusst. Und viele meiner Freundinnen beneiden mich gerade darum, dass ich – auch wenn ich nicht 100%ig zufrieden mit mir, meiner Figur, meinem Gesicht, meiner Leistung, meinem Charakter bin – 100%ig zu mir selbst stehe. Und ich bin mutig. Vor anderen. Ich habe es gelernt, meine unzähligen Ängste zu verstecken und zu überwinden. Ich gehe voran. Ich übernehme das! Ich ziehe mein Ding durch, sagen die Leute immer. Ich mach einfach. Ich strebe nach etwas. Und ich mache das allein. Als wäre nichts dabei. Und es ist nichts dabei. Ich bereise die Welt. Allein. Ich bin glücklich. Allein. Ich mach mich und mein Leben nicht abhängig von der Suche nach der großen Liebe.
Ich bin stark. Selbstbewusst.
Ich war nicht immer so.

Aber.
In dem Moment, in dem einem das Herz gebrochen wird, passiert etwas mit einem, das man nur verstehen kann, nachvollziehen kann, wenn man es selbst erlebt hat: Man bricht zusammen. Und alles um einen herum. Es ist leer und still. Zu still. Und überall wird geschrien. In dem Moment, in dem einem das Herz gebrochen wird, verändert man sich. Schlagartig. Und dann Stück für Stück.

Und wenn man sich dann irgendwann wieder aufgebaut hat. Dann ist man vorsichtig. „Was dich nicht umbringt, macht dich stärker“, habt ihr gesagt und gelacht und seid gegangen. Und ihr hattet recht. Heute weiß ich das.
Aber.
Zu stark. Zu vorsichtig. Zu skeptisch.

„Ich brauche dich nicht“, sage ich.
Obwohl er es schon längst nicht mehr hören kann. Obwohl er es schon längst weiß.
Ich brauche dich nicht.
Weil ich für mein Glück selbst verantwortlich sein muss!
Weil ich mein Fundament nicht wieder auf irgendwas, irgendwen, der mich verlassen könnte, bauen kann.

Es ist ein großartiges Gefühl, niemanden zu brauchen.
Es ist ein schreckliches Gefühl, niemanden zu brauchen.

*21. März 2016*
Es fühlt sich an, wie ein Puzzle. Ich füge mein Ich ganz neu zusammen. Und an jeder Straßenecke sammle ich ein Teil von mir selbst ein. Von meinem zukünftigen Selbst.

*24. März 2016*

Der erste Tag, an dem ich mich tatsächlich einsam gefühlt habe. Hier in New York.

Ich wusste ja, dass es so kommen würde. Von meinem letzten Aufenthalt hatte ich gelernt, dass man in dieser überfüllten, lauten, gedrängten Stadt sehr schnell den Anschluss verliert.

Und dann komme ich auf die Dachterrasse – zum Schreiben im Sonnenuntergang. Damit all die Melancholie ihren Platz findet.

Und: Sie sitzt hier einfach. Allein. Liest ein Buch und sieht dabei so glücklich aus.

Ich setze mich zu ihr. Und auch wenn wir außer „Hey“ kein Wort wechseln, sondern beide vertieft sind in das, was wir machen, fühlt es sich nicht mehr so einsam an.

*20. April 2016*

Warum sollte es, nur, weil es jetzt und hier gerade schön ist, woanders nicht noch viel besser sein?

## ECHO

Juni 2016

Ich schwebe. Ein überwältigendes Gefühl.
Ich tanze.
Ich lache.
Buche Flüge. Steige in Flugzeuge und reise auf die andere Seite der Welt. Einfach so. Lasse alles und nichts hinter mir. Starte neu. Jeden Tag. Schlüpfe in Kostüme. Trage Masken. So, wie es mir eben gerade gefällt. Ich kann hier machen, was ich will. Tanzen, mit wem ich will. Küssen, wen ich will. Niemand kennt mich. Niemand hier kennt mich. Wir tanzen. Und küssen. Kein Getuschel. Kein Nachreden. Wir machen es einfach. Bleiben unentdeckt. Undercover.
Jede Nacht aufs Neue.
Das hier ist Freiheit.
Weil es kein Morgen gibt. Jetzt im Moment. Nur der Moment. Und: Die Dunkelheit, die uns schützt, und die Einsamkeit, die zu Hause wartet. Und wartet. Und wartet. Wir kommen nicht nach Hause. Das hier ist Freiheit. Ist unendlich.

Und etwas in mir ruft:
*Halt mich. Küss mich. Erde mich.*

Ich schwebe. Ein überwältigendes Gefühl.
Ich tanze.
Ich lache.
Ich renne und springe. Überwinde Hürden. Und hebe ab. Schwerelos. Ich schaff das! Guck mal! Ich hab das geschafft! Was sollte mich jetzt noch aufhalten? Was sollte mich jetzt noch in die Knie zwingen? Nichts! Und alles. Irgendwie. Aber das ignoriere ich. Laufe weiter. Springe höher. Lache lauter.

Wir drehen die Musik auf. Und vergessen das, was da noch ist. Auf der anderen Seite der Welt. Und in unseren Herzen.
Und etwas in mir ruft:
*Halt mich. Küss mich. Erde mich.*

Ich schwebe. Ein überwältigendes Gefühl.
Ich tanze.
Ich lache.
Unaufhaltsam. Irgendwie. Startbahn. Zielgerade. Oder irgendwas dazwischen. Das spielt gar keine Rolle. Aber bitte nicht stehen bleiben. Nicht umdrehen.
Ich meine: Wieso auch? Das Leben ist großartig. Veränderungen sind nicht nur unumgänglich, sondern notwendig. Fabelhaft. Belebend. Tränen? Werden vom Gegenwind getrocknet. Von der Entfernung immer wieder herausgefordert. Und dann ist es irgendwann egal. Weil niemand sie hört. Weil sie nichts ändern. Weil das, was zählt, so weit weg ist. Weil das, was zählt, nicht mehr greifbar ist.

Und etwas in mir ruft:
*Halt mich. Küss mich. Erde mich.*

Ich schwebe. Ein überwältigendes Gefühl.
Ich tanze.
Ich lache.

Und etwas in mir ruft:
*Halt mich. Küss mich. Erde mich.*

Halt mich
Küss mich
Erde mich
schallt es wider.
Echo.

## MEINE SEELE. ALLES, WAS ICH HABE.

Juni 2016

Ich frage mich einfach, ob ich irgendwann den Mut verliere.
Den Mut, mich zu offenbaren. Meine Seele. Alles, was ich habe.

## AM MEISTEN VERMISSE ICH EUCH, WENN ICH GLÜCKLICH BIN

Juni 2016

Wieso musste ich mich unbedingt in eine Stadt verlieben, die auf der anderen Seite der Welt liegt? Wieso fühle ich mich hier, so weit weg von dem Ort, an dem ihr seid, so wohl, so inspiriert, so zu Hause? Wie kann es sein, dass ich – mehr als 4000 Meilen und sechs Stunden von Euch entfernt – so glücklich bin?
Fragen, die mir immer wieder durch den Kopf gehen.
Immer wieder.
Und Ihr müsst wissen: Es ist nicht so, dass ich Euch nicht vermisse. Absolut nicht.
Ich vermisse Dich.
Ich vermisse Dich.
Ich vermisse Dich.
Und am meisten vermisse ich Euch, wenn ich glücklich bin.
Wenn ich übers ganze Gesicht strahle. Wie jetzt.
Dann will ich nichts anderes, als Euch hier haben. Damit wir dieses Glück teilen können. Damit ich Euch in den Arm nehmen kann. Ganz fest. Damit wir in zehn Jahren zusammen im Garten sitzen und darüber lachen, in Erinnerungen schwelgen können.

Ich vermisse Euch nicht, wenn ich traurig bin. Wenn ich weine. Wenn mich die Einsamkeit, die Schnelligkeit dieser Stadt einholt und in die Knie zwingt. Ich vermisse Euch nicht, wenn ich verzweifelt bin und alles aussichtslos scheint.
Denn dann: rufe ich Euch an. Dann wähle ich Eure Nummer, schicke eine Nachricht. Dann halten wir die Zeit kurz an, ignorieren die Entfernung und Ihr trocknet meine Tränen. Behutsam. Liebevoll. Dann seid Ihr da.

Am meisten vermisse ich Euch, wenn ich glücklich bin.
Wenn ich im Central Park sitze und die Sonne gerade im Begriff ist, hinter den Dächern der Stadt unterzugehen, und alles in dieses magische Licht taucht.
Wenn ich durch die Nacht tanze und aus dem Lachen nicht mehr rauskomme.
Wenn ich in SoHo im Café sitze, etwas schreibe oder E-Mails beantworte und mein Glück kaum fassen kann, dass ich meinen Traum leben darf.
Wenn ich auf einem Segelboot sitzend die Stadt hinter mir lasse.
Wenn ich auf einem der unzähligen Dachterrassen meinen Blick über New York City schweifen lasse.
Ich meine, nicht in dem Moment selbst – dann bin ich viel zu sehr damit beschäftigt, glücklich zu sein. Zu lachen. Das alles hier in mich aufzusaugen. Aber spätestens auf dem Heimweg, wenn ich in der U-Bahn oder im Taxi sitze – dann wünsche ich mir nichts mehr, als dass Ihr an meiner Seite wärt und wir noch weiterlachen könnten. Während die Skyline New Yorks an uns vorbeizieht. Gemeinsam.
Ihr fehlt. Seid so weit weg. Und das hier ist ein ganz anderes Leben.

Ein Leben ohne Euch. Zumeist. Zu oft.
Ich vermisse Dich.
Ich vermisse Dich.
Ich vermisse Dich.

## UNSERER EXISTENZ WEGEN. DAMIT ALL DAS ETWAS BEDEUTET.

Juli 2016

Ich wollte immer Spuren hinterlassen. Wollte inspirieren. Vorbild sein. Ich habe Muster in den Schnee gezeichnet und am Strand immer wieder Bilder in den Sand gemalt. Unermüdlich. Die Wellen konnten dem nichts anhaben. Eine Spur aus Brotkrumen hinter mir, aber nicht, damit ich den Weg zurück finde, sondern damit die Vögel nicht verhungern. Ich habe zum Abschied mit Lippenstift Worte an Spiegel gepinselt. In unserer alten Wohnung ein Andenken versteckt.
Ich wollte immer Spuren hinterlassen.
Ich habe immer Spuren hinterlassen.
Unserer Existenz wegen. Damit all das etwas bedeutet.

Ich habe zigtausende Seiten in leeren Büchern mit Worten gefüllt, Erinnerungen. Und auch wenn die Botschaften sanft erschienen – ich habe besonders fest aufgedrückt. Muscheln, die ich vor zwölf Jahren am Strand gefunden habe. Fotos einkleben. Das Datum dazu. Tinte läuft aus. Und ein niederschmetternder Monolog zum Abschied. Damit du mich auch wirklich nicht vergisst. Ich habe Dir meine tiefsten Geheimnisse anvertraut, Erkenntnisse – damit Du lernst. Begreifst. Damit ich Spuren hinterlasse. In Dir.
Spuren und Andenken.
Unserer Existenz wegen. Damit all das etwas bedeutet.

Ich habe einen Ring liegen gelassen. Nie wieder abgeholt. Ich habe Dir das Herz gebrochen. Wir sind solange durchs hohe Gras gegangen, bis unsere Spur nachvollziehbar wurde. Eindruck hinterlassen. Initialen in Baumrinden. Ein rotes Kreuz im Kalender. *Ich war hier*, an Toilettenwänden. Ich wüsste zu gern, ob meine Aufkleber noch am Schulspind

kleben. Und ich weiß genau, dass in seiner Wohnung noch meine Postkarte zu finden ist. In Pfützen springen und endlich auch Abdrücke auf dem Asphalt hinterlassen können.
Spuren hinterlassen. Koste es, was es wolle: ein Paar neue Schuhe, ein Herz.
Unserer Existenz wegen. Damit all das etwas bedeutet.

Dann verläuft sich meine Spur plötzlich im Sand. Einfach so. Als wäre ich abgehoben. Weggeflogen. Dabei bin ich noch immer am Boden der Tatsachen. Wirklich? Ja, aber ich bin leichter geworden. Schneller. Musste dieser Verfolgungsjagd ein Ende setzen. Eine Pause. Auszeit. Für mich. Allein. Schluss mit den Brotkrumen! Ernährt Euch selbst! Ich bin weg! Und keiner darf wissen, wohin ich gehe, laufe, renne.
Das hier gehört nur mir.
Asphalt. Beton. Soweit das Auge reicht. Keine Pfützen. Und wenn, dann umgehe ich sie geschickt. Ich hinterlasse hier keine Spuren.
Meiner Existenz wegen. Damit all das wirklich etwas bedeutet.

Und wenn man dann bemerkt, dass man trotz alledem Spuren hinterlassen hat, fühlt sich das großartig an. Einfach so. Meinetwegen. Unbeabsichtigt. Dafür war die Zeit doch eigentlich viel zu kurz.
Eine Träne.
Eine Spur.

## ICH KANNTE NUR FRIEDEN. ALLES, WAS ICH KANNTE, WAR FRIEDEN.

Juli 2016

*Ich kannte nur Frieden. Alles, was ich kannte, war Frieden.*

Zwei Personen in meiner Timeline auf Facebook haben Stellung genommen zu dem, was sich gerade in der Türkei ereignet.
Es ist 18:50 Uhr hier in New York.
Anteilnahme.
Ich schreie, wenn in Paris Menschen ihr Leben lassen. Schreibe einen Beitrag von mehr als 1000 Wörtern über diesen Tag. Weil ich selbst da gewesen bin. Unsere Zeitungen sind voll davon. Fette Überschriften.
Anschlag im Nahen Osten. Wieder. Krieg. Zerstörung. Tote. Tausende Tote.
Nicht präsent.
Wir wissen nicht, wie es sich anfühlt, Krieg zu führen.
Empathie ist dann vielleicht gar nicht möglich?
Unvorstellbar, was *die anderen* durchmachen.
Eine Woche später:
Tote im Zug. Eine Axt. Allahu akbar.
Anschlag in München. Anschlag? Tote! Verletzte! Tränen! Bleibt zu Hause! Rennt!
Und es ist präsent.
Bei uns. Jetzt auch.
Wacht auf!
Es ist präsent!
Es? Terror? Krieg?
Wir gehen auf eine Beerdigung.
In Schwarz. Und wir weinen. Mitgefühl. Anteilnahme. Die eigene Familie. Und nahe Bekannte. Anschläge in Paris. In Nizza. In München? Unsere Demokratie. Unser Europa. Unsere Familie. Es? Terror? Krieg?

*Ich kannte nur Frieden. Alles, was ich kannte, war Frieden.*
*Wir können aufhören, meine Neugierde ist gestillt. Lasst uns bitte aufhören.*
*Und alles, was ich höre ist: Meinen Hass bekommt ihr nicht.*
*Und das stimmt. Wir sind stark. Kein Hass. – Wirklich? Und wie lange noch?*
*Aber jetzt im Moment viel schlimmer: Angst.*
*Ich kannte nur Frieden. Alles, was ich kannte, war Frieden.*

## ICH BIN EIN WIDERSPRUCH IN SICH. EIN OXYMORON.

Juli 2016

Ich kann rationale Entscheidungen treffen und im nächsten Augenblick, während ich in Tränen ausbreche, aus dem Lachen nicht mehr herauskommen – weil meine Gefühle mich überwältigen. Ich bin für mehr One-Night-Stands, werde aber nie den Glauben an die große Liebe verlieren. Kann mich nicht entscheiden, ob ich lieber den Ozean oder Häuserschluchten beim Aufwachen vor dem Fenster sehen möchte. Und was will ich zum Einschlafen hören: Meeresrauschen oder heulende Sirenen? Ich tanze nächtelang durch die Stadt, trinke Tequila wie Wasser und mache Männern schöne Augen. Und eine Woche später kriegen mich keine zehn Pferde aus dem Bett. In dem ich stundenlang allein an Texten arbeite, Gedanken schweifen lasse und nichts von Rihanna, Shots oder dem anderen Geschlecht hören will. Ich bin die Meisterin des Smalltalks und rede über nichts lieber als Träume, irrwitzige Pläne und fatale Fehler. Sitze stundenlang vorm Spiegel, klebe falsche Wimpern auf und packe dann meinen Rucksack für drei Wochen Philippinen – kein Platz für Rouge, keine Lust auf Plastik. Ich mag keine Süßigkeiten, aber ein Nutellaglas – 300g extra! – überlebt keine Woche in meiner

Küche. „Hau ab!“, schreie ich, während ich mich fest an ihn klammere. Ich bin ein Angsthase, der die Herausforderung liebt. Halte ein Schutzschild vor uns, während ich mich hinter dir verstecke. Ich zerbreche mir stundenlang den Kopf, bevor ich mich, ohne nachzudenken, ins nächste Abenteuer stürze.

Ich bin laut leise.
Ich bin vorlaut schüchtern.
Ich bin eiskalt einfühlsam.
Ich bin bedacht leichtsinnig.

Ich bin ein Widerspruch in sich.
Ein Oxymoron.
Würde so gern Eiscreme essen, wenn man sie nur heiß servieren könnte.
Ich liebe die Dunkelheit – besonders dann, wenn irgendwo ein Licht brennt. Das ich ausschalten kann.
Und so fliege ich von New York City direkt an die Ostsee. Dorthin, wo keine Autos fahren dürfen. Vom lautesten an den leisesten Ort.

Wer weiß, wann ich wieder im Flieger sitze. Wer weiß, wohin.
Und ich weiß, das ist nicht leicht zu verstehen. Ich weiß, dass ich nicht leicht zu verstehen bin.

## WIE ES WIRKLICH IST, NACH HAUSE ZU KOMMEN.

August 2016

Ich habe die Tage gezählt.
Bis zur Abreise, meine ich.

Aber nicht, weil ich mich auf zu Hause – wo auch immer das ist – gefreut habe, sondern weil ich mir vor Augen führen wollte, wie viel Zeit noch bleibt. Und als die Zahl einstellig war, wurde mir mulmig. Mir wurde schlecht. Schlaf? Brauche ich nicht! Wir müssen das hier auskosten. Ich muss das auskosten! Und kurz bevor mir dann doch die Augen zufielen, liefen Tränen über mein Gesicht – ich will hier nicht weg.

In New York am Flughafen geht es mir noch gut. Die Koffer aufgegeben. Ein Stück Pizza in der Hand. Ein wunderschöner Sonnenuntergang und ganz hinten am Horizont kann ich das Empire State Building entdecken. Alles wie immer. In New York City.
Im Flugzeug geht es mir gut. Das Essen ist lecker. Die Filmauswahl besser. Und es gibt sogar vegetarisches Frühstück.
Ich lande in Düsseldorf und es geht mir gut. Alles in Ordnung.
Irgendwie habe ich gar nicht geheult.
Noch nicht.
Irgendwie habe ich noch gar nicht realisiert. Realisiert, wo es hingeht. Realisiert, dass ich heute Abend gar nicht den 6 Train nehmen kann, um meine Freunde zu treffen.
Und dann laufe ich zum Gate 53. Mein Anschlussflug nach Dresden, nach Hause, geht in 35 Minuten. Und dann steigen mir die Tränen in die Augen. Auf einmal. Plötzlich. So viele alte Leute. Und alle sprechen Deutsch. Und eigentlich ist es doch erst nachts um drei. Aber hier scheint die Sonne. Ich schließe die Augen. Atme tief ein. Schlucke die Tränen runter. Bin doch schon groß. Bin in New York 22 geworden. Und erwachsen. So richtig, meine ich. Und vor allem: glücklich.

Ich steige aus dem kleinen Propellerflugzeug. Gehe zum Gepäckband. Wie gelähmt irgendwie. Steif. Leer. Vielleicht liegt es daran, dass ich so müde bin, denke ich.
Ich bin wieder da.
Meine beste Freundin wartet auf mich. Heißt mich willkommen. Ein breites Grinsen. Und ich will ihr mindestens genauso viel Freude ent-

gegenbringen. Aber ich kann nicht. Ich kann es einfach nicht. Wir steigen ins Taxi. Und alles kotzt mich an. Der fette Taxifahrer. Seine Witze. Dass sich nichts verändert hat. Und diese Vertrautheit, die sich plötzlich so fremd anfühlt. Meine Wohnung. Mein Bett. So viel Platz. Viel zu viel Platz, der sich so eng anfühlt. Und nachts kann ich nicht schlafen, weil es zu leise ist. Also liege ich wach, bis die Vögel zwitschern. Vögel zwitschern. Ich packe Kisten aus und würde am liebsten alles wegschmeißen. Denn: Ich habe nichts vermisst. Konnte wunderbar leben aus zwei Koffern. Ich brauche das alles nicht. Ich will das nicht.
Und jetzt sitze ich hier. Zwischen Kisten. Klamotten. Erinnerungen.
Heule.
Und nach zwanzig Minuten fährt mal ein Auto an meinem Haus vorbei.

Wie es sich anfühlt, nach einem Auslandsaufenthalt nach Hause zu kommen?
Scheiße!
Weil man in dem Moment, in dem man ins Flugzeug gestiegen ist, ein neues Leben begonnen hat.
Plötzlich gehört man nirgendwo mehr richtig hin.
Und das Allerschlimmste?
Ich weiß, dass ich Leuten damit wehtue. Leuten? Freunden! Meiner Stadt. Meiner Heimat.
Ich bin ein Verräter. So fühlt es sich an. Habe das alles einfach hinter mir gelassen und bin weitergegangen. Weggerannt. Und sträube mich jetzt. Mit aller Kraft. Trete sie. Verletze sie. Sträube mich jetzt mit aller Kraft, zurückzukommen. Und es tut mir leid. Es tut mir so unendlich leid. Ich wollte niemandem wehtun. Niemanden verlassen. Ich wollte euch nicht zurücklassen. Aber ich musste endlich weiterziehen.

Und das Leben geht einfach weiter. Von den anderen.
In New York. Und hier in Dresden.
Das Leben geht einfach weiter. Ihr Leben.
Und ich? Stehe zwischen den Stühlen. Wie ein trotziges Kind.

Stuhlpolonaise – und ich habe verloren.
„Ich bin jetzt anders!“, schreie ich sie an. „Und das versteht ihr nicht!“, jammere ich.
Und es ist nicht so, dass ich mich um 180 Grad gedreht hätte. Ich habe mich nicht von Grund auf verändert. Und meine Freunde wissen, wie es mir geht – weil sie es selbst schon erlebt haben. Es hat sich hier in Dresden auch nichts Weltbewegendes getan. Wir studieren nach wie vor. Und sie schreibt ihre Bachelorarbeit. Sie zieht nach Berlin. Er will immer noch nicht raus hier. Und ein alter Klassenkamerad weiß nicht, was als Nächstes kommt.
Das Leben hier ging voran oder auch nicht. Das Leben hier passt nicht mehr.
Und das Leben in New York geht einfach weiter. Minus eins.

Und ich werde mich wieder daran gewöhnen. Es ist vernünftig, dass ich wieder hier bin. Prüfung schreiben. Bachelor machen. Arbeiten. Alltag. Verpflichtungen. Und die große Frage, wie es jetzt weitergeht. Und die Sache ist: Ich weiß, dass ich den Pullover wieder überstreifen werde. Oder einen neuen. Ich weiß, dass ich mich wieder daran gewöhne. Wieder neue Freunde. Ein neuer Ort. Studium. Eine neue Vorlesung. Ich weiß ganz genau, dass es weitergeht. Nicht in New York. Erst mal. Ich weiß, dass ich mich daran gewöhnen werde, wieder hier zu sein. Und dass ich es früher oder später auch genießen werde.
Aber ich will nicht.
Weil ich nicht wieder in diesen Trott verfallen will.
Das habe ich New York versprochen.

Was ich heute noch mache? Es ist Donnerstag. 18:47 Uhr. Ich werde noch ein paar Zeilen schreiben. Aufräumen. Fernsehen vielleicht. Und dann ins Bett gehen.
Und morgen probiere ich es erneut:
Anzukommen ohne zurückzukommen.

## ABER ICH BIN KEINE SONNENBLUME. ODER?

August 2016

*Einst verliebte sich die Nymphe Klytia in den Sonnengott Apollo. Trotz ihrer Schönheit wurde ihre Liebe nicht erwidert. Er verschmähte sie und Klytia weigerte sich von nun an zu essen und zu trinken. Nach neun Tagen, an denen sie Apollo nicht aus den Augen ließ, starb sie an ihrem Elend und verwandelte sich in eine Sonnenblume. Diese richtet seither ihre Blüte immer in die Richtung von Apollos Sonnenwagen.*

Als ich am nächsten Morgen aufwache und verschlafen in die Küche tapse, sind es die Sonnenblumen, die mir einen guten Morgen wünschen. Ich lächle und bemerke, dass ich beim Aufwachen gar nicht an ihn gedacht habe.
Denn: Ich bin keine Sonnenblume. Oder?
*Jedenfalls ist er nicht meine Sonne.*

*12. August 2016*
„Danke, dass Du mich damals gefragt hast. Nach New York zu kommen, meine ich.
Du hast damit mein Leben verändert."
„Du wolltest doch sowieso immer schon mal nach New York", erwidert sie.
Ich schaue ihr in die Augen: „Ernsthaft, ich habe diesen Tritt gebraucht. Ich weiß nicht, wer Dich geschickt hat. Oder wieso Du das für eine fremde Person, wie ich sie damals für Dich gewesen bin, getan hast. Aber: Du hast mein Leben verändert. Wer weiß, wie lange ich noch in Dresden geblieben wäre. Wer weiß, wer gekommen und mich wieder festgehalten hätte."

## WIR HABEN EIN LEBEN

September 2016

Wir haben ein Leben.
Das dauert im besten Fall: viele, viele Jahre.
Im schlechtesten: bereuen wir etwas.
Bereuen wir, etwas nicht getan zu haben.
Jemanden nicht geliebt zu haben.

## ICH MÖCHTE GERN EINEN TOAST AUSSPRECHEN!

September 2016

„Ich möchte gern einen Toast aussprechen!"
Dreimal schlage ich sacht mit der äußeren Kante meines Messers gegen das zarte Sektglas. Ich bin aufgeregt. Wollte so etwas schon immer mal machen. Ohne „Ähms", stattdessen mit schönen Worten, wohlgeformten Sätzen, bedacht gewählt.
Es wird ruhig.
Alle Augen sind auf mich gerichtet.
Ich schlucke – meine Finger fest um den schmalen Stiel des Glases gewunden – und fange an:
„Das sind ein paar harte Entscheidungen, die da hinter uns liegen. Ziemlich viele Kilometer. Und Tränen. Einsamkeit. Gebrochene Herzen, die wir gemeinsam geflickt haben. Umarmungen, mit denen wir versucht haben, von denen Abschied zu nehmen, die nicht mehr bei uns sind. Wir haben bereut und geweint, gefleht und probiert zu verstehen. Wir haben uns Tipps gegeben und Ratschläge, haben uns Taschentücher gereicht und einen Eisbecher geteilt. Mein Bett ist dein Bett und

zusammen heult es sich sowieso viel besser.
Kannst Du mich noch mal in den Arm nehmen? Eine siebenminütige Sprachnachricht.
‚Ich bin für Dich da. Ich halte Dich!'

Das sind ein paar harte Entscheidungen, die da hinter uns liegen.
Nicht alle davon haben wir selbst getroffen ...
Aber genau: Sie liegen jetzt hinter uns. Und jetzt ist es an der Zeit: stolz zu sein.
Denn, ja: Irgendwie ist es großartig mit Dir zusammen traurig zu sein. Weil Du da bist. Weil wir füreinander da sind. Zugtickets buchen. Und Tränen trocknen. Und so weiter. Du weißt.
Aber jetzt:
Du hast eine fabelhafte Entscheidung getroffen. Fängst noch mal von vorne an. Diesmal richtig. Und glücklich. Du bist losgelaufen, ohne die Handbremse anzuziehen. Eine Hürde. Und Du springst jetzt schon ziemlich hoch.
Und Du bist endlich frei!

Und während wir uns in schweren Zeiten niemals loslassen würden, verlieren wir uns gelegentlich, wenn es besser läuft. Und manchmal – da bin ich ganz ehrlich – fällt es dann schwer, sich zu freuen. Für des anderen Glück. Weil das oft Abstand bedeutet.
Aber: Geh! Sei glücklich! Und berichte mir alles! Ich will es ganz genau wissen!
Denn ich weiß, es gibt nichts Besseres, als das eigene Glück zu teilen. Es tut gut, zu erzählen. Und dabei aus dem Grinsen nicht rauszukommen.
Und ich freue mich, wenn Du Dich neu verliebst.
Auch wenn das für uns: zurückstecken heißt.

Während wir uns vor zehn Jahren noch die Köpfe eingerannt haben, auf unseren gemeinsamen 15 Quadratmetern, sind wir jetzt so weit getrennt, dass wir in Züge, Flugzeuge, Busse und Taxen steigen müssen, um einander zu sehen. Besuch bei Oma – Dein angestammter Platz auf dem Sofa neben mir war zumeist leer. Und andersrum. Weil wir leben. Weil wir fliegen.

Aber dann und wann kommen wir zusammen. Vereint.
Das passiert: wenn wir todtraurig sind. Wenn Du mir, über tausende Kilometer hinweg, die Tränen aus dem Gesicht wischst. Ich Dir per WhatsApp Mut zuspreche. Wenn wir Halt brauchen. Und: wenn wir stundenlang auf dem Rihanna-Konzert tanzen, das Leben feiern und anstoßen. Auf Dich! Auf mich! Auf unseren Erfolg! Auf gute Zeiten, die vor uns liegen, weil wir fleißig waren und zielstrebig. Weil sich das alles jetzt auszahlt. Und weil es uns keinerlei Anstrengung kostet, uns füreinander zu freuen.
Ich bin stolz auf Dich!
Ich liebe Dich!“

Meine Schwester klatscht Beifall.
Denn heute sind es nur wir zwei.

## ICH MUSS NOCH MAL RAUS. RAUS IN DEN REGEN.

Oktober 2016

Ich will mich einkuscheln. Lauschen, wie der Regen gegen die Fensterscheibe schlägt. Das Licht ausschalten und schlafen. Will die Heizung aufdrehen. Serien schauen. Fliehen. Ich will ...
Aber: All die Lorbeeren, auf denen ich mich in den vergangenen Monaten ausgeruht habe, sind aufgebraucht. Ich habe sie förmlich in mich reingestopft. Gierig verschlungen. Wollte fliegen. Bin geflogen. Und: Das war großartig. Ich bereue es nicht.
Nichts.

Aber jetzt ist Schluss damit.
Es wird ungemütlich, denn all die Lorbeeren, auf denen ich mich in den vergangenen Monaten ausgeruht habe, sind restlos aufgebraucht.

Drei Monate noch. Knapp. Dieses Jahr hat noch knapp drei Monate und ich bin noch nicht fertig. Noch lange nicht. Also heißt es, noch mal loslegen und keinen Fehler mehr doppelt machen. Es heißt: aufholen, was ich verpasst habe. Nachholen, was ich versäumt habe. Und erleben, was ich mir vorgenommen habe. Abhaken. Aufstocken. Erinnerungen und Erfahrungen. Und das heißt eben auch: Abschied nehmen. Weiterziehen. Nicht zurückblicken. Konzentriert bleiben.
Es gibt eine Ziellinie, auch wenn ich gerade nicht weiß, wo sie sich befindet – aber ganz sicher noch nicht hinter mir. Plötzlich wurde ich es einfach leid, sie zu suchen. Habe vergessen, dass ich sie mir selbst mit Kreide auf den Asphalt malen kann. Dass der Regen sie dann und wann wegwischt, vergessen lässt, vorantreibt. Vorantreibt. Mich nicht ausbremst. Kreide in die Hand nehmen und malen. Selbst festlegen. Selbst entscheiden. Entscheiden!

Ich muss noch mal raus. Raus in den Regen.
Es gibt eine Zeit zum Säen. Und Ernten.
Und auch wenn ich mich am liebsten nur verkriechen würde – verkriechen und lauschen –, heißt es jetzt: säen.
Umgraben und säen.
Und dann wachsen. Hinauswachsen. Über mich hinauswachsen.
Also muss die Couch noch warten. Ich setze mir den Hut jetzt selbst wieder auf. Ich umschließe die Kreide in meiner Jackentasche. Augen auf und durch! Denn die Ziellinie liegt ganz sicher noch nicht hinter mir. Ich muss Anlauf nehmen, Koffer packen, Proviant vorbereiten, die Ziellinie auf den Asphalt malen. In den Sand. In den Schnee.
Umgraben und säen. Und wieder malen.
Und dann wachsen. Hinauswachsen. Über mich hinauswachsen. Und: blühen.

*16. Oktober 2016*
Aber ein Buch ändert nicht seine Worte, verändert nicht die Reihenfolge seiner Kapitel ... nur, weil man es schließt und nach einer Zeit wieder aus dem Regal nimmt.

*18. Oktober 2016*
Es fühlt sich ein bisschen an wie Treibsand, in den ich mich immer wieder selbst reinschubse.

## IT'S WORTH IT!

Oktober 2016

*Eiskalte Brise im März.*
*Auftauen im April.*
*Leben im Mai.*
*Wiedersehensfreude im Juni.*
*Leben im Juli. Und sterben.*
*Denn als ich in den Flieger gestiegen bin, habe ich mir selbst das Herz gebrochen.*
*August.*
*September.*
*Frieren im Oktober.*

Weil mir Deine Nähe fehlt.
Ich vermisse Deine Umarmung.
Deine Arroganz – die ich erst verstanden habe, als wir warm miteinander wurden. Dann hast Du immer öfter gelächelt. Mich um den Finger gewickelt. Mir den kleinen Finger, aber nie die ganze Hand gereicht. Du hast mich gefordert, getrieben, mir Deine hässliche Fratze gezeigt. Du hast mich gequält, damit ich besser werde. Du hast mich belehrt, täglich. Mich auf Trapp gehalten. Hast mich in die falsche Richtung geschickt, damit ich lerne, nur mir selbst zu vertrauen. Mich eingefroren, damit wir zusammen auftauen können.
Lärm immer. Hupende Autos. Schreiende Menschen. Sirenen. Sirenen. Sirenen.
***„Noise is always loud, there are sirens all around and the streets are mean“****

Du hast mich wiederbelebt. Du hast mir das Wasser aus der Lunge gepumpt und mir zweimal hart ins Gesicht geschlagen. „Alles wieder okay?“, gebrüllt und mich sitzen lassen.
Du hast mir Lektionen erteilt und mir begreiflich gemacht, dass Vorurteile leider manchmal doch zutreffen, dass eine Welt aus Plastik und mit zu viel Make-up bei Tageslicht betrachtet gar nicht so glamourös ist, wie sie nachts erscheint. Du hast mich hinfallen lassen. Mir ein Bein gestellt.
Was habe ich Dich verflucht. Was habe ich geheult.
Und in dem Moment, als ich das erste Mal auf meiner Dachterrasse in Brooklyn stand und die Sonne hinter den Wolkenkratzern untergehen sah, hielt die Welt für einen Augenblick an und ich wusste: *It's worth it!* Denn ich bin hier und dort drüben formen die Lichter der Stadt meine Träume. Greifbar. Da ist kein Ozean mehr dazwischen. Und ich hab den ganz allein überquert – hat vielleicht Jahre gedauert. Aber ich habe es geschafft.
Ich bin hier. *It's worth it.*
***„Even if it ain't all it seems, I got a pocketful of dreams“****

Und dann: voll ins Herz.
533 Myrtle Avenue.
Meine Dachterrasse. Mein New York.
Mittendrin.
Park Avenue / 53rd Street.
Lebendig.
Und plötzlich war ich ein Teil. Ein Teil von Dir.
Beine in der U-Bahn nicht überschlagen. Mind your own business! Und wenn ich tagtäglich zum Central Park spazierte, sprachen mich die Kutscher nicht mehr an. Alles, was mir vor ein paar Wochen auf der anderen Seite der Welt noch Kopf-, Bauch- und Herzschmerz bereitet hatte, war vergessen. Die Ängste, die mich in Deutschland plagten, habe ich plötzlich selbst belächelt. Und ich lief – so selbstbewusst wie nie – durch die dunklen Straßen der Nacht. Furchtlos. Eilig. Und unfassbar glücklich.
***„These streets will make you feel brand new“****

*Denn als ich in den Flieger gestiegen bin, habe ich mir selbst das Herz gebrochen.*
Jetzt: frieren im Oktober.
Weil mir Deine Nähe fehlt.
New York, Du fehlst mir.
So sehr, dass ich gemeinsame Fotos ansehe. Das Internet nach Neuigkeiten durchforste. Und auf dem Nachhauseweg anfange zu weinen, weil mich das Lied an uns erinnert. Ich vermisse Dich so sehr, dass es mich lähmt.
Weil ich merke, wie wir uns entfernen. Wie ich Versprechen, die wir einander gegeben haben, breche. Es fehlt, was Du täglich mit mir gemacht hast. Als wäre das plötzlich wieder anderes Blut, das durch meine Adern fließt. Und vielleicht ist es auch so.

Aber: Wenn Du mich eines gelehrt hast, dann: Dein Leben! Dein Ding! Deine Verantwortung! Also mach! Weil: ***„There is nothing you can't do!"**** Ich wusste nur nicht, dass Fernweh schlimmer ist als Liebeskummer. Aber: *It's worth it.* Ich werde wiederkommen. Und bis dahin trage ich Dich in meinem Herzen.

*Keys, Alicia. (2009). Empire State of Mind. On The Element of Freedom [CD]. New York: J Records.

## BLUMENMEER

Oktober 2016

Wenn man mich vor ein paar Jahren gefragt hätte – hätte ich mit absoluter Sicherheit behauptet, dass ich ein Mensch bin, der in der Vergangenheit lebt. Jemand, der Ausgesprochenes immer und immer wieder durchgeht und verbessert. Versucht zu verbessern. Jemand, der überdenkt, Schlüsse zieht. Alte Fotos einklebt und immer wieder zurückblättert. Vermisst. Jemand, der andere Weißt-du-noch-Momente nie vergessen lässt, weil ich so oft davon erzähle. Erinnerungen wachrufe. Ich hätte mich immer für die Vergangenheit entschieden. Weil ich nicht loslassen kann. Aus gutem Grund. Weil sie uns lehrt, stark macht, glücklich vielleicht: *Als ich das erste Mal „Ich liebe Dich" gehört habe. Mein erstes Mal. Unser erstes Mal. Als auf dem Foto niemand neben mir stehen wollte. Dieser Urlaub. Die erste eigene Wohnung. Und die letzte gemeinsame. Dass er mir gesagt hat, mir stehe kein Rot. Das erste eigens verdiente Geld. Dieser eine Streit. Und als Du mir das Herz gebrochen hast.* Ereignisse, die sich in mein Gehirn gebrannt haben. Gefühle, die ich nie vergessen werde. Erinnerungen – da braucht es nur diesen einen Song, seinen Duft oder eine ruhige Minute und sofort: schillernde Bilder. Erinnerungen. Manche verblasst, getrübt und mit ein paar Rissen. Aber sie sind da. Fein säuberlich sortiert. Damit auch nichts verloren geht. Sicher verwahrt und beschützt vor dem Vergessenwerden. Das ist meine Gabe. Ich kann alles in Erinnerung behalten. Irgendwie in guter Erinnerung behalten: *Ich sehe eine Lektion, die ich erteilt bekam. Ich sehe den schönsten Sonnenuntergang meines Lebens, mit Dir an meiner Seite. Ich rieche noch mal an den Laken unserer ersten gemeinsamen Nacht.*

Doch dann bist Du gegangen. Dann hast Du Dich an diesem Septembernachmittag für ein anderes Leben entschieden. Hast aufgehört zu kämpfen. Hast Dich fallen lassen.
Du hast mich verlassen. Uns ersetzt.
Du hast mich belogen.
Du hast mich verlassen.
Und ich habe gekämpft. Obwohl ich schon längst keinen Gegner mehr hatte. Habe Dich zurückgerufen, immer wieder. Weil ich nicht loslassen kann. Aus gutem Grund. Gemeinsame Träume überschatteten alles, was danach kam. Der Blick, die Zuneigung, die Liebe, die du mir geschenkt hattest, in meinen Erinnerungen noch immer präsent. Und natürlich war da auch Schmerz. Enttäuschung. Natürlich vergesse ich Deine Lüge nicht. Aber: Ich behalte Dich in guter Erinnerung. Ich behalte uns in guter Erinnerung. Das ist meine Gabe. Das ist mein grüner Daumen. Es hat lange gedauert, bis ich verstanden habe, was es braucht, diese Wunden heilen zu lassen. Habe ewig gerätselt, wie viel Wasser, wie viel Sonnenschein, damit die Blumen endlich blühen. Genug Tränen mussten geweint werden. Und dann lachen, auch wenn einem nicht danach zumute ist. Aber ich hatte es geschafft. Ich war darüber hinweg. Ich habe all den Kummer, das Leid, das Vermissen in etwas Wunderbares verwandelt. Ich kann verzeihen. Ich kann verstehen, auch wenn ich es nicht verstehe. Das ist meine Gabe.
Und dann wuchsen aus den Wunden, die Du mir irgendwann – als der Zauber längst verflogen war – zugefügt hast, duftende Blumen. Unverhofft. Und wunderschön.
Erinnerungen sind unser wertvollstes Gut – da war ich mir ganz sicher.
Erinnerungen sind unser sicherstes Gut – davon ging ich aus.

Bis ich erfahren musste: dass auch sie gestohlen werden können. Ein Satz, der alles aus den Fugen geraten lässt. Es fühlt sich an, als würdest Du schadenfroh die frische Wunde erneut aufreißen. Genüsslich ein weiters Mal zustechen – so wie du es früher schon getan hast:
„Es war der größte Fehler meines Lebens, Euch zu verlassen."
„Sind wir tatsächlich schon zwei Jahre getrennt? Wie die Zeit nur rast. Wie haben wir es soweit kommen lassen können?"
„Ich habe Angst, dass ich das in fünf Jahren bereuen werde. Dass ich Dich jetzt verlasse, meine ich."
Und ich stehe da. Und frage: „Wieso haben wir aufgegeben? Ich habe Dir doch gesagt: Geh nicht! Ich habe mich doch mit aller Kraft an Dich geklammert und Du hast mich mit aller Kraft von Dir gestoßen. Bist weggerannt. Hast Dich aus der Verantwortung gezogen!"
Ich breche zusammen.
Wütend. Und verwundet liege ich am Boden.
Habe ich umsonst gelitten? Haben wir all die Jahre etwas verpasst? Was wäre, wenn ...? Wieso fällt Dir das jetzt ein? Und wieso bist Du nicht stark genug, diese Last selbst zu tragen? Wieso wälzt Du das, was Du selbst zu verantworten hast, jetzt auf mich ab?
Die Antwort: Du gehst. Wieder. Feige. Blut läuft Dir das Kinn herunter, denn Du hast mich ausgesaugt. Wie eine Spur ziehst Du es hinter Dir her, damit ich Dir folgen kann. Hast mir gerade so viel Blut gelassen, dass es zum Überleben reicht. Dich selbst genährt. Mir meine Erinnerungen geraubt. Sie wie Blumen gepflückt. Aus der Erde gerissen. Gierig. Hungrig. Weil Dich Dein Gewissen aufgefressen hat? Du nie bereuen wolltest und jetzt nicht anders kannst? Weil Du nicht ertragen konntest, dass ich heute wieder strahle?

Ich werde Dir nicht folgen. Bin doch zu schwach, um aufzustehen.
Du hast: Regale mutwillig umgestoßen. Mein Ordnungssystem zerstört. Erinnerungen zerschellen am Boden. Schmerzhaft. Weil Du mit Deinen Worten eine Lawine ausgelöst hast. Unordnung. Durcheinander. Chaos ist alles, was Du hinterlässt. Feige. Und plötzlich steht nichts mehr an

seinem Platz. Ich weiß nicht mehr, was ich denken soll. Woran ich mich erinnern soll. Das Blumenbeet umgegraben. Gierig. Hemmungslos.
Und ich: verblute.
Fast.
Denn: Ich kann verzeihen. Ich kann verstehen, auch wenn ich es nicht verstehe. Das ist meine Gabe.
Also, was ich jetzt tun werde, ist: sortieren, neu beschriften und abheften. Genau wie vorher: *Ich sehe eine Lektion, die ich erteilt bekam. Ich sehe den schönsten Sonnenuntergang meines Lebens, mit Dir an meiner Seite. Ich rieche noch mal an den Laken unserer ersten gemeinsamen Nacht.* Und hinzu kommen die Blüten, die Du mir ausgerissen hast. Ich habe sie aufgesammelt. Gepresst. Und klebe sie ein. Beschrifte sie. Besiegelt. Unvergesslich.
Ich werde die Wunde verbinden. Samen säen. Ich werde genug Tränen weinen – genau so viele, wie es braucht. Ich werde lachen, auch wenn mir im Moment nicht danach zumute ist. Dann werden Blumen aus meinen aufgerissenen Narben wachsen. Und dann werde ich blühen. Denn: Auf den Frühling ist Verlass.

Wenn man mich vor ein paar Jahren gefragt hätte – hätte ich mit absoluter Sicherheit behauptet, dass ich ein Mensch bin, der in der Vergangenheit lebt. Heute? Nähre ich mich von der Vergangenheit, gieße meine Blüten mit dem Vorgeschmack der Zukunft und erfreue mich täglich daran, wo ich heute stehe: Inmitten eines herrlichen Blumenmeeres.

## ES IST NOCH NICHT ZU SPÄT.

November 2016

Ich hetze von der Haltestelle zum Eingang meines Fitnessstudios. Habe es mal wieder eilig. Habe eigentlich gar keine Zeit für Sport. In 90 Minuten der nächste Termin. Und dann warten da noch 32 unbeantwortete E-Mails in meinem Postfach. Gedanklich rechne ich mich durch die letzten Tage des Jahres. *Schaffe ich es noch mal nach New York?* Darf es nicht vergessen, die Bücher für die Bachelorarbeit aus der Bibliothek zu holen. Ich werde es wohl erst heute Nacht schaffen, die Präsentation fertig zu schreiben.
Mein Handy klingelt. Ich krame es umständlich aus meiner Jackentasche. In der einen Hand eine Flasche Wasser, meine schwere Sporttasche über die Schulter gehängt. Die steile Treppe renne ich förmlich hinauf. Nehme immer zwei Stufen auf einmal. Am Ende der Treppe ein Fenster. Und hinter meinem Fitnessstudio ist eine kleine Allee. Versteckt. Zumeist leer. Und im Herbst wunderschön. Bunt. Farbenfroh.
Und als ich jetzt aus dem Fenster schaue, sehe ich: nichts.
Es ist der 3. November. Und die Bäume strecken mir ihre kahlen Äste entgegen. Die Blätter sind längst gefallen. Grau und vertrocknet liegen sie am Boden. Am Ende des Weges sehe ich einen Mann. Einen Laubbläser in den Händen. Und für einen Augenblick steht die Zeit still. Ich lasse das Handy klingeln.
Und bemerke: Ich habe das Beste verpasst.

Manchmal verpassen wir etwas im Leben.
Und auch wenn man sagt, man soll nichts bereuen: gibt es Dinge, die man bedauert. Nämlich die, die man nicht getan hat. Gefühle, die man nie ausgesprochen hat. Den Flieger, den man nicht genommen hat. Die Freundschaft, die irgendwie eingeschlafen ist.
Aber – ich würde das mal so behaupten – es gibt fast nichts, dass man nicht wiedergutmachen kann. Oder immerhin: versuchen kann, es wie-

dergutzumachen. Versuchen, es nachzuholen. Es ist nie zu spät, „Es tut mir leid!“ zu sagen. Buch jetzt dieses eine Flugticket! Ruf deine Freundin an, die du schon viel zu lange nicht gesehen hast, und verabredet euch. Oder geh raus und fang die letzten Sonnenstrahlen des Herbstes ein. Ich bin ganz sicher, irgendwo wirst du ihn finden.
Und wenn nicht.
Wenn dir nicht verziehen wird.
Wenn das Ziel nicht mehr existiert.
Wenn die Nummer plötzlich nicht mehr vergeben ist.
Oder es tatsächlich anfängt zu schneien – dann hast du es zumindest versucht. Und gelernt.

Also: Lasst uns nichts mehr verpassen, was es wert ist, erlebt zu werden.
Und: Lasst uns nichts mehr bereuen.
Und wenn: Dann machen wir es wieder gut! Dann holen wir es nach. Es ist noch nicht zu spät. Nie.

*13. November 2016*
Das Leben ist ein Ausdauerlauf, kein Sprint.
Aber im Moment muss ich mich einfach so schnell wie möglich entfernen.
Keine Zeit, keine Kraft, mich umzudrehen und zu schauen, ob er mir folgt.
Denn was, wenn nicht?

## ENTLIEBEN.

November 2016

„Ich werde nie aufhören, Dich zu lieben."
Denn, wenn ich – und das passiert nicht oft – jemanden liebe, dann höre ich damit nie wieder auf. Ich liebe. Liebe bedingungslos. Ehrlich. Das ist wunderschön. Und gefährlich. Schmerzhaft. Unfair vielleicht. Aber es ist so.

Und trotzdem gibt es ihn: den Moment, in dem ich mich entliebe.
Den Moment, in dem ich aufstehe. Mich umdrehe. Weiterlaufe. Mich selbst befreie.
Ich meine nicht den Augenblick, in dem ich aufgebe. Begreife. Den Moment, in dem ich zusammenbreche. Auch nicht den Moment, in dem ich ging, weil ich weitergehen musste. Weil sich die Welt weiterdreht und ich einfach mitgeschliffen werde. Ich meine nicht die Nachmittage, an denen ich, ein motivierendes Lied in den Ohren, Pläne für den Abend schmiede und mich endlich wieder hübsch fühle. Ich meine nicht die Nächte, in denen ich im Club nur Augen für meine Freundinnen habe, statt mich insgeheim wieder nach dir umzusehen. Ich meine nicht den Abend, an dem ich, nach ewigem Hin und Her, ein Date ausgemacht habe, auf das ich eigentlich gar keine Lust hatte – aber wusste, dass es guttun wird.
Ich meine diesen einen Abend, an dem ich nicht einschlafen konnte ...
Ich erinnere mich genau: *Ich sitze am Schreibtisch und der Vorhang ist nicht ganz zugezogen. Vollmond. Und Gänsehaut. Es ist eigentlich schon viel zu spät. Aber irgendetwas hält mich wach. Ich habe schon lange nicht mehr an Dich gedacht. Schon ewig nicht mehr geweint. Weil es mir gut geht. Und weil ich weiß, dass es Dir gut geht. Und weil Du mir oft genug gesagt hast, dass Du das nicht möchtest. Dass Du mich nicht möchtest. Und ich weiß mittlerweile: dass ich das so nicht möchte.*
*Aber plötzlich spüre ich einen Schmerz in der Brust. Sacht und dann im-*

*mer stärker.*
*Vollmond – und ich weiß: Du siehst auch gerade zu ihm hinauf. Ganz woanders auf der Welt. Viel zu weit weg. Von mir. Von uns. Aber ich weiß: Du siehst auch gerade zu ihm hinauf.*
*Und: Es ist okay. Es ist okay, dass ich hier bin und Du dort bist.*
*Ich schreibe ein paar Zeilen, damit ich mich an irgendetwas festhalten kann. Streiche mir eine Strähne aus dem Gesicht und merke, dass mir die Tränen unaufhaltsam über die Wangen laufen. Ich kann nicht aufhören zu weinen. Als würden die Tränen Dich aus mir hinausspülen wollen. Ganz leicht ist das plötzlich.*
*Schmerz in meiner Brust. Sacht und dann immer stärker.*
*Und ich lasse los.*
*Und der Schmerz lässt nach.*
*Vorbei.*
*Ich gehe ins Bett. Und am nächsten Morgen wache ich als eine andere auf. Freier. Leichter irgendwie. Und als ich meine Wohnung verlasse, fühlt es sich das erste Mal nach einer sehr langen Zeit endlich wieder so an, als würde ich wirklich von der Stelle kommen.*

„Ich werde nie aufhören, Dich zu lieben."
Denn, wenn ich – und das passiert nicht oft – jemanden liebe, dann höre ich damit nie wieder auf. Ich liebe. Liebe bedingungslos. Ehrlich. Das ist wunderschön. Und gefährlich. Schmerzhaft. Unfair vielleicht. Aber es ist so.
Und trotzdem gibt es ihn: den Moment, in dem ich mich entliebe.
Den Moment, in dem ich aufstehe. Mich umdrehe. Weiterlaufe. Mich selbst befreie.
Dann geht ein Stück von mir.
Und: Es ist okay. Es ist okay, dass ich hier bin und Du dort bist.

Und es tut nicht weh. Der Schmerz, der für so lange Zeit ein Teil von mir war, hat aufgehört. Ist verschwunden. Am Anfang hat er pulsiert, wie eine offene Wunde, und dann irgendwann wurde er immer schwä-

cher. Kaum noch spürbar, aber immer da. Wie ein humpelndes Bein. Ein Stechen in der Brust, wenn ich zu schnell gerannt bin.
Aber in diesem Moment: löst es sich.
Geheilt.
Befreit.
„Ich werde nie aufhören, Dich zu lieben."
Für das, was wir erlebt haben, gelernt haben.
Für das, was Du mir gegeben hast: Du hast mich gegossen. Du hast mich geküsst. Du hast mich geliebt.
Du bist ein Teil von mir. Ich bin zum Teil aus Dir. Und daran wird sich nie etwas ändern –
aber jetzt: ist es okay, dass ich hier bin und Du dort bist.
Es ist gut, dass ich hier bin und Du fort.

## ICH ERKENNE MICH SELBST NICHT WIEDER.

November 2016

Was tue ich hier? Wer bin ich eigentlich? Hinterfrage mich. Bin stolz. Finde keine Erklärung. Das passt doch gar nicht zu mir. Nicht überdacht. Nicht zig Nächte drüber geschlafen.
Und das Beste: Nicht eine Sekunde bereut.
Und das Schlimmste: Nicht eine Sekunde bereut.

## DER ALLTAG IST LEBEN.

November 2016

Noch zwölf Minuten. In zwölf Minuten bin ich zu Hause, denke ich, als ich durch den strömenden Regen, bepackt mit zwei Einkaufstüten voller Lebensmittel und einer Packung Toilettenpapier unterm Arm, nach Hause laufe. Ich habe den Bus verpasst und dann kurzerhand entschieden, zu Fuß zu gehen. Auf halber Strecke fing es an zu regnen.
„Verdammte Scheiße!" Die Papiertüte ist gerissen. Drei Äpfel rollen auf die Straße.
Irgendwann komme ich in meiner Wohnung an. Durchnässt und drei Äpfel ärmer. Ich räume alles in den Kühlschrank, verstaue den Rest im Vorratsregal und lasse mich aufs Sofa fallen. Verschnaufpause. Ich setze Wasser auf und während ich darauf warte, dass es beginnt zu kochen, sortiere ich meine Wäsche. Beim Mittag, das ich mit mir selbst esse, beantworte ich einige E-Mails und suche mir einen Bus raus – in die Bibliothek.
Nach zweistündiger Recherche und dem Erstellen des Bachelorarbeit-Ordners auf meinem Laptop fallen mir fast die Augen zu und ich entscheide mich dafür, einen Kaffee zu trinken. Die Cafeteria ist rappelvoll, aber ich finde einen Platz, an dem ich ungestört sitzen kann.
Es ist 17:30 Uhr und ich beschließe spontan, meine Großeltern zu besu-

chen. Ich weiß nicht genau, wie ich darauf komme. Aber ich sehe die beiden sowieso viel zu selten. Ich wähle ihre Nummer. Opa geht ans Telefon und nur 25 Minuten später schließe ich ihn in die Arme. Etwas verwundert allerdings, da er normalerweise im Wohnzimmer wartet, während meine Großmutter mich an der Tür empfängt.

„Sie ist nicht zu Hause."
„Ach Opa, wieso hast Du das denn nicht gesagt? Das ist doch aber schade!", beschwere ich mich.
„Macht doch nichts", erwidert er gelassen.
Stimmt. Ich frage mich, wann ich das letzte Mal mit meinem Opa alleine gewesen bin. Ich kann mich nicht daran erinnern.
Wie ein Schluck Wasser sitze ich auf dem Sofa im Wohnzimmer, das mir so vertraut ist wie kaum ein anderer Ort, und wir tauschen uns aus. Es ist ruhig und ich weiß genau, dass er merkt, wie geschafft ich bin. Und dass ich Zuflucht gesucht habe. Abschalten will. Und, als würde er ganz genau wissen, wie es mir gerade geht und was mich gerade belastet, sagt er:
„Luise, der Alltag ist das Leben. Der Alltag, das sind – ich würde meinen – vielleicht vier Fünftel unseres Lebens. Bei Euch jungen Leuten jetzt vielleicht ein bisschen weniger. Ihr reist ja mehr, ihr seht mehr, erlebt Aufregendes. Aber – gerade deswegen: Der Alltag ist das Leben. Darauf kommt es am Ende an. Und man muss lernen sich zu arrangieren. Mit all seinen Höhen und Tiefen. Und wir müssen verstehen, dass jeder von uns nach seinem eigenen Glück strebt."
Und ich fühle mich das erste Mal nach langer Zeit: verstanden. Und das ist erstaunlich. Mein Großvater war nie so weit weg von zu Hause, wie ich es in diesem Jahr gewesen bin. Und trotzdem verstehe ich: Luise, ich weiß, wie schwer es ist, nach Hause zu kommen. Zurückzukommen. Zurück in den Alltag. – Aber es ist wichtig. Anzukommen. Im Alltag.
Er spricht weiter:
„Also muss man sich auch immer mal kleine Ziele setzen. Lächeln. Und genießen.

Denn ja: Alltag ist Arbeit. Aber Alltag ist das Leben. Und das ist schön. Vergiss nicht, Dir den Alltag schön zu machen, Luise."
Wir essen gemeinsam zu Abend und mein Opa bringt mich anschließend zur Bahnhaltestelle. Es ist bereits stockdunkel.
„Du machst das gut", sagt er zum Abschied. Im Nebensatz. Ganz leise. Aber ich höre es. Und es tut gut, das zu hören.
Ich stecke mir die Kopfhörer in die Ohren. Gewohnheit. Und fahre zurück: in meinen Alltag.

*Der Alltag ist das Leben.*
*Und du machst das gut!*

## AUF DEN FRÜHLING IST VERLASS.

Dezember 2016

Ich fühle mich leer. Seit zwei Tagen bin ich nicht von der Couch aufgestanden. Nicht wirklich. Ich habe Tee getrunken. Filme geschaut. Ich habe etwas gelesen. Zwei Zeilen geschrieben. Habe dann wieder stundenlang aus dem Fenster geschaut. Habe den Wind beobachtet. Und geweint. Ich habe vermisst. Und geschlafen. Konnte, wollte mich nicht regen. Habe seit Tagen nicht gesprochen. Nicht gelacht. Gerade so geatmet.
Und als ich wieder aufgestanden bin. Geduscht habe. Überkommt mich die Traurigkeit und die Leere und die Stille in der Straßenbahn und die Tränen laufen mir unwillkürlich übers Gesicht. Ich gehe nach Hause. Langsam. Schließe die Tür hinter mir und erfülle den Raum mit Traurigkeit, Leere und Stille. Meine Augen sind schwach. Ausgelaugt. Unglücklich. Allein.
Ich lege mich auf die Couch. Schaue auf die Uhr. 60 Minuten war ich unterwegs. Es sind nur 60 Minuten vergangen. Und ich atme auf, als die Sonne endlich hinter dem gegenüberliegenden Haus verschwindet und

ich einschlafen kann.
Augen zu.
Dann verstreicht diese trostlose Zeit schneller.
Es klingelt an der Tür. Es ist 18:32 Uhr. Ich drehe mich um und bleibe für mich. Einige Nachrichten auf dem Handy. Aber nicht die, die ich mir so sehnlich wünsche. Ich schalte es aus. Mache mir einen Film an und weine. Weine mich in den Schlaf. Winterschlaf. Vergeblich. Ich wache immer wieder auf. Ich wache immer wieder auf. Und will doch nichts, außer schlafen. Und Dich.
Ich weiß nicht, wie lange ich damit weitermache.
Ich weiß nicht, welcher Tag heute ist.
Ich weiß nichts.
Ich streiche mir mit der Hand über den kalten Arm. Rau. Zeitlupe.
Ich schlafe.
Ein Sonnenstrahl ist es, der mich weckt. Ich ziehe mir die Decke über den Kopf. Mürrisch. Mit einem Ruck.
Am nächsten Morgen wieder.
Und wieder.
Und ich liege da. Blauer Himmel und der Wind ist davongezogen.
Ich atme tief ein und das erste Mal nach einer langen Zeit atme ich. Atme ich ein. Und aus. Und wackle mit meinen Zehen. Drehe mich wieder um. Schlafe weiter. Nur noch ein bisschen. Nur noch ein bisschen Traurigkeit. Bitte. Er ist noch immer nicht zurück. Ich noch immer ganz allein.

Irgendwann traue ich mich. Aufzustehen. Ich öffne die Tür, wenn es klingelt. Und nehme endlich eine der Hände, die ihr mir entgegenstreckt.
Ich bin wach. Gleich. Ich stehe auf. Wirklich.
Und an diesem einen Morgen im Februar – ist es soweit.
Ich merke etwas.
Keine Wärme. Keine Hoffnung. Noch nicht. Aber: Da ist etwas. Da bin ich. Irgendwo. Festgefroren. Winterschlaf. Das war doch Winterschlaf.

Und ganz leise und ganz langsam erwacht etwas in mir.
Im März entdecke ich den ersten Krokus. Das sanfte Lila. So schwach. Und dabei so wunderschön. Und warm. Es wird warm. Es wird ganz langsam warm.
Ich habe Zeit verstreichen lassen. Sicherlich habe ich etwas verpasst. Versäumt. Bestimmt.
Und vielleicht hätte ich selbst die Initiative ergreifen müssen. Vielleicht hätte ich mich zwingen müssen. Wecker stellen. Fenster auf. Aber es war ohnehin zu kalt in meiner Wohnung. In mir.
Ich habe das gebraucht. Das. Zeit. Ich habe Zeit gebraucht. Ich habe diesen Winter gebraucht. Ich habe Schlaf gebraucht. Und jetzt: diesen Frühling.
Und gleich, wie traurig ich gewesen bin. Wie müde. Wie ausgelaugt. Enttäuscht – was mich am Leben gehalten hat, war: der Frühling.
Denn – auf den ist Verlass. Auf den Frühling ist Verlass. Ganz gleich, wie kalt, wie eisig, wie lähmend der Winter auch ist. Auch wenn es so viel schneien mag, dass es scheint, als würde die Welt aufhören sich zu drehen.Als würde sie feststecken. Als würde ich feststecken –
auf den Frühling ist Verlass.
Und dann und wann ist es okay, sich darauf zu stützen. Es ist okay, zu schlafen. Zu weinen. Zu verzweifeln.

Denn auf den Frühling ist Verlass.
Und dann die neuen Chancen.
Und Möglichkeiten. Und Hände. Und Herzen.
Und dann heißt es: aufstehen. Und die getankte Energie verbrauchen.
Dann heißt es: Leben!
Und bis dahin: ist Winterschlaf vollkommen okay.

## AUS ANGEBROCHENEN TASSEN TRINKT MAN NICHT. JEDENFALLS NICHT ALLEIN.

Dezember 2016

*Ein einziges Mal in diesem Jahr habe ich „Ich liebe Dich“ gesagt.*
*Also nein, öfter. Ich habe öfter „Ich liebe Dich“ gesagt und auch immer so gemeint.*
*Aber nehmen wir Familie und Freunde mal aus dieser selbst erhobenen Statistik heraus.*
*Dann bleibt genau dieses eine Mal.*
*„Ich liebe Dich“, obwohl ... es war viel mehr ein „ICH LIEBE DICH!“*
*Dieses eine Mal. In dem ich alles riskiert habe. Wieder.*
*Und verloren. Wieder.*

Ich hatte ein paar fabelhafte Dates in diesem Jahr: Es gab diesen tollen Mann, der mich in den Arm genommen hat und mir gesagt hat, dass alles wieder gut wird. Der, dem ich am Ende „Ich brauche Dich nicht!“ entgegenschmetterte, obwohl ich ihn anfangs so sehr gebraucht hatte. Da war der Typ, dem ich nicht erzählen wollte, dass ich Bloggerin bin. Mein erstes Date in New York, was damit endete, dass er direkt mein Freund werden wollte. Dieser verrückte Zufall in München.
Und dann gab es die, von denen ich nicht erzählt habe.
Dann gab es zweieinhalb zweite Chancen.
Weil ich nicht aufgeben kann.
Weil ich an das Gute im Menschen glaube.
Weil ich glaube, dass Menschen sich verändern.

*Eins*: Also fuhren wir in den Urlaub. Und ich hielt all das, was uns nach dem letzten Kampf geblieben war, mit aller Kraft zusammen. Ich versuchte vergebens die Scherben aufzusammeln und daraus ein Mosaik zu legen. Und du warst da. Du warst da. Endlich wieder da. Und wir

saßen in der Sonne. Und mit den grauen Wolken kamen die Zweifel und ich begriff: Es hatte sich nichts verändert. Ich hatte Dich vertrieben. Schon vor einer langen Weile. Und gleich, was ich tat, Du würdest nie wieder zurückkommen.
Und so bist Du gegangen. Wieder.
Und ich verstehe es.
Wirklich.
Aber ich werde mir, ich werde uns das nie verzeihen.

*Zwei*: Ich habe gesagt: „Ein Blick, ein Wort, ein Kuss – würde alles ändern. Diese drei Worte. Die Bitte, Dir zu verzeihen. Offene Arme. Ein Friedensangebot. *Ich würde es annehmen. Ohne zu zweifeln.*"
Und Du hast angerufen. Du hast diese Frage gestellt. Du wolltest mich abholen. Du hast bereut. Aber in diesem Moment war ich viel zu weit weg. Ein paar Monate und zwei Treffen später. Und es schien, als wäre nicht ein Tag vergangen. Als wäre nicht eine Missetat begangen. Es war, als wärst Du immer noch derselbe. Wieder der Alte. Und dann hast Du gemerkt, dass ich es nicht bin. Die Alte, meine ich. Ich bin weitergegangen. Es tut mir leid.
Aber da war nur ein Blick.
Du findest die Worte nicht.
Und ich lege sie Dir nicht wieder zurecht.
Und wieder gibst Du auf.

*Und dann, dieser halbe Versuch:*
Vergebens.
Eine Nacht. Und Du begreifst nichts.
Und ich steige in den Flieger.
Und wir werden uns wiedersehen – vielleicht ist es das, was uns so leichtsinnig macht.
Und eigentlich haben wir es gar nicht versucht – vielleicht, weil wir beide wissen, dass wir uns das für später aufbewahren.

„Aus angebrochenen Tassen trinkt man nicht“, pflegt meine Mama zu sagen. Und ist, was das angeht, äußerst diszipliniert. So schickt sie im Café den Kellner los, eine neue Tasse zu holen. Und ist strikt, wenn es es darum geht, zu verzeihen, zu vergeben. Wenn es darum geht, sich wieder angreifbar zu machen. Das ist schlau. Das ist vorsichtig. Und das ist sicherlich richtig.
Aber ich – bin anders. Zu gutgläubig vielleicht. Zu viel Hoffnung vielleicht.Aber es tut gut zu wissen, dass ich das kann. Dass ich lieben kann. Immer noch. Dass ich vergeben kann. Dass ich hoffen kann. Es ist auf eine merkwürdige Art beruhigend. Es ist gefährlich.
Und ich wurde zweieinhalbmal enttäuscht.
In diesem Jahr.
Wieder.
Wieder enttäuscht.
*„Wir haben es Dir doch gesagt!“ „Wieso hast Du Dich wieder auf ihn eingelassen?“*
Weil ich – auch in diesem Jahr – eine dritte Chance gegeben habe.
Manch einer mag mich für verrückt erklären.
Aber es war die richtige Entscheidung. Eine richtige dritte Chance. Für Dich. Und Uns. Und das fühlt sich gut an. Weil Freundschaft eben auch Liebe bedeutet.

*Ein einziges Mal in diesem Jahr habe ich „Ich liebe Dich“ gesagt.*
*Also nein, öfter. Ich habe öfter „Ich liebe Dich“ gesagt und auch immer so gemeint.*
*Denn nehmen wir Familie und Freunde mal mit in diese selbst erhobene Statistik rein.*
*Dann komme ich auf unzählige Male.*
*Unzählige Male in diesem Jahr habe ich „Ich liebe Dich“ gesagt.*
*Und gewonnen.*
*Jedes – außer diese zweieinhalb – Mal.*

## 100 DINGE, DIE ICH IM JAHR 2016 GELERNT HABE

Dezember 2016

Es liegen 353 von 365 Tagen dieses Jahres hinter mir. Es ist noch nicht ganz verstrichen. Aber man hat – unausweichlich – dieses merkwürdige Gefühl. Etwas geht zu Ende. Das fühlt sich an wie die letzten Seiten eines spannenden Romans, wie die letzten Klänge des Lieblingsliedes. Eine lange Reise geht zu Ende.

Am Ende eines jeden Jahres wird es ruhig um mich. Ich ziehe mich zurück. Gehe nicht ans Telefon und rufe auch nicht zurück. Ich bin für mich. Und denke nach. Ich sitze stundenlang da und schreibe. Und was erst wirre Gedanken und Erinnerungsfetzen sind, das werden wohlgeformte Sätze. Plötzlich erkenne ich Muster und Schemen. Ich zeichne und verpacke in Worte. Ich lese nach – im Tagebuch oder bei WhatsApp. Ich erinnere mich. Ich gehe gedanklich zurück zu Tag 1 und an diesen Ort und zu diesem Gespräch, das uns so schwergefallen ist. Ich stehe dann auf einmal wieder an der Weggabelung, wie am 7. Mai. Und ich treffe wieder dieselbe Entscheidung und ich beobachte. Und dann macht plötzlich alles Sinn.

2016 – das war für mich: das Jahr der Lektionen. Da waren ein paar harte dabei – die wurden mir um die Ohren geschmissen. Es gab welche, die ich eigentlich schon mal erteilt bekam und jetzt zur Strafe, weil ich sie missachtet hatte, direkt mehrmals in mein Heft schreiben musste. Und vor allem: gab es Lektionen, die mich aufgerüttelt haben, wachgerüttelt. Die mir die Augen geöffnet und mich angetrieben haben. Und das war hart. Weil es so viel zu lesen gab. So vieles, was es sich einzuprägen galt. Das war streckenweise verdammt anstrengend und nervenaufreibend. Aber zwischendrin gab es immer die Abschnitte, in denen man anfing zu begreifen. Das sind die Momente, in denen man den Zusammenhang erkennt. Wir bekommen kleine Happen, eine Miniportion an Wahrheit und

hier und da verrät uns die Erfahrung eines ihrer Geheimnisse – und dann gibt es diese Momente, in denen man, für den Bruchteil einer Sekunde, das Gesamtbild sieht. Das ist wie Sternzeichengucken in einer sternklaren Nacht. Und so ging es mir in jeder Chemiestunde der Oberstufe. Das ist wie: eine neue Sprache zu lernen. Das ist Erwachsenwerden. Oder sagen wir doch gleich: Leben.
Also: habe ich dieses Jahr vielleicht so intensiv gelebt wie nie. Und das war hart. Das war streckenweise verdammt anstrengend und nervenaufreibend. Aber das war vor allem: ziemlich fabelhaft.
100 Lektionen, die aus – sagen wir – 1000 Begebenheiten entstanden sind:

> Auf den Frühling ist Verlass.
> Erwarte nicht, dass die Menschen besser sind, als sie sind.
> Sei Du selbst. In jeder Variante.
> Nur wenn ich es will.
> Aus angebrochenen Tassen trinkt man nicht. Vor allem nicht allein.
> Money can't buy happiness.
> But ... NO!
> Hör auf Dein Bauchgefühl!
> Do more of what makes you happy!
> Lass Dich nicht verarschen!
> Die besten Menschen wohnen – grundsätzlich – zu weit weg!
> Aufgewärmte Pizza? JA! Aufgewärmte Beziehungen? NEIN!
> Kein Fleisch zu essen ist gar nicht so schwierig.
> What happens in New York, stays in New York – das ist gut, manchmal aber auch nicht so gut.
> Man kann auf 7 m² leben.
> Man kann aus zwei Koffern leben.
> New Yorker überschlagen in der U-Bahn ihre Beine nicht.
> Sonnencreme! ist! wichtig!
> Eine klassische Arbeitsstelle, ein Nine-to-five-Job, eine Angestelltenposition – passen nicht zu mir!

Nicht jede Situation braucht unbedingt eine Reaktion.
Achte darauf, was Du denkst – das beeinflusst Dich mindestens so sehr wie das, was Du am Ende aussprichst.
Manche Kämpfe müssen nicht ausgefochten werden.
Und vor allem kein zweites Mal!
Kritik ist alles – nur so kann man sich weiterentwickeln.
Es ist schön, die Beste zu sein, aber man muss sich dann schnell neue Gegner, neue Konkurrenz, neue Mitspieler suchen.
Bloß nicht auf den Lorbeeren ausruhen!
Lass Dich inspirieren!
Veränderung ist gut!
Nicht zu bekommen, was man will – ist manchmal genau das, was man braucht.
Gib Dich nicht zufrieden! Recherchiere! Organisiere! Arbeite!
Entscheide! Und lass nicht entscheiden! Nicht über dich.
Wenn jemand Teil deines Lebens sein möchte, dann wird er einen Weg finden. Oder die richtigen Worte. Oder was auch immer.
Wenn nicht, dann (er)findet er Ausreden.
Nicht alles, was glänzt, ist Gold.
Und nicht alles, was Gold ist, glänzt.
Erst machen! Dann davon erzählen! Nicht andersrum.
Achte auf das, was Menschen nicht sagen.
Man kann sich auch in New York einsam fühlen.
Die Menschen fangen dann an, dich zu vermissen, wenn es Dir gut geht. Besser als zuvor. Besser als mit ihnen.
Nichts überstürzen!
Hör auf, dich selbst auszubremsen!
Hör auf, Dich ausbremsen zu lassen!
Deutsche Waschmaschinen sind deutlich besser als amerikanische.
Gib niemals Deine Lieblingsjeans in eine New Yorker Reinigung – die werfen alles(!) in den Trockner!

Man kann über den Verlust von Menschen, die man nie kennengelernt hat, trauern.
Der Alltag ist das Leben.
Es ist nie zu spät!
Verwöhn Dich selbst! Und dabei geht es um Kleinigkeiten!
Sport ist Gewöhnungssache!
Und alles andere eigentlich auch.
Ich liebe Mac and Cheese!
In New York Menschen kennenzulernen ist gar nicht so einfach.
Wenn man sie dann aber gefunden hat – die Richtigen –, dann ist es großartig!
New York hat einen Strand.
Betrunken in ein Flugzeug zu steigen ist keine gute Idee.
Betrunken zu snappen übrigens auch nicht.
Snapchat insgesamt – ist eigentlich ziemlich blöd.
Echtes Leben mag ich dafür umso lieber.
Ich habe erst in diesem Jahr damit angefangen, unterwegs Musik zu hören – und ich finde es großartig.
Der Schiefe Turm von Pisa ist wirklich ziemlich schief.
Stell Dein Licht nicht unter den Scheffel.
Jammern hilft nichts!
Auf der Park Avenue zu leben bringt Vor- und Nachteile.
Es gibt vier Tage im Jahr, an denen die Sonne in New York genau zwischen den Häuserschluchten der Straßen untergeht.
New Yorker sind sehr schwer zu beeindrucken.
Man kann eine Prüfung bestehen – indem man sich im Central Park und mit zu vielen Partys darauf vorbereitet.
Nichts, was mit einer Insta-Direct-Message beginnt, wird gut.
Tinder kann da schon mehr.
Ich spüre es, wenn Menschen lügen. Verlass Dich darauf!
Wenn jemand wegen einer Kleinigkeit wütend oder sauer ist, dann steckt da noch einiges mehr dahinter.

Heißluftballons kann man nur früh oder abends steigen lassen.
Long-Distance-Friendships sind hart, aber machbar.
Rihanna ist super!
Tanzen ist die beste Medizin!
Lächle!
Keine Panik!
Geburtstage können blöde Tage sein. Und das ist okay.
Allein essen zu gehen ist großartig.
Stell dich niemals an einem Samstag in New York in eine Schlange bei Zara. Niemals!
Amsterdam ist ziemlich schön.
Lass niemals eine Untermieterin in Deine Wohnung, die vorher noch nicht allein gelebt hat.
Nachts um halb drei Flugtickets zu buchen ist eine gute Idee.
Dem Ex-Freund zu schreiben allerdings nicht.
Es ist okay zu verlieren.
Menschen lügen.
Ich muss mehr schreiben.
Die Aussicht vom One World Trade Center ist die schönste, die ich je gesehen habe.
Ich bin noch lange nicht erwachsen.
Abschalten – tut gut. Fernseher. Handy! Gedanken manchmal.
Freiheit, Gesundheit und Sicherheit sind unsere wertvollsten Güter.
Es gibt böse Menschen.
Man muss seine Erziehung, sein Wissen, seine Perspektiven und Einstellungen täglich hinterfragen.
Angst zu haben vor einer tatsächlich bestehenden Bedrohung raubt einem jeden Nerv.
Nachahmung ist ein Kompliment – und trotzdem nervig.
Postkarten zu schreiben ist großartig, auch im Jahr 2016.
Man kann nicht für jeden Fall, für jede Eventualität vorbereitet sein ... und das ist okay.

Ich bin ein Widerspruch in sich.
Freundschaften zerbrechen.
Ich kann nicht wissen, was für andere das Beste ist.
Sei stolz und habe Stolz!
Harte Arbeit zahlt sich aus.

Harte Arbeit zahlt sich aus – klingt schwer und matt. Vielleicht hätte ich mir eine poetischere Formulierung für die 100ste der 100 Lektionen überlegen sollen. Aber: Das war natürlich nicht alles. Ich könnte schon zu diesen 100 Punkten jeweils drei Absätze mit jeweils vier Fußnoten verfassen. Aber: Jeder muss da selbst durch. Denn so werden alle diese 100 Dinge schon mal gelesen haben. Wir wissen, dass es so ist. Aber es zu verinnerlichen – ist eine andere Geschichte. Die eigene nämlich.
Deswegen beginne ich das kommende Jahr mit:
Lektion 1: Man muss etwas beenden, um mit etwas Neuem beginnen zu können.

## URAUFFÜHRUNG

Dezember 2016

Die Zeit zwischen Weihnachten und Neujahr hat etwas ganz Eigensinniges an sich. Ich weiß weder das genaue Datum, noch eine Uhrzeit. Irgendwie kurz vor Schluss. Ganz sicher gleich um zwölf. Ich irre umher. Muss noch dies und das erledigen. Aber so richtig schaffe ich nichts. Keine Zeit mehr für Abenteuer. Keine Energie für eine neue Seite. Jetzt bloß nicht mehr auffallen. Geduckt –
Und das Schicksal findet einen dennoch. Der Schmerz muss noch einen letzten großen Auftritt hinlegen und die Gleichgültigkeit in deinem Herzen zeigt sich im letzten Augenblick wieder von ihrer Schokoladenseite. 70%. Schwarze Schokolade. Dieser bittere Beigeschmack.

Das Jahr geht zu Ende. Zwei Tage noch. 48 Stunden. Dann ist es vorbei. Das halte ich aus. Das schaffe ich noch. Ich schlüpfe in mein glamourösestes Outfit. Laufe wieder aufrecht.
Denn: Es ist fast geschafft. Das halte ich noch aus.
Und dann ist es vorbei.
Also glitzernde Ohrringe und ich spaziere entlang der Oper. Gehe nicht noch mal rein. Denn ich habe genug gefühlt. Gesehen. Erlebt. In diesem Jahr. Die Vorstellung ist vorbei. Und während einige noch immer in den Reihen stehen und dem Jahr applaudieren – Standing Ovations –, bin ich schon durch die schwere Tür nach draußen geeilt. Und gehe nach Hause. Die Vorstellung ist vorbei. Ich will keinen Sekt. Keine Häppchen. Ich will kein Gespräch über diese Uraufführung von „Zweitausendsechzehn" führen. Das war aufregend. Und schaurig. Das war romantisch und wild. Das war mitreißend. Ein Drama eben.
Noch zwei Tage. Das halte ich aus. Das schaffe ich.

Denn ich bin mir sicher: In der Nacht vom 31. Dezember zum 1. Januar passiert – wie in jedem Jahr – etwas Magisches. Hingegen der Ansicht der meisten, dass sich doch außer dem Datum nichts ändere, sage ich: Es passiert etwas Magisches. Meine Akkus werden aufgeladen, die Traumfabrik kommt wieder in Gang. Der Vorhang fällt und öffnet sich zugleich. In dem Augenblick, wenn die Uhr zwölf schlägt, kann ich Schmerzhaftes endlich hinter mir lassen. Ich habe Zeiger, an die ich mich klammern kann, und plötzlich kann ich sicher sein – muss mich vor dem Schmerz des letzten Jahres nicht mehr verstecken. Deine Gleichgültigkeit wird keine Rolle mehr spielen. Während der Countdown gezählt wird, öffnet sich ein neues Buch und das alljährliche Erinnerungskonto wird 0 Erinnerungen zählen. Weder gute, noch schlechte. Eine neue Leinwand, eine saubere Tafel. Natürlich haben das letzte Jahr und das davor und das davor entschieden, mit welchen Farben ich male und welche Töne ich kenne – aber es wird neue geben, neue Kombinationen, neue Nuancen und neue Melodien. Ein neues Stück. Eine Uraufführung. Wieder. Und ich bin Komponist und Zuschauer, Hauptdarsteller und Komparse zugleich. Ich sitze im Orchestergraben und spiele Trompete. Einige der anderen Schauspieler und Musiker und Kostümbildner und Lichttechniker stehen schon fest. Ein paar neue werden sicherlich dazukommen.
Ich freue mich darauf.

„Zweitausendsiebzehn" Uraufführung.
Beginn: 1. Januar 2017 um 0:01 Uhr. Eintritt: Sehen Sie bitte nach, ob Ihr Ticket der letzten Vorstellung noch Gültigkeit besitzt.
Abendkasse: geöffnet, aber bringen Sie Wartezeit mit.

**RHODODENDRON**

lat.: *Rhododendron hirsutum*

Familie: *Heidekrautgewächse* (*Ericaceae*)

Fundort: *N 17° 13' 19.347" W 89° 37' 25.318"*

Jahr: 2017

# 6. KAPITEL

## 2017

## SCHNEEENGEL

Januar 2017

Ein langer Tag geht zu Ende. Ich sitze im Bus, die Fensterscheiben sind beschlagen. In der letzten Reihe sitzen noch ein paar Jugendliche. Ganz vorne eine ältere Frau und hier ich. Allein. Kopfhörer in den Ohren. Mein Lieblingslied aufgedreht. Und obwohl ich unendlich müde und geschafft bin, reicht meine Energie noch für ein Lächeln. Und ich lächle niemanden aufmunternd an oder mache irgendjemandem irgendetwas vor. Nein, ich lächle. Weil es mir gut geht.
An meiner Zielhaltestelle angekommen, steige ich aus, rutsche aus und lande bäuchlings im Schnee. Es ist mitten in der Nacht. Natürlich hat niemand Schnee geschippt. Und während ich in den vergangenen Jahren über eine solche Begebenheit geschimpft, mich geärgert und den Januar verflucht hätte – lache ich jetzt, drehe mich um und zeichne mit meinen Armen und Beinen einen Schneeengel auf den Gehweg. Und ich blicke in den Himmel. Und es beginnt wieder zu schneien.
Und: Ich lache.
Nicht laut, nicht überschwänglich.
Nein, nur in mich hinein und aus mir heraus.
Von Herzen.
Irgendwann: stehe ich auf und laufe nach Hause. Der Schnee knirscht unter meinen Sohlen und ich denke: *So hört sich glücklich sein an* und *Dieser Schuh ist ziemlich bequem.*
Denn in diesem Jahr: Ist es anders. Mache ich es anders.
Und das erste Mal seit sehr langer Zeit – wird mir der Januar in guter Erinnerung bleiben.

## EISPRINZESSIN

Januar 2017

Einmal im Jahr eislaufen gehen.
Darauf habe ich mich als Kind immer ganz besonders gefreut. Dann wollte ich unbedingt das weiße Paar Schlittschuhe.
Und dieses eine – ganz bestimmte – Mal war sie da. In Weiß und Hellblau. Und sie glitt übers Eis, als würde sie nie etwas anderes tun. Und dazu dieses Lächeln. Die blonden Haare wehten im Wind. „Mama, schau mal: eine Eisprinzessin“, flüsterte ich, klammerte mich an die Bande – und beobachtete sie. Anmutig. Wunderschön. Elegant. Und sie drehte sich. Sie drehte sich. Drehte sich. Drehte. *Und ich wollte so sein wie sie. Eines Tages wollte ich sein wie sie.*

Ich weiß nicht, wie lange ich da stand und sie beobachtete. Anstarrte. Fasziniert. Gebannt.
Dann nahm sie plötzlich Anlauf und sprang. Und fiel. Und mir stockte der Atem. Aber sie stand einfach auf und fuhr ein Stück rückwärts. Und nahm wieder Anlauf. Und wieder fiel sie. Und wieder stand sie auf. Und ich sah den Ehrgeiz in ihren Augen. Aber keine einzige Träne. Ich sah keine Träne. Und wieder fiel sie und stand auf. Und sie fiel.
Und ich stand da.
*Und ich wollte so sein wie sie. Eines Tages wollte ich sein wie sie.*
Stark und ehrgeizig. Und leidenschaftlich. Unaufhaltsam. Anmutig.
*Und ich wollte so sein wie sie. Eines Tages wollte ich sein wie sie.*

Und sie stand auf, zog sich den hellblauen Mantel über, warf sich die Schlittschuhe über die Schulter. Und ging.
Aber ich werde nie vergessen, wie anmutig, wie ehrgeizig und leidenschaftlich sie immer wieder Anlauf genommen hatte und sprang. Und jedes Mal war sie ihrem Ziel ein kleines Stück näher gekommen. Und

ich wusste: Irgendwann würde sie es schaffen.

Irgendwann begriff ich – wahrscheinlich in diesem einen Winter, als da niemand war, um mit mir Schlittschuhlaufen zu gehen, und ich mutig entschied, allein auf die Eisbahn zu gehen, und als ich dann fiel und vergaß, mich nach ihr umzusehen, oder vielmehr aus Trotz gar nicht aufblickte, sondern einfach nur weinte –: Eisprinzessinnen weinen auch. Sie schlucken die Tränen nicht runter. Nicht gänzlich. Denn wenn es nur ein paar wenige sind, dann gefrieren sie sofort. Und das sieht dann so aus – für die meisten –, als gäbe es nichts außer dem strahlenden Lächeln und den eisblauen Augen. Und dem Ehrgeiz und Erfolg. Glitzer.
Eisprinzessinnen weinen auch. Eiskristalle. Und plötzlich Glitzer.
Und das sieht wunderschön aus.
Und sie springt. Und steht auf. Und springt wieder. Und warmes Blut fließt. Und Tränen. Tränen gefrieren. Und glitzern. Und das sieht so leicht aus.
Aber die Tränen müssen schmelzen, bevor man sie wegwischen kann.
*Ich wollte so sein wie sie. Eines Tages wollte ich sein wie sie.*

## SPIEGLEIN, SPIEGLEIN AN DER WAND.

Januar 2017

*„Spieglein, Spieglein an der Wand, wer ist die Schönste im ganzen Land?“*
*„Frau Königin, Ihr seid die Schönste hier.“*
Kopf gesenkt, ein falsches Lächeln im Gesicht. Nicht meine Art. Aber anders halte ich das nicht aus. Ein Seitenhieb. Ein Blick, dann eine Umarmung, die sich für einen Augenblick fast liebevoll angefühlt hat. Dann Hass. Hass. Wut.
Und ich weiß, dass das nichts mit mir zu tun hat.
Ich weiß, dass das nichts mit mir zu tun hat.
Und ich weiß, dass es mit mir zu tun hat.

Ich will es beweisen. Mich beweisen. Immer wieder. Entschuldigen. Ich stehe im Badezimmer. Kalte Füße. Nasse Haare. Ein Handtuch und keine Hände. Es tut mir leid! Dabei weiß ich gar nicht, was ich falsch gemacht habe. Weil ich nichts falsch gemacht habe. Ein Kind.
Ich habe mir einen Pony schneiden lassen. Deswegen.
Das ist keine Literatur! Das ist kein Beruf! Das ist nichts. Du bist nichts.

Dabei weiß ich: dass ich alles bin. Er sollte mir das Gefühl geben, alles zu sein. Und Dir auch. Und vielleicht ist das zu viel. Natürlich ist das zu viel.
Aber: Hör auf! Das war Deine Entscheidung. Du wusstest, dass ich da bin. Und manchmal tut mir das leid. Aber es ist so. Du wusstest es. Es war Deine Entscheidung. Nicht meine.
Manchmal bemüht. Und das ist wertzuschätzen. Eine Weile lang. Eine Weile lang konnte ich das. Eine Weile lang konnten wir lächeln. Und es war okay. Aber da ist auch Hass. Hass überwiegt. Neid. Und wir beide beneiden uns für dieselbe Sache – merken dabei gar nicht, dass keine von uns gewinnt. Weil wir nur verlieren können.

Ich werde nichts beweisen. Ich werde mich nicht mehr beweisen. Nicht mehr. Weil Du nicht glaubst. Weil Du längst entschieden hast. Weil ich mich Dir nicht beweisen muss. Das sollte klar sein. Und das solltest Du auch nie erwarten. Weil meine Taten genug sind. Weil ich genug bin.
Aber wahrscheinlich zu viel für Dich.
Ich habe keine Angst mehr. Ich will nicht mehr beweisen. Ich will nicht mehr kämpfen. Und es gibt nichts mehr zu beneiden.

Wir machen uns verantwortlich für all das Unglück in unserem Leben.
Und Du hast meines zu verantworten.
Und ich habe Deines zu verantworten.
Und wir beide können nur verlieren.
*Spieglein, Spieglein an der Wand,*
*Wer ist die Schönste im ganzen Land?*

Hör auf!, will ich schreien.
Du bist es!, will ich schreien.
Ich gebe auf. Ich habe längst aufgegeben. Aber Du kannst nicht aufhören. Nicht aufhören zu hassen. Und zu bedauern. Und zu beklagen.
Und: Es ist okay. Ich halte das aus. Ich gehe. Ich habe längst aufgegeben.
*Spieglein, Spieglein an der Wand,*
*Wer ist die Schönste im ganzen Land?*
*„Ihr seid es, Frau Königin."*
*„Ihr seid es, Frau Königin."*
*„Ihr seid es, Frau Königin."*
Wie oft willst Du es noch hören?
Ich habe längst aufgegeben.
Du hast gewonnen.

## INTIMITÄT

Januar 2017

„Guten Morgen", sagt er. Nimmt sie von hinten in den Arm und küsst ihren Nacken. Sie trägt nur eines seiner Hemden. Ist gerade dabei, ihren ersten Kaffee zu trinken und einen Blick in die Zeitung zu werfen. Die Nacht hängt an ihnen. Und das ist in diesem Fall etwas Gutes. Sie atmet tief ein. Er hebt sie auf die Küchentheke.
„Wollen wir noch frühstücken?", fragt er und schaut sie mit seinen hellblauen Augen intensiv an. „Okay", antwortet sie und schlendert ins Badezimmer. Sie steigt in die Dusche und wäscht ihn von mir ab. Ich atme auf. Und gleichzeitig kann sie es kaum erwarten, wieder in seinen Armen zu liegen.
Es duftet. Pancakes in der Pfanne. Sie lehnt am Türrahmen und beobachtet, wie er konzentriert Erdbeeren schneidet. Sie muss lächeln. Setzt sich an den Tisch. Frische Brötchen. Tulpen. Wie hat er das schon wie-

der gemacht? Ein Kuss. Und während sie essen, berühren sie einander immer wieder. Den letzten Schluck Kaffee trinkt sie auf seinem Schoß sitzend. Sie streichelt ihm über den Nacken, spielt mit seinem Haar und sie können einfach nicht aufhören einander anzusehen. Fingerspitzen. Immer wieder. Für immer. Vielleicht. Sie fährt mit dem Finger über seine Lippen, Nase, Augen. Kuss. Umarmung. Lass uns noch mal ins Bett gehen – ein Hauch. Intensiv. Vertraut. Intim.
Irgendwann schläft er ein.

Ich stehe auf und setze mich an den Schreibtisch.
Dieser Song. Eine Seite im Tagebuch. Tränen. Sonntags 14:35 Uhr. Nachdenken. Überdenken. Schmerz. Vergleichen. Vermissen. Mir ist kalt. Kann nicht zurück ins Bett. Weil sich das fremd anfühlt. Fahre mir mit der Hand über die Gänsehaut. Wann wurde ich das letzte Mal *berührt*? Einsam.
Plötzlich steht er in der Tür.

Sie wischt mir die Tränen aus dem Gesicht. Sie fängt mich. Sie steht auf. Küsst ihn.
„Was ist los?“ Falten auf seiner Stirn. Besorgt. Unruhig. Unsicherheit.
„Nichts“, sagt sie. „Ich wollte dich nicht wecken, deswegen habe ich ein bisschen gearbeitet.“ Mit einem Kuss wischt sie ihm die Fragen aus dem Gesicht. Zieht ihm das T-Shirt über den Kopf. „Nein, ernsthaft – ich habe doch gesehen, dass Du geweint hast.“ Er schaut ihr in die Augen und sieht einen kleinen Teil von mir. Ich schließe sie, sie schüttelt den Kopf und kichert: „Babe, nein – hör auf jetzt. Lass uns den Sonntag genießen.“
„Wenn Du arbeiten musst, dann kann ich auch zu mir fahren.“ Er sieht enttäuscht aus. Und sie denkt: Lass mich nicht mit mir allein! Geh! Bleib! Verdammt. Und sie sagt: „Du bleibst genau da, wo Du bist“, nimmt seine Hand und die beiden verschwinden im Schlafzimmer.
Sie sieht ihn an. Ich schlucke die Erinnerungen wieder herunter.
Sie lächelt. Sie strahlt. Sie streichelt. Ich schiebe den Schmerz beiseite.

Sie ist verrucht. Und kalt. Immer präsent. Glücklich. Ich auch irgendwie. Aber noch mehr. Und das hält er nicht aus. Das will er nicht hören – auch wenn er jetzt noch danach fragt.
„Ich glaube, ich verliebe mich gerade in Dich“, sagt er, als die beiden gerade gemeinsam unter die Dusche gehen. Sie weiß nicht, den wievielten Sonntag sie mittlerweile gemeinsam verbringen. Jedenfalls nicht genug. Nicht genug für Liebe. Nicht nah genug für Liebe. Zu wenig von mir – das weiß sie auch. „Ach Quatsch“, scherzt sie, sieht ihn an. Ein Kuss. Ich schließe die Augen. Eine Mischung aus Genuss und Qual.
Ein Körper.
Eine Seele.

Irgendwann – ein paar Wochen später.
Ich breche zusammen.
Lasse sie gehen.
Und er folgt ihr.

## RUHE IN FRIEDEN, FLÜSTERE ICH

Januar 2017

Und ich weiß, dass das nichts mit Aufgeben zu tun hat.
Und ich weiß, dass wir nichts an der Situation ändern können.
Und ich weiß, dass ich es nicht verstehe. Nie verstehen werde. Weil ich mich nach etwas sehne, was längst nicht mehr unter uns weilt. Ich weiß, dass das, was wir mal hatten, vielleicht doch nie existiert hat. Und in all dem Wissen steckt so viel Unsicherheit und Unwissen. Und Unverständnis.
Und alles in mir sträubt sich dagegen: zu glauben.
Weil mir mein Herz etwas vorgaukelt. Weil die Erinnerungen immer wieder aufreißen. Aufblitzen. Wachrufen.

Ich weiß, dass das vorübergeht.
Und ich weiß, dass es mir besser gehen wird.
Und ich weiß, dass es besser ist – weil vielleicht etwas Besseres kommt.
Und ich weiß, dass ich es nicht verdient habe, nicht das ganze Glück zu erfahren – obwohl sich das alles schon ziemlich vollkommen angefühlt hat mit Dir.
Und ich weiß, dass es sich nicht lohnt, weiterzukämpfen, weil man alleine weder Gegner noch Gefolge hat.
Ich weiß es!
Und ich weiß, dass ich es nicht verstehe. Nie verstehen werde. Weil ich mich nach etwas sehne, was längst nicht mehr unter uns weilt. Ich weiß, dass das, was wir mal hatten, vielleicht doch nie existiert hat. Und in all dem Wissen steckt so viel Unsicherheit und Unwissen. Und Unverständnis.
Und alles in mir sträubt sich dagegen: zu glauben.
Alles in mir schreit: Komm zurück!
Alles in mir schreit: Das kann es noch nicht gewesen sein!
Alles in mir verlangt nach Dir.

Und ich weiß, dass das albern ist.
Und ich weiß, dass das schwach ist vielleicht – obwohl
Und ich weiß, dass nur, weil die Hoffnung zuletzt stirbt, sie trotzdem irgendwann von uns gehen muss.
Und ich weiß, dass ich an etwas hänge, das du längst vergessen hast.
Und ich weiß, dass einer nicht genug ist, um zwei zu ergeben.
Und ich weiß, dass Du niemals dorthin zurückkehren wirst, wo ich seit Wochen vergeblich warte.
Ich weiß es!
Alle Fakten deuten darauf hin. Jede Nachricht. Kein einziger Blick. Ein Schulterzucken.
Ich weiß es!
Und ich weiß, dass ich es nicht verstehe. Nie verstehen werde. Weil ich mich nach etwas sehne, was längst nicht mehr unter uns weilt. Ich

weiß, dass das, was wir mal hatten, vielleicht doch nie existiert hat. Und in all dem Wissen steckt so viel Unsicherheit und Unwissen. Und Unverständnis.
Und alles in mir sträubt sich dagegen: zu glauben.

Ich weiß, dass ein Teil von mir immer noch bei Dir ist. Mein Ladekabel, die pinke Zahnbürste, das Nutellaglas mit meinem Namen drauf und jeder meiner Gedanken.
Das Kabel nutzt du täglich. Die Zahnbürste längst im Müll vielleicht und Du kratzt gierig den letzten Rest Nutella aus mir.
Und wenn mein Gesicht in Deinen Gedanken auftaucht, dann wischst Du es weg, wie ein paar lästige Krümel auf Deinem Hosenbein.
Ich weiß, dass es Dir besser geht ohne mich.
Und ich vermute, dass es mir besser geht ohne Dich.
Und ich fange an: zu glauben.
„Ruhe in Frieden", flüstere ich.

## DRESDEN TRAUERT.

Januar 2017

Ich bin Dresdnerin.
Dresden ist wunderschön, ja wirklich. Die Frauenkirche und die Semperoper und der Zwinger – mein Lieblingsort. Die Elbe. Elbwiesen. Albertbrücke. Das Blaue Wunder. Kommt alle vorbei. Schaut es euch an. Wir sind so stolz und freundlich.
Aber erschreckt euch nicht vor den hässlichen Fratzen, die vor der Frauenkirche nur darauf warten herumzupöbeln.
Man hat drei Busse auf dem Neumarkt aufgestellt.
Hochkant.

Meine Augen leuchten. Eine gute Aktion. Denke ich. Kaufe ein paar weiße Ranunkeln. Eisiger Wind. Und vor der Frauenkirche angekommen stockt mir für einen kleinen Augenblick der Atem.
Krieg.
„Das ist eine Schande! Eine Schande für die Stadt! Merkt ihr nicht, wie ihr die Opfer vom 13. Februar 1945 verhöhnt? Was haben wir damit zu tun? Eine Unverschämtheit. In unserem wunderschönen Dresden!"
Eine Gruppe Menschen umgibt den älteren Herrn, der lautstark auf sich aufmerksam macht. Ich nähere mich ihnen. Alle reden auf ihn ein. Sachlich. Ruhig. Und genau das scheint ihn immer wütender zu machen. Umzingelt.
Ich halte ein wenig Abstand.
„Was wissen Sie schon mit Ihren 20 Jahren? Sie haben doch keine Ahnung von Geschichte!", zu einer jungen Frau.
„Das ist krank, was Sie da sagen!", zu der älteren, die die erste in Schutz nahm.
„Wo kommen Sie eigentlich her? Hauen Sie doch dorthin wieder ab!", zu dem Mann mit der dunklen Haut.
Ich werde wütend. Kneife die Augen zusammen. Empörte Blicke. Ich atme durch. Irgendwie geht mir das alles zu schnell. Jeder antwortet. Keiner hört zu. Keiner denkt nach. Nur das eigene Argument, die eigene Angst, die eigene Meinung im Kopf. Schlagabtausch. Hauptsache lauter und schneller und besser. Richtiger. Gegenseitiges Ermahnen. Immer wieder. Keiner hört zu. Keiner hört wirklich zu, um zu verstehen. Sondern um zu antworten. Verständlich in dieser Runde. Gleicht einer Arena. Kampf. Es geht ums Gewinnen. Fakt ist doch aber: Wir alle spielen im selben Team. Menschlichkeit.
Am liebsten würde ich gern laut pfeifen: *Hört auf! Aber macht weiter!*
Und dann würde ich dem Herrn am liebsten meine Hand reichen und ihn aus dieser Situation retten. Es mangelt ihm an Argumenten. Und seine Trauer ist okay. Seine Ausdrucksweise ganz und gar nicht. Aber vielleicht hilft ihm ein klein wenig Abstand. Und dann sieht er, dass die Busse und die Frauenkirche ein Gesamtbild ergeben. Das gehört dazu.

Das gehört zusammen. Wir gehören zusammen.
*Krieg. Immer wieder Krieg. Opfer. Immer wieder Opfer.*
Dresden trauert. Immer noch. Dresden trauert um die eigenen Opfer. Um die, die kurz vor Kriegsende, in einer eisigen Februarnacht ermordet wurden. Der Krieg war längst verloren. Das war reiner Hohn, heißt es. Und dann lag die Stadt in Schutt und Asche. Genick gebrochen. Tote. Verloren.
Und Dresden trauert. Seit 1945.
„Meine Schwester saß im Bombenkeller. Sie hat es trotzdem nicht überlebt!“, ruft einer. Und das tut mir leid. Ich sehe den Schmerz in seinen Augen. Den Verlust. Aber diese Busse stellen den Verlust nicht infrage. Sie manifestieren ihn. Und nur, weil am 13. Februar 1945 Tausende in Dresden ihr Leben lassen mussten, hört das Morden in Aleppo an diesem Tag doch nicht auf. Überall auf der Welt. Es ist Anfang Februar und wir dürfen nur um Dresdner Kriegsopfer trauern? Sind diese denn wichtiger? Waren ihre Leben bedeutsamer? Für den ein oder anderen vielleicht schon – Mutter, Vater, Freunde. Ich sehe Deinen Schmerz, will ich sagen. Und das ist okay. Aber Leid gegeneinander aufzuwiegen, halte ich für menschenverachtend. Glück verdoppelt sich, wenn man es teilt. Und ich bin der festen Überzeugung, dass mit Trauer das Gegenteil passiert, wenn man sich in den Arm nimmt.

Dresden trauert.
Aber Dresden lebt. Lebt wieder. Die Frauenkirche steht. Wir haben uns erholt. Soweit das geht. Und wir trauern noch immer – und auch das ist okay.
Aber Aleppo brennt. Keine Zeit, zu trauern.
Busse. Hochkant. Blut. Schreie. Tod. Angst. Mama!
Und das ist es doch, weshalb ihr alle so wütend seid.
Weil diese drei Busse euch ermahnen. Erinnern. Hilferufe. Jeden Tag.
Sie bedeuten Leid und Tod und Bomben. Angst. Kinder. Blut.
Aussichtslos. Ruinen. Mama!
Ihr kennt das.

Ihr versteht das.
Krieg. Immer wieder Krieg. Opfer. Immer wieder Opfer.
Und es regt sich etwas. Ein „Vielleicht ..“ – aber jetzt bist Du zwei Wochen lang jeden Montag auf die Straße gegangen. Und jetzt reden alle auf dich ein. Und das passt nicht in deine Realität. Es ist hart. Ich weiß, dass es vielleicht kaum etwas Schwierigeres gibt, als sich einen Fehler einzugestehen. Als umzudenken. Und das heißt ja nicht, dass du alles gut finden musst. Das heißt nicht, dass du schweigen sollst. Sprich! Sprich mit uns! Sprich über deine Gefühle! Lass uns zuhören. Aber höre auch selbst zu. Und verstehe. Höre zu, um zu verstehen, nicht um zu antworten.
Fehler eingestehen. Umkehren. Ein neuer Anstrich. Veränderung.
Ein Lächeln.
Ein Miteinander.
Also reiß dich zusammen. Sieh hin! Und versuche zu verstehen. Empathie. Und wenn die Busse ein bisschen eher gestanden hätten. Wenn wir ein bisschen eher angefangen hätten, miteinander zu reden. Zu verstehen. Dann wäre vielleicht kein Flüchtling in Deutschland mit Beleidigungen und Pfiffen und Hass und Feuer begrüßt worden.
Sondern mit einem Lächeln. Mit einem Hallo. Mit Verständnis.
Denn vor weniger als 60 Jahren hat Dresden auch gebrannt.
Und wir sind auch heute nicht davor sicher.
Krieg.
*Lasst uns dem mit Liebe begegnen.*

## WER NICHT WAGT, DER NICHT GEWINNT.

April 2017

Und ganz plötzlich fühlte sich das alles ziemlich gut an. Ziemlich vertraut. Ziemlich ich. Ich weiß nicht, was es gewesen ist, das mir plötzlich den Mut gegeben hat. Den Mut, in eine andere Rolle zu schlüpfen. Jemand anderes zu sein. Jemand anderes zu werden. Vielleicht war es New York. Vielleicht waren es seine Worte. Vielleicht war es die junge Frau, der ich am Morgen begegnet war. Oder vielleicht war es auch einfach nur die Zeit. Und New York flüsterte mir zu: „Yes Girl! There we go! You can do this!"

## DAS MÄDCHEN, DESSEN NAMEN ICH NICHT KENNE

April 2017

Wenn jeder an jemanden denkt, ist an alle gedacht.
Und wenn jeder an 17 Tote denkt, dann ist auch an alle Toten gedacht.
Das sagt zumindest mein Freund Gus.
Letzteres habe ich probiert – und bin gescheitert.
Und in Guinea habe ich gemerkt, dass es bei Ersterem nicht um mich selbst geht.

Ich liege in meinem Bett. Es ist weich und warm.
Ich schließe die Augen. Und schaue augenblicklich in ihre.
Ich sehe sie. Oder vielmehr: sieht sie mich an. Und ich schäme mich.
Ich schäme mich dafür, dass ich hier liege. Und sie dort. Und dafür, dass ich jetzt wieder hier bin und sie immer noch dort. Sie, die mich jeden Morgen mit einem Grinsen und einer Umarmung begrüßt hat. Sie, die

unermüdlich meine Hand gehalten und mein blondes Haar gestreichelt hat. Sie, die mir Trost gespendet hat – obwohl sie selbst nichts besitzt. Die mir Hoffnung geschenkt hat und der ich Hoffnung geben möchte. Sie, der ich eine Chance geben will. Sie, der ich zum Abschied mein Armband um das schmale Handgelenk geknotet habe. Und jetzt denke ich abends, wenn ich schlafen gehe, an nichts anderes. Als an sie und das Armband. Und an ihre wunderschönen tiefschwarzen Augen. Diese Augen, die mich so eindringlich angesehen haben. So neugierig. So liebevoll. So lebensfroh. Und hoffnungsvoll. Diese Augen, die so mutig sind.

Und ich spüre ihre Hand in meiner.

Und ich fühle mich verantwortlich. Für sie.

Und ich schäme mich.

Weil ich hier bin. Und sie dort.

Und ich kann nicht schlafen.

Weil ich hier liege.

Und sie dort.

Und ich nicht begreife.

Wir standen in der Mittagshitze. Sie auf meinem Arm. So fest hat sie mich umklammert. Mich angelächelt. Und als über uns ein Flugzeug am Himmelszelt auftauchte, zeigte sie mit ihrer kleinen Hand nach oben und ihre Augen leuchteten.

Und ich sage: Lerne! Ich sage: Kämpfe!

Und ich sage: Es tut mir leid!

Und ich nahm sie fest in den Arm. Sie kicherte. Und ich strich mir eine Träne aus dem Gesicht, lächelte sie an und wir liefen Hand in Hand durchs Dorf. Sie strahlte übers ganze Gesicht. Es ist dreckig. Ihr Kleid hat Löcher. Ihre Füße sind nackt. Und ich konnte nichts sagen – weil wir nicht dieselbe Sprache sprechen. Und ganz gleich: Wenn wir das täten, ich würde die richtigen Worte nicht finden. Ich würde kein Wort herausbringen. Was gibt es zu sagen? Ist sie nicht noch viel zu klein für all das hier? Sie ist noch so leicht und froh. Und hoffnungsvoll. Belassen wir es dabei. Bitte, belassen wir es dabei.

Ich streiche mir eine Träne aus dem Gesicht.
Und am Abend sangen die Frauen. Und wir tanzten. Wir tanzten. Sie drehte sich. Und drehte sich. Und drehte sich.
Und ich kann nicht schlafen.
Weil ich hier liege.
Und sie dort.
Und ich nicht begreife.
Und als ich ging, sah ich das erste Mal etwas anderes in ihren Augen.
Nicht neugierig. Nicht lebensfroh. Nicht hoffnungsvoll.
Sie sieht mich an.
Und: Sie weiß es.
Sie weiß es.
Und ich schämte mich.
Und ich stieg ins Auto.
Ihr Blick durchdringt mich.
Sie weiß es.
„Ich werde Dich nicht vergessen“, sage ich.
„Wir werden Euch nicht vergessen.“

Wenn die Armut ein Gesicht bekommt, dann wird sie real. Und wenn jemand Armut so reich aussehen lässt, so reich an Liebe und Hoffnung und Freude – dann tut das weh. Dann tut die Ungerechtigkeit weh. Obwohl wir auf der guten Seite stehen. Wir haben Glück gehabt. Und sie Pech. Und sie lächelt. Und all das erscheint keinen Sinn zu machen.
Sie strahlte übers ganze Gesicht. Es ist dreckig. Ihr Kleid hat Löcher. Ihre Füße sind nackt.
Und ich schäme mich, dass dieser Flug nötig war.
Nötig war, zu erkennen.
Und ich vermisse sie.
Und ich schließe die Augen – und schaue augenblicklich in ihre.
Nein, vielmehr: sieht sie mich an. Und wir sehen einander an. Und ich begreife: Wir sprechen dieselbe Sprache.
Und sie lächelt.

Hoffnung.
Liebe.
Und ich winke ihr. Und sie winkt mir.
Ich stieg ins Flugzeug.
Bin jetzt wieder hier. Aber mit Gedanken bei Dir.
Ich vergesse Dich nicht.

## VON HINTEN DURCH DIE BRUST.

April 2017

*„Morgen kommt ein Schneesturm. Kauft euch was zu essen. Die Läden werden sicherlich nicht öffnen." WAS? Es ist Ende März. Wir sind in New York. Endlich wieder gemeinsam. Endlich wieder zusammen. Zusammen mit Euch und das in der Stadt, die wir lieben. In der Stadt, der wir so vieles zu verdanken haben. Einander nämlich. Und noch viel mehr.*
*Wir haben Sneakers, Jeansjacken und so viele Pläne im Gepäck – und jetzt das. Ende März. -5°C. Und eisiger Schneeregen. Der Wind pfeift durch die Straßen, eiskalter Regen im Gesicht. Und mit Euch: kaufe ich ein Eis und wir machen Streusel drauf.*
*„Denn die Sonne kommt wieder raus, Luise. Darauf können wir uns verlassen."*

Es ist der Moment, wenn er sagt: „Ich kann das nicht", obwohl ihr im Begriff seid, den gemeinsamen Mietvertrag zu unterschreiben.
Der Augenblick, in dem sie dir in den Rücken fallen. Abhauen. Aufgeben.
Die Absage, weil man zu schlecht ist. Nicht geschafft.
Enttäuschungen. Schmerz. Vor den Kopf gestoßen und von hinten durch die Brust erstochen. Irgendwie. Irgendwie total unerwartet und dann. Totschlag. Und niemand wird verurteilt. Du brichst mir das Genick! Und lachst. Und ich liege am Boden.

Ich lag am Boden.
Ich lag. Und du bist draufgetreten.
Das ist wie dieser Schneesturm. Der einfach kam. Keine große Ankündigung. Einfach so. Eiskalt. Peitschend. Und ich musste mich beschützen. War doch gar nicht vorbereitet. Ich war doch gar nicht vorbereitet.
Aber drei Tage später, als die Sonne durch die Wolkendecke brach. Bemerkte ich: Das war es wert. Es war den Schmerz wert. Es war die Tränen wert. Denn es geht mir besser. Es geht mir jetzt viel besser. Als zuvor.
Dinge, die nicht so laufen, wie wir es erwarten. Menschen, die uns verlassen, obwohl wir ohne sie doch gar nicht laufen können. Pläne, die einfach nicht funktionieren wollen, obwohl sie so gut durchdacht sind. Das tut weh. Und plötzlich zweifelt man. Und weint. Und bereut. Und kann nicht verstehen.
Aber: Alles wird gut. Alles wird irgendwie gut.
Nicht aufgeben. Sondern Streusel. Bunte Streusel.
Und zwei Tage später: New York in Weiß. Friedlich. Irgendwie still. Und unendlich schön.
Wir stehen am Pier. Die Stadt vor uns in ihrer vollen Pracht.
Und die Sonne scheint.
Und die Stadt glitzert.
Und der Schnee funkelt.
Und unsere Augen und Herzen strahlen.
Und wir verbringen den schönsten Tag in New York. Gemeinsam. Weil es geschneit hat. Weil es vor zwei Tagen so eiskalt in unser Gesicht geregnet hat.
Es musste wehtun, damit es jetzt so wunderschön sein kann.
Alles passiert aus einem bestimmten Grund.
Manchmal von hinten durch die Brust.
Und heute sage ich:
Danke, dass Du mich verlassen hast.
Danke, dass ich nicht mehr mit Euch befreundet bin.
Danke, dass ich den Studienplatz nicht bekommen habe.

## VIELLEICHT WAR DER KAISER NACKT.

April 2017

„Du warst für mich die größte Überraschung auf dieser Reise, Luise."
Ich schaue sie verwundert an. Mein Gesicht ist braungebrannt. Eine feine Schicht roter Sand darauf. Meine Haare seit einigen Tagen nicht gekämmt. Wir sind die Letzten draußen im Hof. Auf einem orangefarbenen und einem dunkelgrünen Gartenstuhl. Über uns der endlose Sternenhimmel Afrikas. „Ich weiß, es ist total doof, aber wir Menschen denken in Schubladen – und als du am Flughafen ankamst und dazu das, was ich über dich wusste. Zu glauben wusste. Und das Blond und der rosafarbene Pullover.
Jedenfalls: Ich habe mich geirrt.
Ich danke dir dafür, dass du mich eines Besseren belehrt hast."
Ich weiß gar nicht, was ich sagen soll. Berührt. Ein bisschen vor den Kopf gestoßen. Die blonden Haare. Der rosafarbene Pullover. Aber ja, wir denken in Schubladen. Und vielleicht ist das okay. Und ich sage „Danke!" und lächle und wir gehen schlafen.
Manchmal würde ich mir gern „Ich bin okay!" auf die Stirn schreiben. Und dazu noch einige Randnotizen. Dass ich vegetarisch lebe nämlich. Und dass ich mir mehr Gedanken über die Gefühle anderer als über mein Make-up mache. Ich überwinde täglich Ängste und es war verdammt hart, sich das hier alles aufzubauen. Okay, ich liebe Justin Bieber und meistens dusche ich viel zu lang. Ich kann wirklich zickig werden und manchmal etwas zu harsch. Aber ich bin okay. Und ich könnte Sandalen tragen und aufhören mich zu schminken. Ich könnte den ganzen Tag mit einem breiten Grinsen und einem geöffneten Reisepass durch die Straßen laufen, einfach um jedem zu zeigen: Ich bin okay. Ich bin freundlich. Ich bin offen. Aber die meiste Zeit über ist mein Aussehen, sind die Sachen, die ich gern trage, ein gutes Schutzschild. Und diejenigen, die es nicht wert sind, prallen daran ab. Das hat mich die Zeit

gelehrt.
Denn hinter all den Likes und blonden Strähnen, unter dem Lipgloss und dem selbstbewussten Auftreten – da ist noch mehr. Und manchmal blitzt das durch. Kurz. Man kann es erahnen. Wenn man nur aufmerksam genug ist. Vorsichtig.
Und wer Zeit mitbringt, der sieht mehr. Der sieht am Ende mich.
Und dann trifft man diese Menschen. Die, die sich Zeit nehmen.
Zwei Wochen in Afrika.
75 Minuten im Dritte-Welt-Laden und am Ende sagt sie: „Merkwürdig, wir sehen so verschieden aus, aber denken genau dasselbe. Dasselbe Herz irgendwie." – „Verrückt, oder?", sage ich und lache. Verlasse in meinen rosafarbenen Sneakers den kleinen Laden an der Ecke und winke ihr, in Sandalen, Wollsocken und mit drei Rastas auf dem Kopf.

Kleider machen Leute, sagt man. Aber vielleicht eher Leute, die sie nicht selbst tragen. Und am Ende sieht man das, was man sehen will. Vielleicht war der Kaiser nackt? Ja, er war es. Ihr müsst nur richtig hinsehen!
Kleider machen Leute.
Vielleicht ist das so.
Aber Geduld macht mehr, lässt mehr sehen.
Denn es geht doch darum, was drunter ist.

## FALLSCHIRM

April 2017

Ich fühle nichts.
Es ist nichts mehr übrig.
Nichts mehr von uns.
Also bin ich aufgestanden.
Das Spielfeld steht noch aufgebaut da.
Keine Kraft mehr, es dramatisch vom Tisch zu schmettern, sodass alle Spielfiguren durch die Luft fliegen und irgendwo auf den Boden prallen.
Vielleicht wäre es nötig gewesen. Nötig, damit Du merkst, was Du mir bedeutest.
Aber: zu oft enttäuscht.
Was ich tue, ist rational.
Was ich tue, ist ruhig. Erwachsen vielleicht.
„Jede Liebe braucht einen ihr würdigen Abschluss", habe ich früher immer behauptet.
Ich schüttle den Kopf.
Und gehe.
Ruhig.
So ruhig, dass Du es gar nicht merkst. Das Spielfeld steht noch. Und du auf ihm.
„Viel Glück!", sage ich.

## DU KANNST MICH GERN EIN BISSCHEN EINENGEN.

Mai 2017

Ich schlage die Augen auf. Es ist hell. Die Sonne scheint. Die Fenster meines Schlafzimmers sind unheimlich groß und die Decken unheimlich hoch. Und was ich früher wunderschön und befreiend fand, empfinde ich jetzt als leer. Irgendwie befremdlich. Das Bett ganz für mich allein. Will mich aber nicht ausstrecken. Will mich nicht umdrehen. Es ist Frühling geworden, ich brauche keine zwei Decken mehr für mich allein. Ich sitze hier. Und Du leider viel zu weit weg. Viel zu viele Kilometer zwischen uns. Schon wieder. Immer noch. Es ist ein Ozean, der uns trennt. Oder vielleicht doch sogar zwei? Es sind Welten und Grenzen. Es ist so vieles mehr.
Und trotzdem wünsche ich mir nichts mehr, als Dich hier. Dich hier neben mir. Und: Du darfst mich gern ein bisschen einengen. Du darfst mich gern ein bisschen mehr festhalten. Ich weiß, ich bin schnell und irgendwie immer irgendwo. Ich bin hier. Und dann wieder dort. Und plötzlich tauche ich auf. Ohne Vorwarnung. Und verschwinde wieder.
Aber wenn Du mich festhältst, dann bleibe ich ruhig. Dann werde ich ruhig. Also, das ist okay. Wirklich. Auch wenn ich anfangs ziemlich viel strample. Und auch mal wieder verschwinde – ich will das. Ich will Dich. Ich komme wieder. Und ich brauche ein klein bisschen Enge. Ich brauche ein paar mehr Grenzen. Ich brauche ein bisschen mehr Zugehörigkeit. Ich brauche Dich. Und Deinen warmen Atem auf meiner Haut. Ich habe gesagt, dass ich das nicht mag. Irgendwann mal. Beiläufig. Aber ich habe mich geirrt. Du darfst mich gern ein bisschen einengen.

Was uns verbindet ist Freiheit. Aber nur, weil wir uns aneinander festhalten, heißt das ja nicht, dass wir die verlieren. Das heißt ja nicht, dass wir einander Ketten anlegen. Vielleicht können wir zusammen einfach schwerelos sein. Vielleicht ergibt das Helium? Ich habe in Chemie nie

aufgepasst. Keine Ahnung. Aber lass es uns doch probieren. Lass uns doch gemeinsam fliegen lernen. Ich meine, mehr als scheitern, können wir nicht. Und wir beide wissen, dass das dazugehört, und wir kriegen das hin. Das beweisen wir einander seit so langer Zeit.
Aber vielleicht ist das gerade unser Glück.
Vielleicht ist das gerade der Schlüssel.
Dass wir einzeln funktionieren.
Vielleicht ist das gerade unser Glück. Und gleichzeitig verantwortlich dafür, dass wir immer wieder scheitern. Vielleicht ist das das Problem. Wir funktionieren. Du funktionierst. Ziemlich gut. Und ich funktioniere. Jeder für sich. Jeweils. Es ist alles ziemlich gut.
Und das hier ist ein Risiko. Wir – ist ein Risiko. Was wird passieren? Wir können es nicht ahnen. Wir können es nicht wissen. Und vielleicht scheitern wir. Vielleicht funktionieren wir zusammen nicht so gut wie einzeln. Aber: Wir sollten es probieren. Vielleicht ergibt das Helium.
Du darfst mich gern ein bisschen einengen.

## HERZ UND KOPF.

Juni 2017

Ich bin gern zur Schule gegangen. Die Lehrer mochten mich. Ich kam immer mit. Schrieb meist gute Noten. Keine große Anstrengung. Ich hörte zu und schrieb mit und tat das, was von mir verlangt wurde.
Irgendwann. Hörte das auf. Irgendwann hatte ich keine Lust mehr. Denn: Ich wusste nie, wieso ich das tat. Wieso ich lernte. Wieso ich das abschreiben musste. Wieso ich so lernen musste. Stur auswendig lernen. Zuhören und abschreiben und das sagen, was von einem erwartet wird. Zuhören. Abschreiben. Antworten. Zuhören. Abschreiben. Antworten. Und dann entscheide dich zwischen Kunst und Musik. Und noch eine Sprache! Und Freitagnachmittag Latein. Das Latinum. Das ist

wichtig. Das braucht man. Und in Chemie wieder eine schlechte Note. Weil ich es nicht greifen konnte. Und weil ich keine Lust mehr hatte, irgendwas auswendig zu lernen, das ich gar nicht verstand – nur des Auswendiglernens wegen. Doch es geht nur um Fakten. Diese eine Lektion. Dieser eine neue Punkt auf dem Lehrplan. Also zuhören, abschreiben, nachsprechen. Im Chor.

Aber heute weiß ich:
Man lernt Sprachen, um sich zu unterhalten.
Wir lernen Fakten, um zu überleben. Zu helfen. Zu entwickeln.
Wir lernen Geschichte, um zu verhindern, um uns weiterzuentwickeln.
Ich möchte lernen, um zu begreifen. Um zu wachsen. Ich möchte die Natur verstehen und wieso es Planeten gibt. Ich will Texte von schlauen Männern und Frauen lesen, die viel zu kompliziert verfasst sind und ziemlich alt. Und dann will ich das anwenden. Daraus lernen. Auf uns anpassen. Das passt noch. Das hat Hand und Fuß. Gebt mir ein paar Minuten, das zu verinnerlichen. Und am Ende ist es doch ganz egal, wer was wann und wo gesagt hat – es geht um die Botschaft. Es geht darum, zu verstehen. Zu verinnerlichen. So, dass Kopf und Herz am Ende vielleicht eine Einheit ergeben. Nicht vielleicht. Ganz sicher. So, dass ich keine Münze mehr werfen muss – sondern selbst entscheiden kann. Denn das ist es, was wir eigentlich abwägen: Herz oder Kopf.

Also kaufe dir ein Buch statt einer neuen Tasche. Nimm dir ein bisschen mehr Zeit für neue Erkenntnisse. Lerne eine neue Sprache und zeichne wunderbare Dinge in die Luft mit deinen Worten. In die Köpfe anderer Menschen. In ihre Herzen. Versuche zu verstehen, wie unser Sonnensystem funktioniert, und finde deinen Platz darin. Suche dir etwas. Und perfektioniere es. Lerne. Übe. Probier dich aus. Kann es bitte wieder cool sein, der Streber zu sein? Können wir bitte alle zurück an den Schreibtisch und in die Bibliothek? Lasst uns Geschichte machen. Lasst uns Teilchen entdecken und neue Dinge erfinden. Lasst uns einander helfen. Und dafür ein Like geben. Anerkennung. Selbstbewusstsein. Und es ist ziemlich cool, im Flugzeug zu sitzen, stundenlang auf einen anderen Kontinent zu fliegen und dort tatsächlich mit den Menschen zu sprechen, statt nur hübsch für die Kamera zu posieren. Es ist toll, wenn du deiner Reisebegleitung etwas über die Geschichte des Landes erzählen und erklären kannst, wieso es jetzt verdammt noch mal so viel regnet. Es ist aber mindestens genauso wertvoll, wochenlang zu Hause zu sitzen, zu lernen und damit am Ende viel weiter voranzukommen, als es jedes Flugzeug der Welt schaffen könnte.

Wir müssen keine Münzen mehr werfen.
Weil Zahlen nicht immer eine Rolle spielen.
Vor allem nicht, wenn es darum geht: Herz und Kopf.

## ZWEI BEINE

Juni 2017

Ein Hocker sei dann stabil, wenn er drei Beine habe. Ausgeglichen. Dann könne das funktionieren. Ich habe das irgendwann mal irgendwo aufgeschnappt. Ich weiß nicht mehr, wer das in welchem Zusammenhang gesagt hat. Wie eine blasse Erinnerung. Wie etwas, das man als Kind mal mitgehört hat. Wenn sich die Erwachsenen unterhalten haben. Das machte irgendwie alles keinen Sinn und wurde schnell ziemlich langweilig – aber man konnte nicht weghören. Besonders dann, wenn die Erwachsenen ihre Stimme leicht senkten. Das klang dann immer unheimlich wichtig. Und bedeutsam. Jedenfalls: Ich weiß nicht, wie alt ich gewesen bin, als ich das aufgeschnappt habe. Vielleicht war es auch in der Schule. In einer der Unterrichtsstunden, in denen ich müde meinen Kopf auf die Hände stützte und mit den Gedanken eigentlich ganz woanders war.
Wie auch immer.

Irgendwer hat das gesagt.
Ein Hocker. Drei Beine. Stabilität.
Und manchmal fühlt sich das so an, als hätten noch einige andere das irgendwo aufgeschnappt. Nein, eingebläut bekommen. Gelernt und verinnerlicht.
Denn manchmal, wenn ich anderen hier auf diesem Weg begegne, schauen die mich ganz schief an. Als würde irgendetwas fehlen. Und dann schaue ich an mir herunter. Und es ist alles da: zwei Füße, zwei Beine und sogar mein Rucksack, Proviant und ein Kopf voller Ideen. Ein Herz schlägt in meiner Brust, hat seinen eigenen Takt. Und in ihm mein Kompass. Ich habe Rettungsseile dabei und weiß, dass – wenn die mal reißen – genug andere Wanderer hier den richtigen Weg suchen und mir wieder hoch helfen. Ich habe eine Landkarte, meine Routen sind eingezeichnet. Und die Schrittfolge im Pflanzenbestimmungsbuch passt eben auch auf Menschen.
Vielleicht haben sie die Schuhe nicht gesehen, denke ich, und wundern sich über die nackten Füße – aber Schuhe habe ich dabei. Hängen hier über meiner Schulter. Brauche nur manchmal festen Boden unter den Füßen, Kontakt zum Ursprung, ein paar Zentimeter weniger. Ich habe eine Flasche Wasser im Rucksack und ein Fotoalbum voll mit Erinnerungen im Gedächtnis. Da ist ganz viel Neugierde in meiner Hosentasche und Träume, die über mir schweben. Deswegen springe ich manchmal so lustig nach oben – für andere missverständlich, sie können das da über mir ja nicht sehen. Glaube ich. Vielleicht schauen sie mich deswegen so verwundert an.
„Dir fehlt etwas“, murmeln sie, „dein drittes Bein.“ Fast genervt. Als wäre das klar. Als wäre das selbstverständlich. Als hätte jeder andere Mensch auf der Welt ein drittes Bein.
Ich habe doch zwei, möchte ich antworten. Ich habe doch zwei Beine. Und zwei Augen, die so viel Wunderbares sehen, und zwei Hände, die all das Gute kaum fassen können. Und wenn es doch mal wackelig wird, dann breite ich meine Arme aus und gehe ein bisschen langsamer. Ich habe alles dabei. Auch für den Notfall. Und was ich sonst noch brauche,

finde ich hier. Das, was mich heilen kann, finde ich irgendwo hier. Das kann man nicht einpacken, nicht festhalten.
„Du bist doch verrückt", sagen sie – und stützen sich aufeinander. Halten sich, klammern sich fest. Jeweils ein Bein an den anderen gebunden. Zusammengeschnürt. „Ein Hocker ist dann stabil, wenn er drei Beine hat. Wir haben zusammen drei Beine – sieh es Dir an!" Und dann humpeln sie davon. Auf drei Beinen.
Bis zu diesem Moment habe ich überlegt, was ich vergessen haben könnte. Bin alles durchgegangen. Habe meine Taschen durchsucht.
Jetzt: schaue ich wieder auf, lächle die anderen Wanderer an und laufe weiter.
Vielleicht hätte ich damals besser zuhören sollen. Verinnerlichen. Wo auch immer ich das aufgeschnappt habe.
Vielleicht.
Vielleicht ist es aber okay, auf zwei eigenen Beinen zu stehen. Stabil.
Denn: Ich habe alles dabei.
Nein, es fehlt hier nichts.
Ich bin nicht unvollständig.
Ich bin abgesichert.
Ich laufe, ich renne, ich stehe nicht. Ein Hocker braucht drei Beine.
Aber ich will: nicht stehen. Nicht humpeln. Sondern laufen. Leben. Zwei Beine.
Und vielleicht ist das egoistisch, aber manchmal wird der Pfad so schmal, dass da nur einer hinpasst. Vielleicht wird er zu zweit automatisch breiter? Und sicherlich kann man in zwei Rucksäcken viel mehr Proviant transportieren.
Aber jetzt laufe ich hier allein. Gehe meinen Weg. Und wenn ich eine Rast mache, dann höre ich mir selbst zu und die Berge geben mir ein Echo. Und vielleicht ist es wirr, mit sich selbst zu sprechen. Aber das ist mein Echo. Und plötzlich sieht man Dinge klarer. Und es hallt nach. Und man lernt. Von sich selbst. Und seiner Umgebung. Und man selbst verändert sich mit der Umgebung.
Und dann läuft man weiter. Und trifft einander. Und geht ein Stück ge-

meinsam. Ein vierblättriges Kleeblatt am Wegesrand. Eine Weggabelung. Und vielleicht sind wir danach immer noch zu zweit. Oder mehr. Oder vielleicht auch wieder allein. Denn das hier ist mein Rettungsseil. Und du hast dein eigenes. Damit binden wir uns nicht aneinander. Denn manchmal wird der Weg zu schmal. Weggabelung. Und dann will ich nicht stehen bleiben müssen. Kein Hocker.
Denn: Ich bin vollständig. Ich bin stabil. Ich kann auf zwei Beinen stehen. Und noch besser: laufen.

## DER NEW-YORK-EFFEKT

Juni 2017

„Was zur Hölle liebst Du an New York? Ich hasse es", sagt er und ich antworte: „Es gibt auch Dinge, die ich an New York hasse. Natürlich. Aber alles in allem: liebe ich es."
Mehr sage ich nicht. Das ist Smalltalk. Er will sicherlich nicht alles ganz genau wissen, aber ...
New York ist großartig. Unglaublich. Und überwältigend.
Als ich das erste Mal hier war, war das aufregend und laut und bunt und anstrengend. Empire. Central Park. Brooklyn Bridge und One World Trade Center. Stundenlang anstehen. South Ferry. Lady of Liberty. Und im Museum zahlt man das, was man hat und will und kann. Und alles kommt mir so unheimlich bekannt vor. Vertraut irgendwie. Das hier kenne ich aus Filmen!
Und dann: Times Square. Und alles leuchtet. Strahlt. Vor allem meine Augen. Obwohl die eigentlich ziemlich müde sind. Schmerzende Füße. Aber das macht alles nichts. Hupende Autos. Sirenen. Und Fotos. Fotos!
*Frisch verliebt.*
Und umso öfter und länger ich hier bin: verliebe ich mich mehr und mehr.

Ich habe mich langsam vorangetastet – da sind Brooklyn und Queens. Und da sind Straßen über dem Central Park. Und man entdeckt kleine Seen und irgendwann fand ich meinen eigenen Platz. Plötzlich macht das mit den Straßen alles Sinn und ich weiß, welchen Ausgang ich an meiner U-Bahn-Haltestelle nehmen muss.
*Okay, worauf warten wir? Wir sind jetzt ein Paar. Ist das aufregend.*

In einer guten Beziehung heißt es: geben und nehmen.
Und bei New York und mir war das nicht anders.
In den ersten Wochen war es ein: Geben. Geben. Geben.
Und ich war müde. Und ich war allein. Und ich saß in Brooklyn. Und diese Aussicht. Unbezahlbar.
Aber um anzukommen, muss man eine Weile da gewesen sein.
*Ernüchternd.*

Wir halten zusammen. Durch dick und dünn. Und dann geht es auf und ab. Und ziemlich weit auf und ziemlich weit ab. Und dann tanzen wir über den Dächern der Stadt und sitzen immer noch im 23. Stock, aber ich heule mir die Seele aus dem Leib. Umgeben von Menschen. Umgeben von so vielen Seelen. Aber irgendwie: leer. Überall brennt Licht. Aber keine Erleuchtung. Und wir eilen durch die Straßen der Stadt und verlieren uns auf dem hastigen Weg an jeder Ecke. Taxi! Schneller! Lauter! Teurer!
*Aber eine große Liebe braucht auch Tiefpunkte, nicht wahr?*

Und dann weiß man. Nach und nach versteht man. Die Macken, die Problemzonen. Und die Vorlieben.
Also habe ich aufgehört, meine Beine zu überschlagen. Ich habe mich bereitwillig an jeder Schlange angestellt. Und ich habe gelacht.
Ich habe die Stadt von so vielen verschiedenen Fenstern aus gesehen. In so viele verschiedene Gesichter. Und dann: Gehässiges Lachen. Und so viele Masken. Gruselige Masken. Aber da waren immer diese hohen Mauern, die mich umgaben. Diese Mauern, von denen ich mich nie ein-

geengt oder eingesperrt, bedrängt oder eingeschüchtert gefühlt habe – sondern diese hohen Mauern, die mich angespornt haben. Der Himmel spiegelt sich in den riesigen Fenstern der Stadt und ich weiß, dass es immer weitergeht. Es gibt kein Limit. Nicht für uns zwei. Auch wenn ich das vergessen habe. Immer wieder. Immer wieder vergessen. So hat mich New York immer wieder erinnert. Immer wieder hochgeschaukelt. Aufgemuntert. Angetrieben.
New York hat mich ausgehalten.
Ich habe New York ausgehalten.
Wir haben einander ausgehalten.
*Das mit uns ist mittlerweile ziemlich ernst.*

Und dann fing ich an, durch die Welt zu reisen. Neue schöne Ecken. Friedlich. Ruhig. Und ich blühte auf. Ganz anders.
Und du lernst jemand Neues kennen. Entscheidest dich. Entscheidest Dich falsch.
Und plötzlich steht so viel zwischen uns.
Neue Erfahrungen und dieser dicke Mann.
*Wir machen eine Pause. Es ist im Moment besser so. Aber ich liebe dich immer noch.*
Und du sagst, es sei nicht deine Schuld und dass sich zwischen uns ja nichts ändert. Und ich will dir wirklich glauben. Ich will das wirklich mit uns.
Aber: *Lass es uns diesmal langsamer angehen.*

## VON HIER OBEN

Juni 2017

„Ich hasse Dich!“ Plötzlich flippt sie völlig aus. Heult und schreit uns an. Wütend. Enttäuscht. Und ich spüre den Schmerz, den sie fühlt – allgegenwärtig. Das sind so viele Pfeile – aber: Sie treffen uns alle! *Siehst Du nicht, dass wir alle verwundet sind?* Und dann drückt sie unsere noch tiefer rein, als würde das ihren Schmerz lindern können.
Verletzungen. Blut. Schmerz. Allgegenwärtig. Er umgibt uns und saugt uns ein. Und aus.
Wir: wehrlos.
Wir: machtlos.
Wir: unschuldig.

„Ich hasse Dich! Ich hasse Dich! Ich hasse Dich!“
Immer wieder. Immer wieder schreit sie uns diese drei Worte entgegen. Immer lauter. Meistens sind wir in Panik ausgebrochen. Tränen. Schmerz. Enttäuschung. Und dann war da immer nur noch mehr Hass. Unverständnis. Verzweiflung. Und Zwang.
Es passiert wieder. Es sind etliche Jahre vergangen.
Jahre, in denen ich gelernt habe. Mich verändert habe.
Aber so sehr? Das war mir nicht bewusst, bis:
„Ich hasse Dich!“
Und im ersten Moment reagiere ich gar nicht. Jemand weint. Bitterlich. Pfeile schießen durch die Luft. Ich rieche Blut. Ich bin starr. Ich kann mich nicht bewegen. Und auch wenn ich das Schutzschild nicht sehen kann, die Waffen prallen heute ab.
Nach ein paar Sekunden bewegt sich mein Kopf. Ich sehe sie an. So intensiv, als könnte ich ihr das Leid aussaugen. Den Hass. Als könnte ich irgendetwas tun. Als könnte ich irgendetwas für sie tun. Und ich gehe einen Schritt auf sie zu. Und nehme sie in den Arm, denn: Ich kann.

Ich kann etwas für sie tun. „Ich liebe Dich“, sage ich ruhig.
Liebe. Liebe. Liebe.
Es ist, wie es ist. Wir können die Zeit nicht zurückdrehen. Selbst wenn wir wüssten, wer der Schuldige ist. Er wird es nicht schaffen.
Also: „Ich liebe dich. Und alles wird gut“, flüstere ich ihr ins Ohr. „Es tut mir leid für Dich. Aber es tut mir nicht leid – denn wir können nichts dafür.“
Alle anderen sehen mich an, als wäre ich verrückt. Halten Abstand. Halten viel zu viel Abstand.
Sie windet sich am Boden. Und tritt um sich. Und schreit. Hass.
Und alles, was sie tun, ist: zusehen. Und bluten.

Ich selbst sehe zu. Sehe zu, wie ich das Richtige tue. Und wie sie alle viel zu viel Abstand halten. Sie sehen die Tränen nicht. Sie spüren ihren Schmerz nicht. Und das ist kein Vorwurf. Sie würden nur selbst verbluten, wenn sie mit ihren Händen, die sie gerade so fest auf die eigenen Wunden gepresst halten, ihr die Pfeile aus der Brust zögen. Aber lasst es uns versuchen. Und: Wenn wir einander dann umarmen, ist das auch genug Druck auf der offenen Stelle. Dann hört man auf zu bluten.
Es fühlt sich an, als würde ich mich selbst leiten. Als würde mich ein Teil von mir selbst leiten. Mich. Meine Gedanken. Als würde ein Teil von mir den richtigen Weg wissen. Beruhigen. Bedacht. Nicht aufgeregt. Ich bin Zuschauer. Alle anderen Stimmen sind gedämpft. Irgendwie fern. Ich bin hier, aber auch ganz weit weg. Ich kann alles klar erkennen. Obwohl mir die Tränen in den Augen stehen und eigentlich alles verschwommen aussehen sollte. Eigentlich sollte ich aus dem Affekt heraus handeln. Wegrennen. Aufgeben. Eigentlich.
Aber ich halte sie fest. Ich flüstere ihr zu. Ich beruhige sie, obwohl ich eigentlich selbst fast durchdrehen sollte. Aber jemand leitet mich. Ich leite mich. Etwas in mir atmet ruhig und gleichmäßig. Etwas in mir gibt mir die Kraft. Und den Mut. Die Geduld. Etwas in mir lässt verzeihen. Etwas in mir schiebt die Schuldfrage beiseite. Etwas in mir. Obwohl ich doch eigentlich. Aber da ist etwas in mir.

Und ich sage: „Ich halte euch fest. Und alles, was ich tun kann ist: eine Umarmung. Oder mehr. Aber dann müsst ihr euch beruhigen. Den Blutdruck senken. Auswaschen. Und die Wunde desinfizieren. Und dann braucht das Luft und ehrliche Worte. Dann braucht das Zeit und ein magisches Schutzschild. Eins, mit dem wir uns vor allem anderen beschützen können, aber nicht voreinander. Nicht voreinander beschützen müssen."
Sie hört auf zu schreien. Sie hören auf zu weinen. Und ich decke sie zu und ich gehe.
Ich gehe, weil ich mich jetzt um mich selbst kümmern muss. Weil ich das irgendwie verkraften muss. Ich merke, dass die frische Wunde am unteren Rücken wieder aufgerissen ist. Weil ich das überdenken muss. Und Kraft tanken. Das war anstrengend. Das war so anstrengend.
Also ich gehe.
Es wird langsam dunkel und die Bäume stehen plötzlich viel dichter beisammen. Nasses Moos. Ich rutsche aus. Ich stürze – beinah. Fange mich ab. Und ich weine. Da ist Schmerz. Es tut weh. Mein Herz tut weh. Und ich bin aufgeregt. Nervös. Ich habe Angst. Ich habe solche Angst. Aber ich laufe weiter. Und ich bin plötzlich genau da, von wo mein Herz all das gerade geleitet haben muss. Der Wald sieht von hier oben so friedlich aus. Stumm. Keine Schreie. Kein Blut. Kein Hass. Von hier ist das irgendwie ganz einfach. Gebührender Abstand. Der guttut. Ich sehe: das große Ganze. Ich sehe andere Wälder. Trockenzeit. Der nackte Kampf ums Überleben. Ich sehe das Meer am Horizont und noch viel mehr dahinter. Ich höre: meinen Herzschlag. Ruhig. Und sanft.
Das ist Liebe.
Denn Liebe steht über den Dingen.
Liebe steht über allem.
Liebe. Liebe. Liebe.
Selbstliebe und Nächstenliebe. Lebensfreude und Lebensliebe. Menschlichkeit und Empathie. Mut und noch mehr Mut. Und manchmal auch Aufopfern. Und Beschützen. Einander. Und sich selbst.
Gleichgewicht.

Das Gleichgewicht zwischen Hass und Liebe sollte immer Liebe sein. In unseren Herzen. Und Köpfen. Und Taten. Und Worten.

## DU WILLST EINEN CHEERLEADER

Juni 2017

*„Gib mir ein T! Gib mir ein O! Gib mir ein R! TOR! TOR! TOR!“*
*Und sie schießt daneben.*
*Und die Choreografie der Cheerleader ist vorbei. Auf einmal stehen sie lustlos am Rand. Kichern. Und warten, bis sie wieder ihren Einsatz haben.*
„Hör endlich auf, mir alles schlechtzureden!“, schmettert sie mir an den Kopf und geht. Und dann reden wir gar nicht mehr so viel. Sie erzählt nicht mehr alles. Beschützt ihre Gedanken. Beschützt ihren Weg. Sie beschreibt mal hier und mal da ein Gefühl. Und von dem schönen Ausflug. Aber etwas fehlt. Etwas fehlt plötzlich.
Und ich gehe einen Schritt zurück.
Ich lege die Trillerpfeife aus der Hand. Und irgendwie fühlt es sich an, als würden wir nicht mehr das gleiche Trikot tragen.
Und mir tut das leid. Ich bedauere das, aber:
Ich bin streng.
Und ich bin – wenn es darauf ankommt – ziemlich vorsichtig.
Ich bin bedacht.
Und skeptisch.
Ich wäge ab. Ich überdenke. Ich sehe alle möglichen Szenarien. Ich gehe durch. Ich berechne Wahrscheinlichkeiten. Und ich bereite mich auf jeden möglichen Ausgang vor.
Ich bin streng.
Erwarte nicht, dass die Menschen besser sind, als sie sind!, sage ich mir in Gedanken vor. Immer wieder. Und immer wieder. Und ich versuche es. Ich versuche, nicht zu viel zu erwarten. Ich versuche, nicht zu viel

zu erwarten. Aber die Sache ist, dass: ich nicht erwarte, dass sie besser sind, als sie tatsächlich sind. Sondern dass ich weiß, dass sie die Besten sind. Dass ich weiß, dass sie das Beste verdient haben. Die Sache ist, dass ich sie – irgendwie – vorwarnen und gleichzeitig herausfordern will. Denn: Die Welt ist nicht fair. Und: Die Welt ist nicht rosa. Die Welt ist manchmal sogar ziemlich gemein. Und ich weiß, dass ich das nicht aufhalten kann. Ich weiß, dass ich nicht mit einem Schutzschild vor Dir stehen und Dich beschützen kann – auch wenn ich es wollte. Deswegen will ich Dich stark machen. Deswegen will ich Dich vorbereiten. Also fordere ich Dich heraus. Ich habe die Spielzüge der Gegner analysiert und ich glaube zu wissen, welcher Kampf Dir bevorsteht. Und ja, vielleicht liege ich falsch. Aber: Ich will Dich beschützen.
Und das ist das Problem: Denn Du willst einen Cheerleader.
Du willst Zuspruch. Und Applaus. Und aufgeregtes Gekicher. Du willst ein lachendes Gesicht, das immer Ja und Amen sagt. Du glaubst zu wollen, dass immer alles schön ist und dass ich immer alles toll finde.
Aber: Willst Du das wirklich?
Denn: Ich werde Dir keine schlechte Freundin sein.
Freunde sollten einander herausfordern. Einfordern.
Ich will das Beste für Dich – und das kannst nur Du selbst erreichen.
Aber was ich tun kann ist: Dich zu unterstützen.
Freunde sollten dann doch eher Coach und Teamspieler zugleich sein.
Also erwarte nicht von mir, dass ich mit den Massen gröle.
Geh nicht davon aus, dass ich bedingungslos alles, was du tust, unterstütze. Verlang kein einstudiertes Tänzchen von mir.
Versteh mich nicht falsch: Du bist mein liebster Spieler auf dem Feld.
Aber: Freunde sollten doch eher Coach und Teamspieler zugleich sein.
Also: Ich komme auch danach mit in die Kabine. Ich bin da, wenn es mal scheiße läuft und Dir keiner zujubelt. Wenn die Tribüne leer ist und Du auch. Wenn kein Ball ins Tor geht – dann bin ich da. Versprochen.
Und wenn Du willst, dann schlüpfe ich auch öfter mal ins Tutu und schnappe mir Pompons. Ich kann lauter rufen als alle anderen und höher springen als der Rest – wenn Dir das hilft.

Ich werde Dir zujubeln. Versprochen!
Ich werde bis zum Schluss auf der Tribüne sitzen. Meinetwegen auch allein.
Ich werde um ein Time-out bitten, wenn Du Luft holen musst.
Also: Du bekommst von mir keine rote Karte – weil Du nur selbst der Schiedsrichter sein kannst –, aber ich bin da. Und gebe Dir alles, was ich kann, mit auf Deinen Weg.
Ich will Coach und Teamspieler zugleich sein. Mit Pompons meinetwegen – und ganz viel Ehrlichkeit.

## AUF DER SUCHE

Juli 2017

*Die Tür geht nicht auf. Ich drücke die Klinke erneut. Etwas fester diesmal. Verschlossen.*
Ich kann mich an den Geruch dahinter nicht erinnern. Da ist ein orangefarbenes Bett, das weiß ich noch. Und das brennende Pferd. Da sind der schwere Marmortisch und das kleine Arbeitszimmer. Der gewebte Teppich. Blaues Badewannenwasser. Und dann irgendwann ein fremder Mitbewohner. Das alte Sofa, hinter dem ich mich immer versteckt und mit Dir *Die Olsenbande* geschaut habe. Hast Du das eigentlich wirklich nicht gemerkt? Da ist die gruselige Dachbodentreppe, die ich mal heruntergefallen bin.
Aber an den Geruch – kann ich mich nicht erinnern.
An das Gefühl.
Die Namen an der Klingel kenne ich nicht.
Ich drehe mich um.
Niemand ist hier.
Der Garten verwildert. Ich gehe zaghaft. Ein paar Schritte. Und da ist Regenwasser in der Badewanne. Die blaue Tür. Das kleine Beet, in dem

ich mal einen toten Schmetterling in einer Streichholzschachtel begraben habe. Der spitze Gartenzaun. Der Rhododendron. Erinnerungen, so blass, dass ich gar nicht sagen kann, ob ich das wirklich erlebt oder einfach nur auf Fotos gesehen habe. Ich war so klein und die Welt irgendwie so bunt – für mich. Und es erschüttert mich jedes Mal, wenn ihr die Erinnerungen in Grautönen übermalt und dabei leise „Du hast den Farbfilm vergessen“ summt. Deswegen bin ich hierhergekommen, um das alles durch meine eigenen Augen zu sehen. Aber ich sehe nichts und spüre so viel. Euren Schmerz. Ich spüre Eure Enttäuschung. Und ich spüre die Versuchung, mir vorzustellen, was wäre, wenn ...
Plötzlich steht eine Frau hinter mir. Und ich sehe Dein Gesicht in ihrem. Ein anderer Beruf. Eine neue Frisur. Ich sehe Dich – aber irgendwie auch nicht. Ich sehe Eure Vorstellung. Ich sehe Euer Versäumnis. Und dann sagst Du: „Was suchen Sie hier?“ – „Ich suche eine Erklärung. Ein vierblättriges Kleeblatt vielleicht. Ich suche ein Zeichen. Spuren, die wir hinterlassen haben. Wissen Sie, ob ich das war, die hier mit Kreide *Libe* an die Wand geschrieben hat? Sind das unsere Roller neben der Mülltonne – und wieso stehen die dort überhaupt? Haben sie meinen Schlüssel gesehen – den suche ich auch. Und ich würde gern ein Mal riechen. Ich würde gern nur ein Mal kurz riechen und wissen, ob das hier wirklich meine Erinnerungen sind.“ – „Es gibt keine Erklärung. Und die vierblättrigen Kleeblätter sind alle ausgerissen. Es gibt keine Zeichen, keine Spuren. Und nirgendwo wird hier mit Kreide gemalt, das ist verboten. Hier werden sie Ihren Schlüssel nicht finden. Und: Der Geruch ist längst verflogen. Es gibt hier keine Erklärung für Sie.“ Sie dreht sich um und geht. Und ich stehe im Garten. Der verwilderte Garten. Kein Nussbaum. Hier steht gar kein Nussbaum. Wo ist der Blätterberg? Die Wallnüsse? Die Rutsche? Das Lagerfeuer? Ich muss hier falsch sein.
Und ich irre durch den nächsten Park. Auf der Suche nach unserem Baum. Und ich werde ihn fällen. Und er wird mir erzählen, was ich vergessen habe. Und dann wird er aufhören zu wachsen. Dann wird er uns ruhen lassen. Ich sorge dafür.
Denn: Der Geruch ist längst verflogen.

Die Chancen vertan.
Und ich laufe diesen Weg entlang. Seit so vielen Jahren – und ich sehe mich. Kleine Schritte. Schneller! Du an meiner Hand. Sie sitzt auf dem Schlitten. Im Bollerwagen. Vorbei am Geisterhaus. Und dann lerne ich Fahrrad fahren. „Bitte lass mich nicht los!“ Und du schubst mich an. Ohne Stützräder. „Ich kann es! Schau nur! Ich fahre Fahrrad!“ Und Du wusstest, ich würde es schaffen. Muss. Ohne Stützräder.
*Und dann fällt die Tür ins Schloss. Die, die sich so lang nicht öffnen ließ. Und es gibt kein Zurück –*

## MEIN NEUANFANG IM SOMMER

Juli 2017

Ich liebe Silvester.
Das ist aufregend. Und bunt. Ziemlich laut. Alle tanzen. Feuerwerk. Korken knallen. Und Konfetti. Einer lacht lauter als der andere über die traurigen Geschichten, die das Jahr geschrieben hat. Als würde das irgendwas besser machen – oder gar ungeschehen.
Denn trotz all der Vorfreude und Euphorie schwingt auch immer eine Portion Melancholie mit. Ein bisschen Reue und Wehmut. Ein Abschied halt. Viel mehr ein Abschied als ein Neuanfang. 10. 9. 8. 7. 6. 5. 4. 3. 2. Und dann ist der 1. Januar. Und wir grölen. Alle haben sich umarmt. Kuss hier und Küsschen da. Und irgendwie ist es auf einmal ganz still. Das Feuerwerk knallt und leuchtet – in der Ferne irgendwie. Und spiegelt sich in unseren feuchten Augen.
Das war’s., denkt man sich. Und blickt euphorisch zwar, aber auch ein bisschen ängstlich in die Zukunft, die jetzt eben einfach schon da ist.
Und dann ist es 0:32 Uhr und wir vergessen die Vorsätze und hängen mit den Gedanken immer noch im letzten Jahr. Wir schwelgen in Erinnerungen und rufen doch noch mal den Ex-Freund an.

Und dann liegen wir bis 16 Uhr im Bett.
Und Tag 1 ist vorbei.
Und irgendwie fühlt sich doch alles wie immer an.
Naja, dann im nächsten Jahr vielleicht – sagen wir uns selbst.
Also: Ich liebe Silvester.
Aber ich liebe viel mehr: Geburtstage.
Besonders meinen eigenen. Und das nicht nur, weil ich an dem Tag Prinzessin sein kann. Und weil aus dem „Ich habe irgendwie momentan so viel um die Ohren“ ein „Na klar sehen wir uns!“ wird und ich meine Liebsten endlich mal wieder in die Arme nehmen kann. Weil es ganz viele Blumen gibt und lachende Gesichter. Einen Kuchen. Und Kerzen. Und alles, was das Leben sonst noch schöner macht. Weil ich, gemeinsam mit Euch, feiere, dass ich geboren und am Leben bin. Und wenn man jetzt mal darüber nachdenkt – geboren und am Leben sein – dann fühlt sich das doch auch schon ziemlich besonders an.
Ich liebe Geburtstage – weil wir das Danke endlich auch mal aussprechen und ich mir ganz sicher bin, dass mein Wunsch in Erfüllung geht. Jedes Jahr eine Kerze mehr. Und wir lachen. Und sind unbeschwert. Konfetti. Und Wunderkerzen. Und: Wunder. Ein Wunder.
Ich liebe Geburtstage – weil wir fröhlich sind. Endlich einfach nur fröhlich sind. Aus dem simplen und bedeutendsten Grund: weil wir geboren und am Leben sind.
Also: Ich liebe Silvester.
Aber ich liebe viel mehr: Geburtstage.
Besonders meinen eigenen. Und das nicht nur, weil ich an dem Tag Prinzessin sein kann.
Sondern vor allem: Weil ein neuer Abschnitt beginnt. Mein neuer Abschnitt. Ein weiteres Lebensjahr. Einfach so. Man wacht am Morgen auf. Und etwas – ich kann gar nicht genau sagen, was – ist anders. Natürlich wird man über Nacht nicht weiser. Aber man schlägt eine neue Seite auf.
Und ich blicke nicht zurück. Ich blättere nicht zurück. Kein neuer Kalender an der Wand, aber eine neue Zahl im Kopf. Und irgendwie auch

im Herzen. Ich kann mich nicht umdrehen – dafür ist gar keine Zeit. Ich kann es kaum erwarten, 23 zu werden. Älter zu sein. Und dann liegt das neue Lebensjahr wie ein unbeschriebenes Blatt vor mir. Und der Berg an Erfahrungen hinter mir wächst. Und das fühlt sich gut an. Und ich kann es nicht erwarten, dieses neue, dieses leere Blatt Papier vollzuschreiben und alles, was außerdem auf mich zukommt, einzusaugen.
Neugierde. Vorfreude. Aufregung.
Ein neuer Start. Mein neuer Start. Ich meine, es haben noch 19 Millionen andere Menschen an meinem Geburtstag Geburtstag. Aber das sind schon mal weniger als 7 Milliarden. Also irgendwie ist das meins. Mein neuer Start. Ein Neuanfang bei dem niemand erwartet, dass ich mir Neujahrsvorsätze ausdenke, nur um sie wieder zu vergessen. Ein Neuanfang, der sich so frisch und leicht und unbeschwert anfühlt und das nicht nur wegen der Ballons und des leckeren Kuchens und der Blumen – sondern weil das hier alles in meiner Hand liegt.
Mein Neuanfang im Sommer.
Mein frischer Start.
Mein 23. Geburtstag.

## SICH DARAUF EINLASSEN. EINFACH SO.

Juli 2017

Ich begegne ständig neuen Menschen. Tagtäglich sogar.
Was ich lernen musste: mich darauf einzulassen.
Und: Das fühlt sich ziemlich gut an. Besonders auf Reisen.
Also ...
Ich schlafe gern im Zwölfbettzimmer. Und ich esse mit fremden Menschen zu Abend. Lass uns ein Bier trinken und quatschen. Und wenn wir uns danach nie wiedersehen? Ist das auch okay. Irgendwie sind wir doch alle immer auf dem Weg. Auf dem Weg irgendwohin oder vor irgendetwas weg.
Also ...
Es ist okay, wenn Du morgen weiterziehst. Weiterziehen musst.
Man trifft: so viele gebrochene Herzen auf diesem Weg. Als wäre das die Eintrittskarte für drei Monate Backpacking. Herzschmerz. Und Neuanfang. Als wäre es die Garantie, über irgendetwas hinwegzukommen. Uns sitzt die Angst im Nacken, dass das noch mal passieren könnte. Und ein zweites Mal? Hält man das nicht aus. Also redet man über Belanglosigkeiten. Man begegnet sich und führt: immer gleiche Gespräche. Am Anfang noch aufregend. Aber wenn man das 20. Mal gesagt hat, dass man aus Deutschland kommt und insgesamt sieben Wochen reist. Thailand, Vietnam und Japan. Irgendwann: wird das langweilig.
Und ich merke, dass wir vielleicht doch gar nicht darüber hinwegkommen wollen. Denn das würde ja heißen, einen zweiten Anlauf nehmen zu müssen. Also tasten wir uns ab. Blind. Zaghaft und unbeholfen. Weil wir Angst haben. Weil wir möglichst unverbindlich sein wollen. Schnell. Und weiter. Morgen früh fährt der nächste Bus. Rastlos. Wir sind losgezogen, um immer wieder weitergehen zu können. Kein Stillstand. Kein Tiefgang.
Also...

Lass uns den Abend am Strand genießen. Denn mehr Zeit bleibt uns nicht. Lass uns Oberflächlichkeiten und Körperflüssigkeiten austauschen. Aber bitte nicht zu intensiv. Bitte nicht mit Leidenschaft. Und lass die Gefühle aus dem Spiel – okay? Können wir einfach nur Spaß haben und Abschied nehmen? Denn darin sind wir mittlerweile ziemlich gut. Aber vielleicht nur deswegen, weil „Lebe wohl!“ sich von Fremden so leicht anhört. Und plötzlich hat man das unter Kontrolle. Plötzlich sind wir alle hart und kalt und unverletzbar.
Aber was wäre, wenn wir bei all dem Gasgeben auch wirklich mal die Handbremse lösen würden? Was wäre, wenn wir jetzt mal echte Gefühle austauschen? Das heißt ja nicht, dass wir uns verlieben. Aber echt sind. Chancen geben. Keine Angst haben. Verdammt noch mal keine Angst haben. Lass uns das ausprobieren.
Also: Wir können gern ein bisschen knutschen. Und vielleicht auch mehr.
Aber: Ich will mehr. Ich will mehr Gefühl. Mehr Seele. Ich will die Sterne ohne Wolken sehen. Pur und echt. Das Leuchten in Deinen Augen. Lass uns mehr sprechen. Sag mir, was Deine Träume sind. Woran Du glaubst und was Du schon immer mal werden wolltest. Sag mir, was Du hasst und was Du denkst, weshalb wir am Leben sind. Lass uns diese Pseudo-Mauer einfach mal beiseiteschieben. Lass uns das jetzt einfach machen. Denn: So schwer ist das gar nicht. Es ist eigentlich sogar ziemlich einfach. Lass uns gemeinsam auf der Mauer sitzen und in die Sterne schauen. Lass uns neue Sternzeichen entdecken. Gib dem hier eine Chance. Gib Dir eine Chance.
Und das heißt ja nicht, dass wir uns gleich verlieben müssen.
Das heißt ja nicht, dass wir uns die Herzen brechen.
Das heißt nur, dass wir dem eine Chance geben. Uns selbst. Und dieser Sache namens Liebe.
Lass uns einander anfassen. Berühren. Lass uns wirklich fühlen. Und manchmal braucht es für all das gar keine Worte. Solange wir echt sind. Und das zulassen. Uns ansehen. Und zwar in die Augen. Solange wir uns berühren. Und merken, dass Hände die Seele berühren können. Wir

müssen nicht die gleiche Sprache sprechen, um uns das zu geben, was wir beide jetzt brauchen. Echt sein.
Hände. Worte. Augen. Gesten.
Was immer es ist.
Wer immer du bist.
Lass es uns doch einfach ausprobieren.
Also: Hab keine Angst. Irgendwie sind wir doch alle immer auf dem Weg. Auf dem Weg irgendwohin oder vor irgendetwas weg. Also: Es ist okay, wenn Du morgen weiterziehst.
Wir halten das aus.
Das ist okay.
Aber zumindest waren wir dann ehrlich. Und uns ein bisschen weniger fremd.

## ICH BIN SCHÖN. ICH BIN SEXY.

Juli 2017

*„91% aller Frauen hassen ihren Körper", heißt es im Trailer des Films* Embrace.
*Eine Freundin hatte mir davon erzählt.*
*91%. Ich schüttelte energisch den Kopf und sagte: „Dann gehöre ich zu den 9%, die das nicht tun."*
*Eine Woche später – wir standen gemeinsam vorm Spiegel und putzten unsere Zähne.*
*Ich sah mich an.*
*Und hielt für einen Augenblick inne. Denn was ich in diesem Moment empfand – mir selbst gegenüber –, machte mir Angst. Und bevor ich überhaupt weiter nachdachte, sprach ich das aus, was ich fühlte: „Iiieh, schau mal, wie dünn ich geworden bin. Das ist ja ekelhaft."*
*Ekel. Abneigung. Und ich sah weg.*

*Ich dachte in den folgenden Tagen darüber nach. Fing an zu beobachten, wie meine Freundinnen aßen und wie sie andere beim Essen beobachteten. Und ich erinnerte mich an eine Zeit, in der ich jede meiner Mahlzeiten strikt kontrollierte. Ich erinnerte mich an Bücher, die ich gelesen hatte. Listen, die ich geführt hatte. Ich war so schlank wie lange nicht – und es fühlte sich auf einmal großartig und ekelhaft zugleich an.*
*Nein. Nicht noch mal.*
*Nein!, dachte ich.*

Ein paar Wochen später ...
Ein ruhiger Dienstagmorgen. Ich habe die Vorhänge noch nicht geöffnet, irgendwie hat der Tag noch gar nicht richtig begonnen.
Ich sehe mich im Spiegel an.
Es ist nicht wirklich kalt, aber ich habe trotzdem ein bisschen Gänsehaut.
Ich lasse das Handtuch, das ich gerade noch fest um mich gewickelt hielt, fallen. Bikinistreifen. Gänsehaut. Ich.
Ich sehe mich an. Atme tief ein und aus. Ruhig. Keine hastigen Bewegungen. Kein Eincremen. Kein Tanzen. Kein Mann. Einfach nur ich. Und dieses Geräusch, wenn man die eigenen Hände sanft zu Fäusten formt.
Ich streiche mir mit den Fingerspitzen über das Schlüsselbein. Langsam. Und sehe mir dabei in die Augen. Dann: meine Brüste. Die Taille entlang. Fahre schließlich mit beiden Händen über meine Hüfte.
Es ist ganz ruhig. Ich atme. Gleichmäßig. Ein und aus. Und ich lächle.
Das fühlt sich irgendwie merkwürdig an. Und gut zugleich.
Ich streiche mir eine Haarsträhne hinters Ohr.
Vögel zwitschern irgendwo in der Ferne und ich frage mich unwillkürlich, was ich hier eigentlich tue.
Ich sehe mich selbst an. Ich atme tief durch. Keine Hektik. Ein bisschen Zeit für mich. Für meinen Körper heute.
Ich sehe mich selbst an. Ich atme tief durch. Und will wissen, was ich denke.
91% der Frauen hassen ihren Körper.

Und ich will das nicht. Ich lasse das nicht zu. Nein. Nicht noch mal. Nein!, denke ich.
Also sehe ich mich an. Und horche.
Mein Blick fällt auf die Stellen, die ich lange Zeit nicht schön fand. Nicht schön finde. Mir anders gewünscht habe. Mir anders wünsche. Ich sehe meinen Bauch und fahre mir über die Schenkel. Und ich merke, wie sich mein Spiegelbild verändert. Wie ich plötzlich etwas sehe, was vorher gar nicht da war. Mein Atem wird hastiger. Rastlos. Und ... ich schließe die Augen für einen Moment. Atme tief ein – Nein. Nicht noch mal. Nein! Ich will das nicht mehr! – und aus.
Und: Ich stoppe meine Gedanken. Ich schiebe Idealvorstellungen beiseite. Ich beschütze mich vor mir selbst. Stolz.
Ich respektiere mich selbst.
Ich liebe mich selbst.
Und ich öffne die Augen und lächle und gucke in ein zufriedenes Gesicht. Zaghaft. Gar nicht so selbstbewusst und überschwänglich, wie ich in fremde Gesichter schaue. Aber zufrieden. Und ruhig.
„Ich fühle mich wohl“, sage ich.
Schaue mich an. Ich drehe mich ein bisschen zur Seite.
„Ich bin sexy!“, sage ich plötzlich. Ich habe es tatsächlich ausgesprochen. Ich muss lachen. Irgendwie ein bisschen verlegen. Aber ich fühle mich sexy. Ich fühle mich schön. Ich finde mich gut. Und da ist der selbstbewusste Blick.
Irgendwann ziehe ich mir etwas an. In Ruhe. Heute meine rote Unterwäsche. Auch wenn ich den ganzen Tag nur alleine am Schreibtisch verbringen werde. Ich bin heute sexy. Und vielleicht fühle ich mich morgen nicht mehr so sexy. Vielleicht finde ich mich morgen einfach nur schön. Oder vielleicht werde ich morgen mit einem Pickel aufwachen oder mit einem Blähbauch oder einfach nur mit einem schlechten Gefühl. Vielleicht habe ich morgen gar keine Zeit, in den Spiegel zu sehen, mich auf die Waage zu stellen. Kein Selfie. Aber dafür eine Woche später ganz viele. Ganz gleich, was ist oder wie es mir geht oder wie ich an diesem Tag aussehe:

Ich hasse meinen Körper nicht.
Ich liebe meinen Körper.
Ich bin schön. Ich bin sexy. Und muss dabei nicht perfekt sein.

## FARBLOS.

Juli 2017

*Was sagst Du, wenn Du nicht genug bist.*
*Wenn Du jemandem nicht genug bist.*
*Wenn Du der Person, die alles für Dich ist, nicht genug bist. Nicht mehr genug.*
*Wie fühlt sich das an, nicht genug zu sein? Nicht überzeugend genug. Nicht schön genug. Nicht schlau genug. Irgendetwas war nicht genug, denn sonst wärst Du nicht gegangen. Es hat Dir nicht gereicht. Es hat Dir nicht mehr gereicht. Ich habe Dir nicht gereicht. Zu wenig.*
*Und jetzt sitze ich hier und bin noch weniger.*

Mein Herz ist leer.
Und mein Kopf ist leer.
Ich: regungslos.
Ich: flehe Dich an – zu bleiben. Ich flehe Dich an – mich nicht zu verlassen.
Dir: ist das alles nicht genug. Oder viel zu viel.
Jedenfalls nicht richtig dosiert.
Ich: bin nicht richtig dosiert für Dich.
Und dann ist es still. So still, dass ich immer noch das Echo unseres Lachens hören kann. In meinem Kopf – existierst nur Du. Und das, was wir hatten.
Ich: Verlass mich nicht!
Aber Du: hörst nicht.
Du: siehst nicht.

Du: hast mich ausgerissen.
Obwohl ich: nichts wollte, außer frei zu sein. Ich wollte frei sein. Hier sein.
Du: gierig. Abenteuerlustig.
Und jetzt wirfst Du mich weg. Jetzt, da Du mich hast, wirfst Du mich weg.
Und ich: habe Dir gesagt, dass meine Blüten verblassen werden.
Ich: habe Dir gesagt, dass ich Erde zum Wachsen brauche. Den Wald. Den Regen. Den Wind. Und Sonnenschein.
Das war Dir zu viel. Also hast Du mich einfach ausgerissen.
Und jetzt wirfst Du mich weg. Jetzt, da Du mich hast, wirfst Du mich weg.
Weil meine Farben verblassen.
Und ich: ersticke.
Ich: kann nicht mehr atmen. Und ich kann nicht aufhören zu weinen. Ich kann nur noch weinen – und höre unser Lachen. Will es nicht verblassen lassen.
Bis ich merke, dass das nur Dein Lachen ist. Dein Lachen. Und ihre Augen. Plötzlich sind da andere Augen.
Und ich: werde panisch.
Ich: muss hier raus! Lass mich hier raus! Weck mich auf! Albtraum! Nimm mich bitte in den Arm. Bitte trockne meine Tränen und sag, dass das alles nur ein schlechter Traum war. Bitte! Bleib!
Irgendwann sinke ich in mich zusammen.
Leer. Jetzt noch weniger als zuvor.
„Ich liebe Dich", hast Du gesagt. Das kann man nicht zurücknehmen.
Der Fuchs: *„Du bist zeitlebens für das verantwortlich, was du dir vertraut gemacht hast. Du bist für deine Rose verantwortlich"* *
Du: willst davon nichts hören. Du willst nichts hören. Nichts sehen. Nichts fühlen.
Du: bist schon wieder draußen. Blumen pflücken.
Der Strauß wird nicht schöner. Nicht bunter. Wenn Du mich vertrocknen lässt.

Und ich: steche mich an meinen eigenen Dornen.
Und ich: sehe, wie die Blütenblätter fallen. Meine Blütenblätter.
Du: hast mich ausgerissen.
Ich: verdurste.
Ich: vertrockne ohne Dich.
Ich: Sieh mich an!
Und ich: Liebe mich!
Du: Ich kann nicht.
Und ich: gehe ein. Ich vergehe. Ich schaffe das nicht.
Es ist still.
Und ich: bin nicht genug.
Ich: hätte alles getan.
Und es wäre so fabelhaft. Es könnte alles so fabelhaft sein.
Aber ich: bin nicht genug.
Wie Wasser rinnst Du mir durch die Finger. Und nichts brauche ich mehr als Wasser zum Überleben.
Ich: kann nichts halten. Versuche verzweifelt, alles aufzuwischen.
Ich versuche krampfhaft, das Puzzle zusammenzuhalten.
Aber Du: wirfst es wieder vom Tisch. Stößt mich weg. Schreist mich an. Kampf.
Bloß, dass Du kein Schutzschild trägst. Oder viel zu viele?
Ich: kann Dich nicht erkennen. Ich kann dich nicht mehr erkennen.
Wieso tust Du mir das an? Gib mir nur ein paar Tropfen. Irgendetwas. Ein bisschen Sonnenschein. Ich brauche nicht viel. Nur ein bisschen von Dir.
Ich: gehe ein. Blätter fallen.
Weil mit Dir nicht nur unsere Liebe, sondern auch meine Hoffnung geht. Meine Träume. Und unser Kompass. Du nimmst mein Herz mit Dir und meine Seele. Du lässt mich zurück. Verwundet. Obwohl wir uns geschworen haben, dass wir es besser machen.
Du: hast gesagt, Du liebst mich. Du hast gesagt, Du beschützt mich – doch dabei haben wir beide vergessen, dass Du mich nicht vor Dir selbst beschützen kannst.

Wir: haben gesagt, man kann alles, wenn man es nur will. Wir können alles schaffen.
Aber Du: hast es nicht mal probiert. Du hast einfach aufgegeben. Du hast mich einfach aufgegeben. Du hast uns aufgegeben. Uns verraten.
Ich: Bitte!
Und Du: stichst zu.
Damit ich endlich Ruhe gebe. Damit ich aufhöre.
Blind stichst Du immer wieder zu.
Und ich: blute. Ich blute. Ich verblute.
Aber Du: kannst mein Herz nicht treffen – weil es Deins ist.
Also mir: bleibt nichts anderes übrig, als langsam zu verbluten.
Ich verblasse.
Wir verblassen.
Es tut mir leid, dass das nicht gereicht hat.
Es tut mir leid, dass ich nicht gereicht habe.
Und alles, was wir hatten, löst sich auf. Verschwindet. Alles, was wir hatten: war alles. Also plötzlich ist da nichts mehr um uns.
Und Du: gehst.
Und ich: bin allein. Allein hier draußen. Suche meinen alten Platz. Den Ort, an dem Du mich ausgerissen hast. Den Ort, an dem es mir ohne Dich gut ging. Frei. Und gut. Auch wenn das jetzt unvorstellbar ist.

Ich: Farblos.
Irgendwie farblos.
Und alles, was mir bleibt: bin ich.
Und das muss jetzt genug sein.
Die anderen: Du musst Dir selbst genug sein.
Ich: muss mir selbst genug sein, sagen sie.
Und ich: verstehe, wieso ich Dir nicht gereicht habe.
Denn ich allein: bin nicht genug.

* Saint-Exupéry, Antoine de. (1989). Der kleine Prinz. (Übersetzung Leitgeb, G., & Leitgeb, J.) Berlin: Karl Rauch. Auflage 11. (Orig.: Le Petit Prince. Paris: Éditions Gallimard. 1943). S.72.

## SUMMERTIME SADNESS

August 2017

Es sind 32°C. Es geht mir fabelhaft. Entspannt. Es läuft. Es passieren gute Dinge. Es widerfahren mir gute Dinge. Es begegnen mir gute Menschen. Ich mache: gute Erinnerungen. Ich habe das Gefühl, alles richtig zu machen. Ich habe ein gutes Gefühl. Stehe gern auf. Und kann es kaum erwarten, das Haus zu verlassen.
Kann mir das Grinsen nicht verkneifen.
Es ist fabelhaft.
Es geht mir fabelhaft.
Das Leben ist schön.
Es ist Sommer und irgendwie ist alles so, wie ich es mir vorgestellt habe.
Wir lachen. Und tanzen. Wir steigen gemeinsam in Flugzeuge. Springen von Klippen. Und tauchen mit Haien. Überwältigung. Wir trinken billiges Bier auf Dachterrassen. Endlose Städte und endlose Nächte. Leuchtende Augen. Und Lagerfeuer. Wir schlafen mit einem Lächeln ein und wachen genau so wieder auf.
Das ist Sommer. Das ist Leben.

Eines Nachts:
Ich schlage die Augen auf.
Es ist 4:32 Uhr.
Und für einen Augenblick weiß ich nicht, was los ist.
Und dann überkommt es mich. Einfach so.
Und ich weiß: Es ist nicht die Hitze, die mich aufgeweckt hat.
Du bist es.
Du, der so weit weg irgendwo neben einer anderen Frau schläft.
Du bist es.
Und mir steigen die Tränen in die Augen. Vor Wut. Nein! Nein! Nein! Es geht mir gut. Verdammt, es geht mir gut.

Lass mich endlich gehen! Lass mich bitte endlich frei!
Hör auf, diese Dinge zu sagen.
Du bist es.
Es ist ganz still. Und ich höre Dich trotzdem.
Und ganz gleich, wie viel Zeit vergehen wird, die falschen Entscheidungen sind längst getroffen. Die Schuld lastet auf unseren Schultern. Unsere Blicke treffen sich, obwohl wir uns so lange nicht gesehen haben.
Und wir spüren es. Du spürst es. Und ich spüre es.
Deswegen bin ich aufgewacht.
Deswegen bin ich jetzt, 4:32 Uhr – letzte Nacht habe ich zu dieser Zeit unter dem Sternenhimmel getanzt –, aufgewacht. Einfach so. Kein schlechter Traum. Einfach nur Du und Ich. Es ist an der Zeit. Wieder. Es ist an der Zeit, dass wir einander wieder verletzen. Warum auch immer. Und immer und immer wieder.
Und dafür müssen wir uns nicht mal begegnen. Kein Wort austauschen. Es tut einfach so weh. Falsche Entscheidung. Unachtsam. Keine Ahnung, wo auf der Welt Du gerade bist.
Summertime Sadness.
Es geht mir gut.
Und dann bist Du dort irgendwo.
Hast an mich gedacht. Das Glück gesehen. Mein Glück gespürt. Und meine Abwesenheit.
„Es geht mir gut!“, schreie ich Dir ins Gesicht.
Und Du siehst mich an. Siehst mich an – wie früher. Und drehst damit die Zeit zurück. Drehst meine Gedanken. Drehst mich.
Ich sitze in meiner Wohnung. Tränen. Die Decke anstarren. Im Bett bleiben. Grübeln. An Erinnerungen kaputtgehen. Überdenken. Stundenlang. Und Warten. Ewiges Warten. Und ich begreife – ich habe nie aufgehört. Habe nie aufgehört, auf Dich zu warten. Das war alles nur Show. War ich überhaupt jemals glücklich ohne Dich?
„Wie geht es Dir?“, fragt sie – schaut mir dabei durchs Telefon in die Seele. Und mir steigen die Tränen in die Augen. „Es geht mir heute nicht so gut“, antworte ich.

„Das habe ich lange nicht aus Deinem Mund gehört“, sagt sie – und nach einer Weile: „Aber das ist okay.“
Und eines Morgens – ein paar Tage später. Ein paar mehr geweinte Tränen und angestarrte Wände:
Wache ich auf.
Es ist 7:35 Uhr. Mein Wecker hat geklingelt. Die Sonne scheint. Es sind immer noch oder schon wieder 35°C. Ich lächle. Und stehe auf. Und kann es kaum erwarten, dass der Tag beginnt.

Ich weiß nicht, ob es wirklich die Gedanken an Dich waren, die mich neulich Nacht geweckt haben. Vielleicht war es einfach die Hitze oder doch ein schlechter Traum. Vielleicht wollten mein Körper, mein Geist, meine Seele einfach traurig sein. Für ein paar Tage. Und weil Traurigkeit früher immer Deinen Namen getragen hat – also: Gewohnheit.
Vielleicht.
Wie auch immer.
Der Tag geht los.
Es geht mir gut.
Es geht mir fabelhaft.

## LASS UNS BITTE NIE WIEDER 16 SEIN.

August 2017

Rechnungen zahlen. Überweisungen. Geld verdienen. Anruf. Meeting. Nächster Termin. Schnell. Gut angezogen. Strenger. Knopf zu. Haare kämmen. Lippenstift nachziehen. Schneller! Telefon klingelt. Rechnung schreiben. Verhandeln. Mehr! Okay. Einverstanden. Deal! Ernsthaft. Seriös. Erwachsen.
Irgendwie ist das jetzt plötzlich alles so ernst. Dieses Erwachsensein ist anstrengend. Irgendwie wiegen Entscheidungen jetzt so viel mehr.

Irgendwie ist da niemand mehr, auf den ich das alles abwälzen kann. Meine Entscheidung. Meine Aufgabe. Meine Verantwortung. Flug nicht verpassen. Zum richtigen Gleis. Der Bus fährt um 14:32 Uhr und keine Minute später. Absage oder Zusage. Und dann wartet da ja auch irgendwo noch die große Liebe. Ich meine: die für immer. WAS? Sie ist schwanger? Okay, das ist ja gar nicht mehr so außergewöhnlich. Wir sind schließlich Mitte 20. Ringfinger. Ja oder Nein? Entscheide Dich jetzt! Und sei erwachsen! Irgendwie ist das jetzt plötzlich alles so ernst. Dieses Erwachsensein ist ziemlich anstrengend.
Und ich denke: Lass uns bitte noch mal 16 sein. Als wir einfach nur schön und verliebt waren. Von der Sonne geküsst. Und abends nur kaputt vom Lachen. 16. Als es keine Rolle gespielt hat. Irgendwie war es schmerzhaft und scheiße. Aber keine Entscheidung fürs Leben. Das spielt doch alles keine Rolle. Wenn es heute nicht läuft, dann machen wir es eben morgen anders. Du kannst jederzeit zurückkommen oder neu Anlauf nehmen. Lass uns einfach nur schön und unbeschwert sein. Alles andere ist egal. Küss mich. Alles andere ist egal. Das Leben ist ein Bungeesprung. Uns kann gar nichts passieren. Keiner verlangt von mir, Entscheidungen fürs Leben zu treffen. Heute so. Morgen anders. Das ist die Pubertät. Das ist erlaubt. Wir tun einander weh, aber nur, weil wir wissen, dass es nächste Woche schon wieder ganz anders ist. Es gibt ein Zurück. Es gibt Erwachsene. Mysterium. Aber irgendwie auch egal. Küss mich! Geheimnisse. Lügen. Herzschmerz. Aber nicht ernsthaft. Also irgendwie schon. Rosarot. Schwer verliebt. Und unendlich wichtig. Aber: 16 eben. Also alles ist gut. Das Leben ist ein Bungeesprung. Uns kann gar nichts passieren.

Und heute: sind wir Mitte 20. Und erwachsen. Oder sollten es zumindest sein. Sogar die Studenten-WG wird langsam zur Vergangenheit. Wir wischen die letzten Weinlachen auf und sortieren die Bierflaschen ordentlich in den Kasten. Schluss jetzt, Leute! Der Ernst des Lebens beginnt! Also wir wissen, dass das Seil reißen kann, und wir haben keine Lust mehr, immer und immer und immer wieder zu springen. Da sind

erwartungsvolle Gesichter und konkurrierende Lebensläufe. Da ist eine Wohnung, die bezahlt werden muss. Krankenkasse. Steuern. Und wieso gibt es noch mal diese GEZ? Umzugstransporter. Kisten. Und Neu-Neu-Neu-Anfang. Und Entscheidung. Entscheidung. Entscheidung. Und so viel Verantwortung.
Lass uns bitte einfach wieder 16 sein.

*Wir steigen aus dem Wagen.*
*Vor uns? Eine endlose Landschaft an bunten Flecken. Zelte. Nichts als Zelte. Laute Musik.*
*Ein Grinsen breitet sich auf unseren Gesichtern aus. Und dabei haben wir ja noch keine Ahnung.*

*Auf dem Weg in die Nacht bemerken wir, dass alle um uns herum viel jünger sind. Silent Disco. Und mit unseren viel zu großen Kopfhörern sehen wir plötzlich – zumindest – wieder aus wie 16. Aber: Es reißt uns nicht mit. Wir wippen ein wenig. Fühlen uns unsicher. Irgendwie sind alle so jung und unbeschwert und wir einfach nur erwachsen. Irgendwann – vor Mitternacht auf jeden Fall – gehen wir zu unserem Zelt. Und schlafen ein.*
*„Ich glaube, wir sind dafür zu alt", sagen wir.*
*Von Tag zu Tag – fühlt es sich an, als ob wir jünger werden würden. Seeluft. Ein Bier. Euphorie. Die Masse bewegt sich. Und mit Schokolade überzogene Erdbeeren. Wir kichern. Wir tanzen. Und tanzen. Und tanzen. Wir strahlen mit der Sonne um die Wette und tragen auch bei Regen kurze Kleider. Wir haben Glitzer im Gesicht. Ein Lachen auf den Lippen.*
*Das fühlt sich an wie Sechzehnsein sein.*
*Das fühlt sich frei an.*
*Und es ist ganz egal, wann wir ins Bett gehen. Wer braucht schon Schlaf? Wir leben jetzt und sind frei und irgendwie spielt nichts eine Rolle. Tanzen. Küssen. Lachen, bis der Bauch wehtut. Gänsehaut. Sonnenuntergang. Und dann geht sie auch schon wieder auf. Tageszeit spielt*

*keine Rolle. Albern und sorglos. Unbeschwert und frei.*
*Das fühlt sich an wie Sechzehnsein.*
*Nur irgendwie besser.*

Denn heute: sind wir Mitte 20. Und erwachsen. Und das ist ziemlich toll. Und aufregend. Also hat sich vielleicht doch gar nicht so viel verändert. Vielleicht war es früher gar nicht besser. Ich meine, klar – wir treffen heute Entscheidungen fürs Leben und da lasten ein paar mehr Jahre Erfahrung auf unseren Schultern. Aber eigentlich hat sich alles nur zum Besseren gewandelt: Wir haben einen Schlüssel zu unserer eigenen Wohnung in der Tasche, in der niemand auf uns wartet, der vorschreibt, wann man nach Hause kommen muss. Wir haben unseren ersten Herzschmerz längst überwunden und wissen, dass alles wieder gut wird. Wir verdienen unser eigenes Geld – und können es auch wieder ausgeben. Wir fahren mit Autos – egal, wann, egal, wie schnell, egal, wohin. Und Entscheidungen? Ich meine: Lass uns aufs Festival gehen! Oder nach Thailand fliegen! Lass uns diesen Traumjob annehmen oder uns für die große Liebe entscheiden. Eigentlich hat sich alles nur zum Besseren gewandelt. Vielleicht müssen wir nur gelegentlich daran erinnert werden, dass wir jetzt zwar viel mehr Verantwortung, aber auch viel mehr Freiheit haben.
Also: Erwachsensein ist ziemlich anstrengend.
Aber vor allem: ziemlich großartig.

## EIN NEUER TEIL VON MIR.

August 2017

*Auf den Philippinen habe ich das erste Mal eine Schildkröte in freier Wildbahn gesehen – und davon wurde meine Reiselust geweckt.*
*In Abu Dhabi war ich das erste Mal in einer Moschee – habe erfahren, was Ehrfurcht bedeutet.*
*In New York habe ich begriffen, wieso man die Stadt, als die, die niemals schläft, bezeichnet – und ich habe gelernt, dass ich alles schaffen kann. Auch allein.*
*In Guinea habe ich Liebe erfahren, die ich zuvor nie erahnen konnte – und ich habe mein Herz gefunden.*
*In Thailand sah ich den schönsten Tempel, auch wenn es dafür über 1300 Stufen zu erklimmen galt – und habe gemerkt, dass es okay ist, sich Zeit zu nehmen.*
*In Vietnam bin ich von einer Klippe gesprungen – und habe erfahren, dass ich noch immer liebevoll sein kann, was "affection" heißt.*
*In Guatemala habe ich die Maya-Kultur kennengelernt – und begriffen, dass ich noch so viele Interessen mehr habe, als ich vorher annahm.*
*In Belize bin ich mit Haien geschwommen und neben Seekühen im Ozean getaucht – und habe gelernt, Vertrauen zu haben.*
*Und in Honduras bin ich unter einen Wasserfall geklettert – und konnte einmal mehr beweisen, dass ich doch gar nicht so ängstlich bin, wie es mir manchmal erscheint.*

Der Himmel ist hellblau. Färbt sich langsam hellrosa. Rosa. Pfirsich. Irgendwann pink. Strahlen. Ein paar Wolken. Das Licht bricht sich. Wird dunkel. Lila. Pflaume. Dunkler. Blau. Und dann knallt dieser mächtige Feuerball auf den Horizont.
Und die Welt dreht sich und dreht sich und dreht sich. Als wäre nichts passiert.

Und in dem Moment, in dem die Sonne vollends verschwindet, schließe ich die Augen. Atme tief ein. Höre das Meer. Den Ozean. Den Wind. Vögel.
Und: Ich höre meinen Atem.
Ich bin Teil von all dem.
Lebendig. Leben.
Erde.
Wunder.
Alles hat angefangen mit der Schildkröte. Die Schildkröte. Und am liebsten hätte ich einmal tief Luft geholt und wäre mit ihr in den Tiefen des Ozeans verschwunden.
Und dann das Fliegen. Und der Wasserfall. Dann kam der Regenbogen. Die Höhle und die Stille. Die unendliche Stille. Ruhe.
Und dann wieder: Sonnenuntergang.
Und dann wieder: Sonnenaufgang.
Geschichte und Geschichten. Lächeln und Lachen und ein gesenkter Kopf. Verschiedenheit, die so viel Unterschied macht und uns am Ende doch alle vereint. Sprachen und Hände und Berührungen. Tränen und Abschiedsschmerz. Entfernung. Und dann plötzlich: Nähe. Nähe zulassen. Aussteigen und ankommen und weiterziehen.
Und: durchatmen. Sonnenuntergang.
Und: Ich höre meinen Atem.
Ich bin Teil von all dem.
Lebendig. Leben.
Erde.
Wunder.
Durchatmen. Kurz anhalten. Irgendwo. Vertrauen.
Ein beeindruckendes Farbenspiel am Himmel. Wieder. Die Unendlichkeit des Ozeans. Dschungel. Berge. Licht. Wind.
Die Schönheit dieses Planeten.
Die Vollkommenheit dieses Planeten.
Das ist es, was mich bewegt. Was mich aufwühlt und ankommen lässt. Was mich begeistert und manchmal einschüchtert.

Am Ende aber:
Ich bin Teil von all dem.
Lebendig. Leben.
Erde.
Wunder.
Ich. Und ihr. Wir.
Ganz gleich, wo auf der Welt ich bin, ich entdecke etwas Neues an mir. Es fühlt sich manchmal an, als würde ich mich selbst zusammensuchen auf dieser Welt – und vor allem: finden. Also, es ist kein Umherirren und verzweifeltes Suchen nach etwas.
Es ist ein Finden.
Unverhofft. Immer wieder.
Und ohne etwas zu suchen, ohne etwas verloren zu haben – findet man einen Teil von sich.
In Deinen Augen. In der innigen Umarmung. In der Stille. In der überwundenen Angst. Dem viel zu schnell vergangenen Abenteuer. Ein streunender Hund. Affen. Und so viele fleißige Ameisen. Winkende Menschen am Wegesrand. Endlose Autofahrten, die gar kein Ziel brauchen.
Ich finde mich.
Erfinde mich.
Und ich: lebe.
Das ist großartig.
Jede Reise gibt mir etwas. Gibt mir ein Stück von mir. Rüttelt wach. Fügt hinzu. Erinnert. Überrascht. Fordert heraus.
Reisen bedeutet für mich – mich selbst zu entdecken. Mich selbst zu finden, ohne auf der Suche nach irgendetwas oder irgendwem zu sein. Reisen bedeutet Freiheit. Und Liebe. Vertrauen. Und Abstand. Nähe und Zuflucht. Neues zu entdecken und Altes zu bewundern. Reisen heißt, Menschen zu treffen, die ich vorher – ohne es überhaupt zu wissen – vermisst habe.
Und das ist es: etwas zu entdecken, was man vorher scheinbar nicht vermisst hat. Weil man schlichtweg nicht wusste, dass da noch mehr ist. Und jedes Mal, wenn es mir gut geht. Und Gewohnheit einkehrt, breche

ich auf. Weil:
Ich weiß, dass ich etwas vermisse.
Und jemand auf dieser Welt oder etwas, ein Ort, eine Geschichte, ein Abenteuer – kann es mir geben.
Einen neuen Teil von mir.
Ich bin Teil von all dem.
Lebendig. Leben.
Erde.
Wunder.

## ABSTAND KANN MAN AUCH AUS DER NÄHE GEWINNEN.

August 2017

Wer hat eigentlich behauptet, dass der Planet auf der anderen Seite der Welt so viel schöner, besser und interessanter aussieht? Wieso gehen wir eigentlich immer davon aus, alles, was uns umgibt, zu kennen und ausreichend erkundet zu haben? Wann bemerken wir, dass manchmal schon ein einziger Tag ausreicht, etwas Neues zu entdecken?
Abstand kann man auch aus der Nähe gewinnen – denn das fängt sowieso im Kopf an.
*Reisen bedeutet:* aus alltäglichen Strukturen ausbrechen. Für eine gewisse Zeit das Bekannte hinter sich lassen, um das Unbekannte zu erkunden.
Und: Da ist noch mehr. Die Westentasche hat ein Loch. Du kennst noch nicht alles hier.
*Reisen bedeutet:* den eigenen Standort verlagern. Die Sicht auf die Dinge ändern.
Und dafür muss man sich gar nicht unbedingt vom Fleck bewegen – manchmal reicht es schon, sich umzudrehen oder auf Zehenspitzen zu

stellen. Ein Fernglas oder eine Lupe. Ausprobieren.
*Reisen bedeutet:* eine neue Zeitzone. Hier ist Tag und irgendwo auf der Welt Nacht.
Und das müssen nicht acht Stunden Zeitverschiebung und Jetlag sein, sondern ein Wecker mitten in der Nacht. Sonnenaufgang. Sternschnuppengucken. Weil ein Ort zu einer neuen Uhrzeit – manchmal ein ganz anderer zu sein scheint. Und plötzlich bekommt „in der Zeit reisen" eine ganz neue Bedeutung.
Also: Sonnenaufgang. Und plötzlich werden ganz andere Ecken beleuchtet. Neue Schatten geworfen.
*Reisen bedeutet:* mutig sein.
Und das kann auch heißen, ein paar Haltestellen mehr sitzen zu bleiben und zu gucken, was kommt. An der Kreuzung, an der man jeden Tag nach links abbiegt, vielleicht einfach mal weiter Gas geben und geradeaus fahren.
*Reisen bedeutet:* Neues zu lernen, Kulturen und Gesichter, Geschichte und Geschichten.
Ein Ticket in eine andere Kultur kostet nicht mehr als 10 €, wenn wir uns im Museum der eigenen Stadt auf eine neue Weltanschauung von vor unserer Zeit einlassen.
*Reisen bedeutet:* Perspektivwechsel.
Und wenn wir gerade nicht die Zeit oder das Geld haben, die Welt zu bereisen, dann schätzen wir es doch wert, dass die Welt auch hier in Deutschland zu Hause oder zu Gast ist. Also lade ich meine syrischen Nachbarn zum Essen ein, gehe zum Chinesischkurs, trinke ein Bier im Hostel meiner Heimat statt in der Stammkneipe oder tanze jetzt einfach jeden Mittwoch Salsa.
*Und Reisen bedeutet:* Abenteuer.
Und nur, weil Du so lange keines erlebt hast, heißt das ja nicht, dass es hier zu Lande keine Herausforderungen gibt.
Wir müssen uns ihnen nur stellen.

## MEIN DRESDEN

September 2017

*Ich muss hier weg! Raus! Schnell!*
*Ich schreie. Ich renne. Ich fliehe.*
*Aus Dresden. Wieder mal. Weil mir die Decke auf den Kopf fällt, weil die Mauern mich einengen. Zu viele Scheuklappen. Zu viel Gebrüll. Ahnungslos.*
*Und ich komme wieder.*
*Immer.*
*Weil ich zwar überall auf der Welt zu Hause sein kann, das hier aber Heimat ist. Weil das Vertrautheit bedeutet. Und wenn auch nicht immer Verständnis, so heißt es für mich trotzdem: Geborgenheit.*

Ich laufe über die Brühlsche Terrasse. Die Worte meiner Großmutter im Ohr, die mich fragt, wofür die vier Statuen an den Ecken der Treppe stehen. Und ich fahre mit meiner Hand die metallenen Geländer entlang. Bis ich ihn finde – den Daumenabdruck August des Starken. Mein Blick schweift über die Elbe. Und auf jedem Fleck der Elbwiesen dahinter sehe ich eine Erinnerung: einen Kuss, eine Umarmung, Versöhnung, eine Lüge und eine schmerzliche Erfahrung. Ich sehe: Kindsein, Erwachsenwerden. Und ich sehe meine Eltern. Glücklich.
Ich fahre eine halbe Stunde mit der Straßenbahn. Gelbe Polster. Die Stadt zieht hinter der Fensterscheibe an mir vorbei und irgendwann komme ich endlich an. Vertraut und trotzdem so fern. Ich kann nicht sagen, wann ich das letzte Mal hier gewesen bin, und trotzdem weiß ich – ganz intuitiv –, wo ich langgehen muss. Dieser Park, in den ich seit Jahren keinen Fuß mehr gesetzt habe.
Und jetzt stehe ich vor ihm. Unserem Kastanienbaum. Wie stark er geworden ist. Beständig.
Ich kann mich nicht erinnern. Aber weiß doch, wie schmerzlich es

war, ihn auszupflanzen. Weil wir so vieles mehr haben gehen lassen. In Sichtweite. Zum Zurückkommen. Zum Nachsehen. War immer erreichbar – aber wir haben nur Augenblicke erlebt. Wir hätten hier zelten müssen. Wir hätten beobachten müssen. Länger.
Alles, was wir jetzt haben: Momentaufnahmen. Immerhin.

Ich stehe am Pirnaischen Platz und warte. Ich bin verwundert, dass hier schon wieder neue Geschäfte eröffnet haben. Und sehe, weiter hinten, die Abrissbirne. Ich habe die St. Petersburger Straße seit Jahren nicht mehr überquert. Lasse die Bahn davonfahren und schlendere über die Lingnerallee. Sie fahren immer noch Skateboard. Unverändert. Nur dass jetzt ein anderes blondes Mädchen bewundernd am Rand sitzt und sich das erste Mal verliebt.
Ganz selten nur noch bin ich in Loschwitz. Das Blaue Wunder. Schaue hinauf zu den Villen und sehe: Lektionen. Verlangen nach etwas, das gar nicht existiert. Ich sehe, wie ich um jeden Preis versucht habe, dazuzugehören. Gut, dass es mir nie gänzlich gelungen ist, denke ich heute.
Ich eile über die Prager Straße und dann und wann komme ich mir selbst entgegen. Mit meiner Mama im Arm und Tüten in den Händen. Ein breites Grinsen auf dem Gesicht.
Dresden bedeutete Auszeit und Einkaufen mit Mama. Zeit mit Mama.
Das bedeutete Glück irgendwie.
Sorgen vergessen. Für einen Moment.
Und wenn ich heute durch die Nacht tanze, dann lache ich über all die Erinnerungen. Dieser Streit und das unabdingbare Verlangen nach Dir. Wie wir über Mauern geklettert sind und Treppen hinunterfielen. Ich gehe zur Bar, stehe genau an der Stelle, an der Du mich damals angesprochen hast, nachdem sich unsere Blicke das erste Mal trafen. Ich schleiche mich zum Hinterausgang und sehe uns dort sitzen, die Sterne beobachten und über das Leben philosophieren.
Ich schließe das letzte Mal die schmale Tür unserer meiner Wohnung ab und lasse ein Stück hinter mir. Ein Stück Geschichte. Eine wunderschöne Beziehung, ein Studium, einen unberechenbaren Streit. Die Trä-

nen, die wir vergossen haben. Die Träume, die wir uns nie erfüllten. Die Lügen, die wir einander erzählten, und die Macke in der Tapete, von der nur wir beide wissen, wie sie entstanden ist. Ich habe eine Kiste auf dem Dachboden vergessen und das Fenster offen gelassen, damit all das davonströmen kann und wir hier und da eine Erinnerung wiederentdecken, wie Seifenblasen, die durch die Lüfte tanzen.

Dresden.
Und wieder: Elbwiesen.
Am Abend in der Neustadt.
Echte Freundschaft.
Meine erste Fahrstunde. Unser erstes Mal.
Jeder Fleck ist belegt. Jede Bank besetzt. Die Elbe getränkt in Erinnerungen.
Mein erster Wein.
Kuss.
Liebe.
Abschied.
Immer wieder Abschied.
Und selbst wenn ich keinen einzigen Menschen mehr hier verstehen würde,
ich würde wiederkommen.
Weil diese Mauern mein Leben an sich tragen. Weil sie Spiegel sind und Tagebuch. Fotoalbum.

*Ich muss Dresden dann und wann verlassen, Abstand gewinnen – um die Schönheit immer wieder neu zu entdecken.*
*Denn Dresden, Du bist wunderschön!*
*Doch heute trage ich – nach so vielen Jahren – das erste Mal meine eigenen Koffer zum Bahnhof.*
*Abschied für immer?*
*Abschied für uns.*

## WEITERLAUFEN.

Oktober 2017

Gravitation.
Und Steine. So viele Steine.
Hürden.
Umgestürzte Bäume.
Und Leichen.
Unsicherheit.
Wegweiser, die die Richtung nicht wissen.
Karten, die kaum zu lesen sind.
Wegbeschreibungen, die man nicht entziffern kann.
Und selbst wenn das alles nicht wäre: die verdammte Erdanziehungskraft.
Irgendwie scheint alles „Halt an!" zu rufen.
Irgendwie scheint mich alles aufhalten zu wollen: Dein Anruf und die Bitte, zu Dir zurückzukommen.
Alte Fotoalben, die immer wieder dazu verleiten, in Erinnerungen zu schwelgen.
Und die schier erschlagende Masse an Entscheidungsmöglichkeiten.
Gib auf!
Und dann: Die Erde dreht sich doch ohnehin.
Also, alles gut. Ich bewege mich. Ich komme schon irgendwie voran. Lasse mich treiben.
Setze mich in Züge und Flugzeuge, auf Schiffe und Boote – und komme voran.
Und dort kann ich liegen. Ruhen. Aufhören. Anhalten. Durchatmen.
Das geht mir hier sowieso alles zu schnell. Die Erde braucht 23 Stunden und 56 Minuten, um sich um die eigene Achse zu drehen. Vielleicht muss das reichen. Und wenn ich im Flugzeug Richtung Osten fliege, bin ich sogar noch schneller. Das ist doch was. Das heißt doch: voran-

kommen.
Und dann – erstreckt sich ein Ozean aus Unsicherheit, Ungewissheit und Möglichkeiten vor mir. Kalt, windig und salzig. Tränen. Und Wellen. Kreischende Möwen.
Und ich denke: Die Erde dreht sich. Vielleicht muss das reichen. Vielleicht sollte ich mich einfach in den Sand setzen. Und die Zweifel wird schon irgendwer aus dem Weg räumen. Der Mond wird kommen. Und mit ihm: die Ebbe. Und dann wird es leichter. Und dann kann ich einfach weiterlaufen.
Ich sitze im Sand. Ich warte. Auf den Mond und die Dunkelheit. Auf Dich. Und eine Erklärung. Ich sitze. Und warte. Und drehe mich ja trotzdem.
Ich werde müde und lege mich hin. Sternenhimmel. Wolken ziehen an mir vorbei. Oder ich an ihnen?
Noch immer das Tosen der Wellen.

Und ich merke: Niemand wird kommen. Niemand wird kommen und mich mitreißen. Ich muss schon ein bisschen rausschwimmen, um Boote zu finden. Den Strand entlangrennen, Muscheln sammeln, die Richtung ändern. Mich nicht nur um die Erd-, sondern vor allem um meine eigene Achse drehen und dann: weiterlaufen.

Gravitation.
Und Steine. So viele Steine.
Hürden.
Umgestürzte Bäume.
Und Leichen.
Unsicherheit.
Wegweiser, die die Richtung nicht wissen.
Karten, die kaum zu lesen sind.
Wegbeschreibungen, die man nicht entziffern kann.
Ozeane, die uns voneinander trennen.
Einschüchternde Wellen.

Seitenweise Visaanträge.
Unverständliche Studienordnungen.
39%.
Erste Schritte.
Scham und Unsicherheit und Ungewissheit.
Du, der mich festhält.
Irgendwie scheint alles „Halt an!“ zu rufen.
Irgendwie scheint mich alles aufhalten zu wollen.
Aber jetzt: Ich stehe auf und laufe weiter.
Und ich werde nass. Und es ist kalt. Und ich schlage mir ein Knie an, als ich über diese besonders hohe Hürde springe. Das tut verdammt weh – aber der Schmerz wird vorübergehen. Und irgendwann bläst mir der Wind so heftig um die Ohren, dass ich Deine Rufe nicht mehr hören kann.
Und umso höher die Hürden werden, desto sicherer bin ich, dass ich fliegen kann.
Also: Immer weiterlaufen.
Nicht beirren lassen.
Fliegen lernen.

## DIE TELEFONZELLE KLINGELT.

Oktober 2017

Ich wache auf – und schaue verschlafen auf mein Handy.
Eine schreckliche Angewohnheit. Ich weiß. Aber an diesem Morgen: scheint mir das Schicksal ganz deutlich machen zu wollen, dass der erste Gedanke am Tag nicht mein Smartphone sein sollte, denn:
Hey, wie geht's denn so?
Erschrocken werfe ich mein Handy ans Ende meines Bettes. Als würde das irgendetwas ungeschehen machen. Als würde sich die Nachricht in Luft auflösen.
Und mein Tag – ist gelaufen. Nicht, weil ich in Tränen ausgebrochen wäre, sondern schlichtweg, weil so Unerwartetes ziemlich anstrengend ist. Kräftezehrend, auch wenn ich noch im Bett liege. Ein klein bisschen Freude – die es zu unterdrücken gilt. Wut. Und Enttäuschung. Euphorie und Misstrauen zugleich.
Kaltes Wasser in meinem Gesicht.
Irgendwann erscheint noch eine Nachricht auf meinem Display. Eine Entschuldigung. Eine Erinnerung. Ein Wollen wir uns sehen?
Mir vergeht das Lachen.
Und ich sitze hier, irgendwo auf der anderen Seite deiner Welt und – grüble.
*Gedanken kann man nicht kontrollieren. Manchmal – kommt einem einfach etwas in den Sinn. Und heute: bin ich Dir in den Sinn gekommen. Vielleicht hat jemand in der Straßenbahn neben Dir dasselbe Parfum getragen wie ich früher immer. Vielleicht wurde Dir ein Bild von mir angezeigt. Oder vielleicht ist Dir die Postkarte mit dem kleinen Kamel in die Hände gefallen, die ich Dir vor einigen Jahren mal geschrieben habe.*
*Keine Ahnung. Es spielt auch gar keine Rolle mehr, denn:*
*Du hast an mich gedacht.*
*Und wolltest mich das wissen lassen.*

*Du hast an mich gedacht.*
*Und wolltest irgendetwas wiedergutmachen.*
*Du hast an mich gedacht.*
*Aber hast dabei in jedem Moment nur Dich selbst im Sinn gehabt.*

Mein Handy klingelt.
Eine Brieftaube am Horizont.
Eine E-Mail. Und SMS. Und noch ein Anruf. Eine Postkarte.
Plötzlich lodert die Flamme so hoch und ich sehe die Rauchzeichen. Höre das Pfeifen.
Und selbst als ich – oder gerade weil ich – so frei von Dir durchs Irgendwo laufe, klingelt neben mir die Telefonzelle.
Mir vergeht das Lachen.
Und ich sitze hier, irgendwo auf der anderen Seite deiner Welt und – grüble.
Grüble darüber, was ich fühlen soll. Denn: Eigentlich fühle ich nichts. Und doch irgendwie alles. Aber auch das reicht Dir nicht.
Und ich grüble. Und plötzlich fliegt ein Banner am Himmel an mir vorbei: Ruf mich doch bitte zurück!, steht da drauf. Und mir vergeht das Lachen.

Du siehst mich und hörst mich. Du fühlst irgendetwas: Erinnerungen und mein Lachen. Ein weiterer Flug ohne Dich an meiner Seite. Freiheit. Und Vergessenwerden.
„Du bist ein Teil von mir!", rufst Du und schreibst Du und schreist Du in den Hörer.
„Ich habe Dich gehört!", rufe ich wieder. Mehr bleibt nicht zu sagen. Ich grüble.
Ich entferne mich, im Rückwärtsgang, von der Telefonzelle. Es klingelt. Ich gehe nicht ran. Ich gehe. Renne gelegentlich im Kreis, damit mich die Brieftauben nicht finden. Ich verstecke mich im Dickicht. Ich lege mich ganz flach auf den Boden. Halte mir die Ohren zu und den Atem an. Und dann laufe ich. Und laufe. Und laufe.

Damit du mich nicht mehr finden kannst.
Kein Brief. Kein Ton. Kein Klingeln. Kein Wort. Kein Wir.
Bitte!

Ich höre es klingeln. Noch immer. Obwohl ich schon längst weitergezogen bin.
Aber ich nehme den Hörer nicht wieder ab. Nicht noch einmal – denn wir wissen beide, dass Du dann nicht mehr am Ende der anderen Leitung bist. Du wirst hören. Und haben. Und gehen. Und dann stehe ich in der Telefonzelle. Allein. Wieder.
Alles, was Du willst ist: Nicht vergessen zu werden. Dazuzugehören, ohne bei mir zu sein. Aufmerksamkeit. Bestätigung.
*Du hast an mich gedacht.*
*Aber hast dabei in jedem Moment nur Dich selbst im Sinn gehabt.*

Also: Ich höre es klingeln. Und ich weiß, dass es nicht aufhören wird. Erst dann, wenn ich gerade abheben will. Du wirst aufhören zu mailen, wenn ich statt aufs Kreuz auf Antworten klicken will. Die Brieftauben werden in die andere Richtung fliegen, wenn ich die Vogelscheuche abbaue. Und das Flugzeug wird landen, wenn ich gerade dabei bin, Deine Nummer zu wählen.
Also: Ich nehme nicht ab. Ich höre es klingeln. Ganz leise. Ständig. Immer. Und Rauchzeichen. Und E-Mails. Dein Blick.
Und ich werde nichts davon erwidern.
Aber das muss ich ertragen. Weil alles andere noch mehr wehtut.

## DIE WELT DREHT SICH.

November 2017

Und wir spazieren durch die Straßen Berlins, während sich irgendjemand hinter der Fensterscheibe ein paar Meter weiter die Augen ausheult – Liebeskummer. Weil er jetzt nach Afrika gegangen ist. Um dort in Somalia Kindern zu helfen, deren Bäuche so dick sind, weil sie nichts zu essen haben. Ich erzähle meiner Freundin von meinen Reiseplänen: Ich will nach Australien, glaube ich. Ich habe gehört, dass die Menschen dort besonders freundlich sind. Aber das Ozonloch. Und danach vielleicht nach Kanada? Er wartet dort sicher noch. Ich spiele an dem zarten Ring an meiner rechten Hand. Wir stehen am Geldautomaten. Ein Obdachloser neben uns. Am Boden. Vielleicht ist er früher mal über die Ozeane geschippert. Nach Kanada vielleicht. Wir geben ihm einen Fünfeuroschein. Unser selbst verdientes Geld. Wie die Zeit vergeht. Jetzt sind wir schon 23.
Ein ganz normaler Tag?
Wir sitzen auf einer Parkbank. Blätter fallen. Wieder. Orange und Rot. Und obwohl wir das schon so oft gesehen haben, sind wir fasziniert von den Sonnenstrahlen und dieser besonderen Stimmung.
Ich atme tief ein und aus.
*Die Welt dreht sich. Ein blauer Ball dreht sich. Um einen brennenden Ball.*

Wir sitzen hier irgendwo in Berlin auf einer Parkbank, während irgendjemand gerade über uns in einem Flugzeug sitzt. Während irgendjemand gerade sein erstes Mal hat, seine Ehe beendet oder ein Kind gebärt. Kinder sterben. Eine Kugel in der Brust. Schreie. Und Freudentränen. Aufopferung und Konsumwahn. Umweltschutz und Wahlergebnisse. Enttäuschung und Lügen und Qual und eine schlaflose Nacht, Streicheleinheiten, ein Geburtstagsgeschenk. Brennende Kerzen und

brennende Häuser. Und die unendliche Weite der Ozeane. Wasser. So viel Wasser und so viele verdursten.
Und die Blätter fallen noch immer. Ein heftiger Windstoß. Natur. Naturgewalt. Die Sonne scheint mir ins müde Gesicht – ich lächle. Was für ein wunderschöner Tag auf dieser wunderschönen Welt. Und ich fröstle. Und schüttle den Kopf, weil ich weiß: Es ist auch ein schrecklicher Tag auf dieser schrecklichen Welt.
*Die Welt dreht sich. Ein blauer Ball dreht sich. Um einen brennenden Ball.*

Wir entscheiden uns, ins Museum zu gehen. So vieles zu sehen. So vieles zu entdecken. So vieles schon passiert. Und immer und immer wieder. Und die Erde dreht sich. Und wir schreiben Geschichte, während wir durch die breiten Gänge laufen. Gucken. Lesen. Lernen. Vergessen. Wiederholen. Fehler wiederholen. Atomkraft. Krieg. Tod. Und Hungersnot. Ein kalter Winter und ein langer Marsch. Offene Grenzen und Schreie. Gebrüll. „Raus! Haut ab!“ und „Herzlich willkommen!“ Und Sprachen, so viele Sprachen. Verständigung und Schrift. Papier, so viel Papier. Dicke Überschriften. Schlagzeilen und – das passiert wirklich. Nicht nur auf dem Papier. Das ist echt. Und ich sehe aus dem Fenster den Balkon einer superschicken, superteuren Wohnung mit Blick auf die Museumsinsel. Er schlägt gerade gemütlich das Sonntagsblatt auf, schlürft einen heißen Kaffee. Und das: passiert wirklich!
*Die Welt dreht sich. Ein blauer Ball dreht sich. Um einen brennenden Ball.*

*Wir verlassen das Museum. Wir setzen uns an die Spree. Es ist eigentlich schon viel zu kalt. Ein Glas Wein. Und wir kuscheln uns aneinander.*
*„Wir sitzen auf einem blauen Ball, der sich dreht. Und das um einen brennenden Ball“, sage ich und schaue in den Sternenhimmel.*
*„Ich weiß. Und irgendwo dreht sich vielleicht eine pinke Scheibe und dreibeinige Wesen rollen sich darauf rum.“*
*„Das ist nicht witzig.“*

*„Ist es auch nicht", antwortet sie.*
*„Glaubst du daran?", frage ich.*
*„Woran?"*
*„Na, dass irgendwo noch andere Wesen leben ...?"*
*„Ich habe, ehrlich gesagt, keine Ahnung. Urknall. Und Dinos. Und Affen. Und alles ... Ja, also vielleicht. Vielleicht glaube ich daran."*
*„Manchmal, glaube ich, ich werde verrückt. Was, wenn das hier alles nur ein Spiel ist? Was, wenn sich irgendwer gerade ins Fäustchen lacht. Was, wenn das alles nur ein Experiment ist?"*

Und zwei Wochen später sitze ich auf einem riesigen Tempel. Jahrhundertealt. Meterhoch. Die Sonne geht unter. Irgendwo schreien Tiere. Ansonsten: Stille. Stille. In mir. Und hier. Obwohl es doch eigentlich so laut ist – auf dieser Welt. In diesem Universum.
Drei weitere Wochen später stehe ich inmitten eines Waldes. Eine Lichtung. Ich schaue nach oben. Leichter Regen. Ich lächle. Ich höre das Meer rauschen. Ansonsten: Stille. Stille in mir. Und hier. Obwohl es doch eigentlich so laut ist – auf dieser Welt. In diesem Universum.
Und dann: sitze ich wieder auf dieser Parkbank. Mittlerweile tragen die Bäume keine Blätter mehr. Es ist kalt. Die Sonne scheint. Ein kleiner Vogel sitzt neben mir – und es scheint, als würde er mich anlächeln. Ich – habe keine Ahnung. Mein Kopf platzt fast. Drehe ich durch? Was ist das hier? Wieso?
Ein verlorenes Blatt fällt mir auf den Schoß. Ich schaue in den Himmel. Atme tief ein. Lungenbläschen. Rote Blutkörperchen. Sauerstoff. Und dann Kohlenstoffdioxid. Ich schaue mir das Blatt an. Die Sonne strahlt hindurch. Ich lächle. Und für einen Moment: Stille. Stille in mir. Und hier. Obwohl es doch eigentlich so laut ist – auf dieser Welt. In diesem Universum.
Die Welt dreht sich. Ein blauer Ball dreht sich. Um einen brennenden Ball. Und allzu oft vergessen wir all das, weil sich die Welt, dieser blaue Ball, am Ende doch nur um uns selbst dreht – und dabei so viel unnötigen Lärm macht, dass wir vergessen, worum es am Ende wirklich geht.

## ALLES WAS ICH HAB, HAB ICH VON DIR

November 2017

Dass man älter wird, sieht man in den Gesichtern der anderen, sagt man.
Und man sieht es tatsächlich. Und man fühlt es. Ich kann die Zeit förmlich greifen, wenn wir uns umarmen. Ich spüre die letzten Jahre, wenn ich den Staub von den Kisten auf dem Dachboden wische. Ich nehme Deine Hand in meine – und Zeit wird greifbar und ich begreife, dass Erwachsenwerden eben auch: nicht mehr nur Kind sein, heißt.

Vor zwei Jahren ungefähr. Vielleicht waren es auch drei. Die Zeit vergeht ja so schnell.
Jedenfalls.
Da hast Du Dich auf einmal ganz anders angefühlt. Nicht besser. Oder schlechter. Einfach anders.
Auf einmal hast Du geweint und keine Tür mehr geschlossen. Plötzlich hast Du mir zugehört. Genickt. Und es fühlte sich an, als würde ich Dir etwas beibringen. Etwas sagen, dass Du noch nicht wusstest. Dir Hoffnung geben. Irgendwie bin ich Dir – von jetzt auf gleich – über den Kopf gewachsen und das erste Mal stelltest Du Dich nicht auf Zehenspitzen, um das zu vertuschen.
Da hast Du Dich auf einmal ganz anders angefühlt. Nicht besser. Oder schlechter. Einfach anders.
Du bist immer noch mein Superheld. Dieselben Augen. Daran erkenne ich Dich. Aber Du hast Dein Kostüm ausgezogen. Siehst plötzlich so angreifbar aus. Und vor zwei oder drei Jahren – da hat mich das erschreckt. Da hat mir das Angst gemacht. Da hat mich das verunsichert.
Doch heute weiß ich: Du hast nicht aufgegeben. Du bist unbesiegbar.
Auch wenn wir älter geworden sind – sind wir doch dieselben.
Und: Superkräfte verliert man nicht. Die braucht man nicht auf.

Die bleiben.
Du bist noch immer unbesiegbar. Aber du *musst* es jetzt nicht mehr sein.
Denn: Ich entdecke meine Superkräfte. Schlüpfe in Dein Kostüm. Da passe ich mittlerweile fast rein. Wie früher, als ich heimlich in Deinem Kleiderschrank gestöbert habe. So fühlt sich das an. Nur irgendwie anders, denn: Das gehört jetzt mir.

Denn: Alles, was ich hab, hab ich von Dir.
Mimik und Gestik.
Deine Hände und Deinen Mut.
Mein Selbstbewusstsein und die Vorsicht.
Bloß gut, dass Superkräfte erblich sind.
Jetzt bin ich dran. Und ich habe keine Angst mehr. Denn ich habe ja – nicht nur – Dein Kostüm geerbt.

## WARTEN AUF EIN WUNDER.

November 2017

„Bitte! Liebe mich! Liebe mich wieder!"
„Du vermisst mich nicht, Luise. Du liebst mich nicht. Dir geht es besser – ohne mich", sagt er, ohne Luft zu holen, gibt mir einen Kuss auf die Stirn und geht. Wieder. Wie in jedem Jahr. Wie in jedem Jahr: ein paar warme, letzte Sonnenstrahlen, die sich so gut und so echt anfühlen. Und dann doch: Herbst. Wenn die ersten Blätter fallen – gehst du. Als wäre es an der Zeit, weiterzuziehen. An der Zeit, Kälte walten zu lassen. Herbst. Vergänglichkeit eben. Wie in jedem Jahr.
Und du gehst.
Und für einen Moment bleibt die Welt stehen. Für einen Augenblick machen wir halt.

„Ich weiß“, sage ich, obwohl du es schon nicht mehr hören kannst. Weil Du gehst. Und liebst. Und aus der Ferne schaust. Immer mal wieder herüberschaust. Und ab jetzt: wirklich nur noch schaust. Weil Du stark bist. Stärker als ich. Weil Du es erträgst. Weil Du erträgst, was wir getan haben. Vielleicht, weil Du mir verziehen hast. Und Dir selbst.
Und ich sitze hier und hoffe – noch immer – auf ein Wunder. Darauf, dass wir uns noch mal begegnen. Darauf, dass Du noch einmal so auf mich zukommst. Mich ansiehst. Darauf, dass wir uns neu kennenlernen. Darauf, dass wir es diesmal richtig machen. Ehrlich sind. Aufrichtig und bereit. Darauf, dass wir mutig sind und entschlossen. Pflaumenkuchen. Darauf, dass du diesmal mit mir in diesen Flieger steigst. Die Küste entlang. Und dass wir uns lieben. In jedem einzelnen Zimmer. Und dass diesmal die Sonne scheint. Für uns. Und den Nebel, die Zweifel, Ängste und Bedenken vertreibt.
Ich sitze hier. Und warte auf ein Wunder.
So lange schon.
Daran hat sich nichts geändert.
Geduldig. Daran hat sich nichts geändert.
Nicht mehr dieselben vier Wände zwar. Und auch wenn ich ständig woanders bin: Ich warte.
Ich warte auf ein Wunder.
Nur: habe ich gemerkt, dass Du nicht Teil dieses Wunders sein wirst.
Also: Ich warte. Und das ist nicht vergebens.
Denn diesmal mache ich es richtig. Versprochen. Das bin ich Dir schuldig. Uns irgendwie – auch wenn es doch nie ein Wir gegeben hat. Aber diesmal: mache ich es richtig. Von Anfang an. Versprochen. Das bin ich unserem Wir schuldig. All die Schmerzen und Tränen und Fehler müssen für etwas gut gewesen sein.
Danke, dass Du mich gelehrt hat. Dass Du mich das gelehrt hast. Dass Du mich auf das Wunder vorbereitet hast.
Auf mein Wunder.
Unser Wunder.

## AFFECTION

Dezember 2017

affection (/əˈfɛkʃ(ə)n/), noun = a gentle feeling of fondness or liking.
synonyms:
fondness, love, liking, endearment, feeling, sentiment, tenderness, warmth, warmness, devotion, care; caring, attentiveness, closeness, attachment, affinity, friendliness, friendship, intimacy, familiarity; amity, favour, regard, respect, admiration; warm feelings*

Heute – 144 Tage später – habe ich ihn das erste Mal abgelegt.
Den Ring.
Zart. Silbern. Glänzend, dabei trotzdem schlicht. Und der blaue Stein, der je nach Lichteinfall eine andere Facette zeigt.
Ich – mit Dir – in einem Ring.
An meinem Finger. Jeden Tag.
Bis heute.
Mir ist es gerade erst wieder aufgefallen, dass ich ihn abgelegt habe – und dann habe ich gemerkt, dass ich uns vergesse. Langsam. Und es tut weh.
Ich schaue mir Fotos an. Lese Deine Briefe. Und ich: vergesse. Die unaufhaltsame Kraft der Zeit, der neuen Erfahrungen – lässt Bilder verblassen, Gefühle vergehen. Und während ich kurz nach dem Abschied noch Deine Hand auf meiner spüren konnte und Dein T- Shirt noch Deinen Geruch trug – fällt es mir heute, nur 144 Tage später, beinahe

schwer, Dein Gesicht vor meinem inneren Auge zu sehen. Ich weiß, dass ich nie zuvor glücklicher gewesen bin. Aber wie sich das angefühlt hat? Eine blasse Erinnerung –

*Verstanden habe ich es an Tag -1.*
Irgendwo in den Bergen. Es regnet. Ich habe seit Wochen mal wieder Gänsehaut. Nebel.
Und plötzlich: schaue ich in diese Augen. Kapuzenpullover. Hängematte. Einen Augenblick. Und die Welt steht still. Ich lächle. Sanft. Das ist kein Flirt. Das ist mehr.

*Verstanden habe ich es an Tag 1.*
Ich dachte, er würde mich küssen. Stattdessen:
„Affection, Luise – it's all about affection."
„Affection? What does it mean?"
„I'll teach you."
Ich schlage das Wort noch am selben Abend nach. Es gibt so viele Bedeutungen.
Ich liebe die deutsche Sprache. Ihre Vielseitigkeit.
Gänzlich verstanden habe ich es jedoch nicht.

*Verstanden habe ich es an Tag 2.*
Als wir gemeinsam auf der Couch liegen – wir alle. Draußen regnete es in Strömen. Der erste Tag seit Wochen: nichts tun. Entspannung. Schlafen. Filme schauen.
Und ich spüre, wie er mich ansieht.

*Verstanden habe ich es an Tag 3.*
Als sie entschieden, mit uns weiterzuziehen.
Es hätte enden können – wie jeder andere Flirt. Aber er ließ mich nicht gehen.

*Verstanden habe ich es an Tag 4.*
Halong Bay. Irgendwo im Wasser.
„Du hast die schönsten blauen Augen, die ich je gesehen habe."
„Ich habe keine blauen Augen", antworte ich, lache und spritze ihm Wasser ins Gesicht.
„Doch, doch ... Deine Augen sind blau. Und türkis. Und ein bisschen hellgrün. Aber sie sind blau – wie der Ozean."

*Verstanden habe ich es an Tag 5.*
Als er mich zum Lachen brachte – kein anderer hätte das in einem solchen Moment zustande gebracht. Herzliches Lachen. Und Streicheln. Die ganze Nacht. Bis es mir besser geht.

*Verstanden habe ich es an Tag 6.*
Als ich ihn das erste Mal vermissen musste.
Als er sich um meine Freundinnen gekümmert hat.
Und als ich es kaum erwarten konnte, bis sie wiederkamen.

*Verstanden habe ich es an Tag 7.*
Mein schwerster Abschied in diesem Jahr.
Eine Woche.
Eine Woche für uns.
Eine Woche, in der ich verstanden habe, was *affection* bedeutet.
Und dank Dir habe ich es nicht nur abgelesen, sondern verinnerlicht. Du hast mir jeden Buchstaben auf eine andere Stelle meines Körpers, meiner Seele geküsst. Zärtlich gestreichelt, bis ich selbst buchstabieren konnte. Du warst einfach da, hast meine Hand genommen und mir gezeigt, wie es geht. Einfach so. Sieben Tage. *Affection.*
Und auch wenn ich heute – 144 Tage später – nicht mehr genau weiß, wie Du Dich angefühlt hast. So weiß ich doch, was *affection* ist und heißt und bedeutet.

*Oxford Thesaurus of English (2009). third edition. Oxford University Press. S.21.

**MOHNBLUME**

lat.: *Papaver rhoeas*

Familie: *Mohngewächse* (*Papaveraceae*)

Fundort: *N 52° 30‘ 34.712“ O 13° 27‘ 20.914“*

Jahr: *2018*

## 7. KAPITEL

## 2018

## REPARATIONEN.

Januar 2018

Ich bin eine Kämpferin. Ich bin bewaffnet. Starke Munition in der Manteltasche. Habe ein hinkendes Bein und ein geflicktes Herz. Ein paar Narben davongetragen. Das sieht gefährlich aus. Ich sehe gefährlich aus – für jene Rastlosen und Angriffslustigen. Für alle anderen ist das nichts Neues. Denn ich habe immer wieder Frieden geschlossen. Wie sie. Weiße Flagge. Es ist ruhig. Seit einer Weile war es ruhig. Verdächtig ruhig. Ich bin durch die Wälder gezogen und habe gelernt, dass es eine Steigerung von friedlich gibt.
Bis: ich Schreie hörte. Vertraute Stimme, doch: unbekannte Laute.
Ich habe eine Schlacht beobachtet. Von Weitem. Was geht da vor sich? Wer greift hier wen an? Wer hat wem unrecht getan?
Von Weitem.
Ich bin erfahren. Ich trage die weiße Flagge. Ich helfe Euch. „Ich rette dich!“, schrie ich. „Ich komme, ich schlichte, ich wische das Blut auf und flicke Wunden. Ich kann Herzen zusammennähen und Schutzschilder aus Liebe bauen – dann kannst du wieder atmen! Lasst mich helfen! Ich weiß, wie es geht.“ Siegessicher zog ich in diesen Kampf, der nicht meiner war – und plötzlich verlor ich einen Arm. Den, mit dem ich Dich immer festgehalten habe nämlich. Und Du bohrtest uns Pfeile in den Bauch. In Deinem Blut getränkt. Als wolltest Du, dass wir nachempfinden können. Wir können es nicht. Und: Wir werden Dir nicht Gleiches tun. Meine Waffen sind keine Gefahr für Dich. Meine weiße Flagge wird Dich nie berühren.

Ich kann etwas für Dich tun – irgendetwas tun. Ich hätte Dir Waffen geliefert sogar. Oder Dich einfach in den Arm genommen – wenn Du mir meinen gelassen hättest. Aber: Sicherheitsabstand. Das habe ich gelernt. Denn sonst hat es Blut auf mein so gründlich gewaschenes Kleid

gespritzt. Es sind Körperteile durch die Luft geflogen und ich musste mich ducken. Immer wieder ducken. Ich habe mich geduckt. Und Dich trotzdem nicht aus den Augen gelassen. Schützengraben. Aber: Es wurde kalt da unten. Also habe ich Kanonen beladen, damit ich Dich beschützen könnte. Damit ich Deine Angreifer fernhalten könnte.
Und dann habe ich begriffen: Ich müsste auf Dich zielen.

Also mittlerweile: bin ich näher dran. Und anstatt dass das Gebrüll lauter wird, wird es leiser. Und das beruhigt. Aber: Schlachtfeld. Das Ausmaß wird bewusst. Dein innerer Krieg – und manche Bomben landeten in unseren Vorgärten und Herzen. Das ist okay. Ein zerbrochener Blumentopf – das halte ich aus. Das kriegen wir hin. Meine zarten Rosen päppele ich wieder auf. Und bald halte ich Dich wieder in meinem angenähten Arm.
Ich bin hier und: verlange keine Reparationen. Nicht an mich. Nur an Deine eigene Seele.

*Fürchte Dich nicht. Wir alle sind bewaffnet. Mit Schwertern, die wir wie Relikte verwahren, weißen Flaggen, mit denen wir unsere eigenen Tränen trocknen und mit zwei Armen, damit wir uns festhalten, nicht wehren können. Die Schwerter als Erinnerung: an die Kämpfe, die ich führte. Und es hat Monate gedauert, das Blut aus den weißen Leinen zu schrubben, und nächtelang streichelte ich die Narben meiner eigenen Arme.*
Jetzt bin ich hier. Hier für Dich. Und: verlange keine Reparationen. Nicht an mich. Nur an Deine eigene Seele.

## MISSETAT BEGANGEN.

Januar 2018

Ich habe eine Weile nichts von Dir gehört. Du hast gelesen. Du kannst immerhin immer von mir lesen. Und Du weißt, wo meine Schritte wandeln. Du verfolgst mich still. Und heimlich.
Und ich frage mich, was Du wohl gerade tust. Du bist auf der Karte des Herumtreibers nicht zu finden. Ob Du ihr noch folgst? Im Weg stehst? Hinter der nächsten Ecke lauerst? Ich weiß es nicht. Tarnumhang. Du trägst den Tarnumhang. Und selbst wenn eine Haarsträhne herausgeblitzt hätte, ich hätte es nicht gemerkt. Das war ein aufregendes Jahr. Ein lautes. So viele Schritte. Um mich. Und zurückgelegt. So viele Meter voneinander entfernt. Mindestens 10 000 am Tag. Geschafft. Ich bin ziemlich weit weg – auch wenn dieses Flugzeug mich in unter neun Stunden zurückgebracht hat. Zurück an den Ort, an dem wir uns das erste Mal begegnet sind.

Es braucht keine Magie, um Dich sichtbar zu machen. Nur Mut. Und Leichtsinn. Neugierde und dass ein Jahr zu Ende geht. Ein bisschen Magie. Und ich ziehe Dir den Umhang von Deinen Schultern. Und da bist Du. Ich sehe Dich. Du stehst genau vor mir. Unverändert irgendwie, aber trotzdem fremd.
Du drehst Dich um. Und siehst mich. Mein Gesicht. Nicht nur meine Worte.
Und wir starren uns an.
Irgendwann: Ich schlage die Karte auf. Und sehe Deine Schritte. Auf der Stelle. Du bist wieder auf der Stelle getreten. Auf einer anderen zwar. Aber da ist ein dunkler Fleck. Und ich bin mir nicht sicher, ob das die Spuren Deiner Schritte sind oder Zerstörung.
Du bewegst Dich: Du läufst auf mich zu. Schneller. Schneller. „Expelliarmus!“, rufst Du. Wie früher. „Crucio“, wisperst Du leise. „Crucio“,

noch mal. Deutlicher. Ich erstarre. Halte die Karte fest in meiner linken, den Zauberstab noch immer in der rechten Hand. Kann mich nicht bewegen – ehrfürchtig erwarte ich den Schmerz. Du rennst. Nichts. Ich kann mich bewegen. Bin nicht entwaffnet und begreife. Will Dir den Umhang überwerfen. Vergessen. Du weichst aus. Und rennst. Auf mich zu. Du greifst nach mir. Und mit Absicht daneben. Wir streifen einander. Sanft. „Crucio", noch mal. Ganz leise. Ganz sanft. Beinahe vorsichtig. Ein Hauch. Auf meiner Haut. Eine Berührung.
Ich bin unachtsam. Und der Zauber wirkt. Es brennt. Es brennt, weil Du mir Versprechen in die frisch verheilte Wunde gegossen hast. Ein stummer Schrei. Geheim.
Ich komme zu mir. Öffne die Karte. Du läufst auf mich zu. Wieder. Schneller. Schneller.
Ich schlüpfe unter den Vorhang.
Keine Bewegung.
Irgendwann ist die Luft rein. Nach ein paar Tagen klappe ich die Karte des Herumtreibers sanft zusammen.
„Missetat begangen", flüstere ich.
Ein Pergament. Nichts weiter.
Unbeschrieben. Wie unsere Herzen. Alles auf Anfang. Es ist nie etwas passiert. Ich presse meinen Zauberstab noch eine ganze Weile auf das gefaltete Papier. So wie Du immer deinen Finger auf meine geschlossenen Lippen gepresst hast, wenn wir den verbotenen Flügel betreten haben, zu nah an der Weide entlangspaziert sind.
Was war ich blind. Und das lag nicht an dem Umhang.
Verspreche mir selbst, dieses Duell nicht noch einmal zu führen. Kenne die Zaubersprüche nicht. Denn das ist die Magie der dunklen Künste.
Doch du bist nicht Snape.
Du bist leider nicht Snape.

## ICH VERMISSE DICH.

Februar 2018

Ich vermisse Dich.
Ich meine nicht dieses herzzerreißende Vermissen. Ich meine nicht das dringende und unumgängliche Bedürfnis, jemanden anzufassen oder zu küssen. Ich meine keinen Herzschmerz, der so präsent ist, dass man an nichts anderes denken kann. Das ständige Verlangen, jemanden anzurufen und alles zu erzählen, weil die Person eben gerade nicht hier ist. Ich meine nicht das Gefühl, ohne jemanden nicht sein zu können. Nicht *dieses* Vermissen. Dieses Hinfiebern auf Tag X. Kalenderblätterabreißen und Warten. Da ist keine Erinnerung an einen dramatischen Abschied oder tägliches Anrufen. Ich kann nicht mehr weinen.
Es ist nicht dieses Vermissen.
Nicht mehr jedenfalls.
Aber: Ich vermisse Dich. Ich meine – ich vermisse Dich. Wenn es anfängt zu regnen. An Weihnachten. Und während der letzten Minuten meines Geburtstags – wenn der Trubel langsam ruhiger wird. Wenn ich mitten in der Nacht aufwache, denke ich an Dich – und weiß: Du auch an mich. Und wenn es dunkel wird. Das sind die Momente, in denen Du in meinen Gedanken erscheinst. Sanft irgendwie. Eine wage Erinnerung. Ein Funken Hoffnung. Ein Schleier. Wie Rauchschwaden – die sich, einen Augenblick später nur, von selbst auflösen.
Ich vermisse Dich.
Uns.
Dieser Blick. Ein frisch gefangener Fisch. Pflaumenkuchen. Ein Schreibtischstuhl. Wochenende. Sommerabend. All die Dinge, für die ich keinen Namen finde und deswegen immer einfach nur *Dich* sage. Ich vermisse Dich. Ich vermisse Dich.

## I WILL WAIT

Februar 2018

Er nimmt meine Hand. Und ich verharre in seiner warmen Umarmung. Für einen Moment. Ein bisschen länger, als ich es eigentlich will. Weil ich das brauche. Weil ich ein klein bisschen Zuneigung, Liebe brauche. Also: ein kurzer Moment, ein kleiner Augenblick in diesem Zufluchtsort, aus dem ich mich bald selbst wieder vertreibe.
Ein Kuss, der zum Scheitern verurteilt ist.
Irgendetwas, das kein Abonnement auf Ewigkeit besitzt.
Ein Lächeln.
Keine Chance.
Ich gehe weiter und breche Herzen und mein eigenes – wobei das eigentlich nur Fantasien sind. Sternschnuppen, die keine Wünsche erfüllen. Weil sie eben doch keine sind. Geirrt und eigentlich doch gewusst. Geahnt. Und trotzdem gemacht. Für einen Moment. Weil ich das brauche. Brauchte. Egoistisch für einen Augenblick.
Kopfschütteln.
Ich gehe weiter – allein und:
*I will wait. I will wait for you.*

Ich habe aufgehört, auf Dates zu gehen – weil ich Dir das alles erzählen will und nicht immer und immer wieder von vorne anfangen. Weil ich nicht ausprobieren, sondern mir sicher sein will. Und fürs Sichersein muss man ausprobieren, sagen sie. Und vielleicht ja. Vielleicht nein. Ich darf nichts unversucht lassen, sagen sie. Aber die Sache ist: vielleicht doch.
Ich suche noch so viel mehr als die große Liebe. So vieles, das mich nicht finden wird. Nur, weil ich allein bin, heißt das nicht, dass ich verzweifelt bin, denn: Ich habe Zuversicht. Ich spüre Zuversicht und Liebe. Ich lasse nichts unversucht. Nichts, was sich richtig anfühlt. Nichts, was sich

nach Liebe anfühlt. Nach Ewigkeit. Nach Ehrlichkeit. Nach mir.
Ich gehe weiter – allein und:
*I will wait. I will wait for you.*

Manchmal: würde ich mich gern fallen lassen. All die Prinzipien, das Richtigmachen über Bord werfen und mich lieben lassen. Ansprüche zurückschrauben, sagen sie. Blumen. Ein Kuss. Schön irgendwie. Begehrenswert fühlen für einen Moment. Hingeben. Finden. Einfach irgendetwas finden. Zufrieden sein, sagen sie.
Für einen Augenblick.
Verlockend.
Rasten. Kräfte und Liebe, Zuneigung und Berührungen tanken.
Aufladen.
An mich denken, sagen sie.
Und dabei ist alles, was ich will: Du und Ehrlichkeit.
*I will wait. I will wait for you.*

Und bis dahin gehe ich allein auf Bälle. Bis dahin werde ich Jungs den Kopf verdrehen, aber dann wieder geraderücken. Ich lerne Sprachen und lese Bücher, damit ich Dich verstehen kann. Ich werde Abenteuer erleben, mutig sein – damit ich unseren Enkeln irgendwann Geschichten mit „Bevor ich Euren Großvater kennengelernt habe ..." erzählen kann. Ich werde unaufhaltsam weiterlaufen, weil Du niemand bist, der Stillstand versteht. Und ich werde fasziniert sein vom Sternenhimmel, jede Nacht.
Also, ich lebe. Und nebenbei warte ich. Also ich warte nicht ungeduldig. Und ich entschuldige mich schon jetzt, falls ich Dich nicht gleich entdecke – weil ich nicht den ganzen Tag nach Dir Ausschau halte. Also ich warte auf Dich – aber das heißt auch, dass ich schon jetzt lebe und lebe und lebe. Du musst mich nicht wachküssen, retten oder befreien. Vielleicht muss ich meinen Schuh verlieren – damit wir uns begegnen. Ich weiß es noch nicht. Aber: Ich werde auf Dich warten. Vielleicht muss ich öfter allein auf Bälle gehen. Vielleicht treffen wir uns beim Bäcker

oder bei irgendeinem Job. Im Flugzeug oder online. Vielleicht. Ich weiß es nicht.
Ich weiß nur, dass ich nicht vor Dir wegrenne. Mich nicht verstecke oder vorzeitig abbiege.
Also, vielleicht verliere ich einen Schuh. Ein Taschentuch. Oder einfach nur mein Herz. An Dich.
Ich will kein *The One. For now. Maybe.*
Ich will keine gute Zeit, bei der ich jetzt schon weiß, dass bald der Wecker klingelt.
Ich brauche keine Sicherheit, wenn ich dafür kein Herzklopfen bekomme.
Ich will nicht mehr kämpfen, wenn es nur darum geht, wer zuerst zurückschreibt.
Ich will etwas Echtes.
Leuchtende Augen.
Und stundenlanges Flüstern.
Nicht schlafen können.
Festhalten und festhalten und nicht loslassen müssen.
Vielleicht ist das zu viel verlangt. Vielleicht geht es im Leben darum, Halt zu finden. Vielleicht gibt es diesen einen Seelenverwandten doch gar nicht. Vielleicht ist das zu gierig und wahnsinnig.
Vielleicht.
Ich weiß es nicht.
Aber ich weiß, dass ich warten werde darauf. Auf etwas Echtes.
*I will wait. I will wait for you.*
Ich werde warten. Ich werde warten auf Dich.
Ich werde warten.
Und leben.
Ehrlich.
Und echt.

## LASS DICH FALLEN!

März 2018

Ich halte mich fest – nur dich irgendwie fern. Also halte ich mich fest – nur nicht an Dir.
Es tut mir leid.

*„Komm her!“, sagt er und zieht mich aufs Bett. An sich. Ich sehe etwas Flehendes in seinem Blick.*
Ich kann mich nicht fallen lassen –
weil Du nicht weißt, was Dich erwartet. Das ist ein Medizinball mit Federn getarnt. Schwere Lasten. Altlasten. Ballast. Und Löcher in meinem Herzen, in die man zu fallen droht. Ja, ich bin überdramatisch. Und verletzt. Abgestumpft trotzdem. Betont unromantisch. Abenteuerlustig und selbstbewusst. Selbstständig. Und bewusst unabhängig. Und so soll es auch bleiben. Damit fahre ich gut. Gleichmäßig. Und ziemlich schnell. Ich bekomme Gegenwind ab. Und hab damit schon den ein oder anderen abgehängt. Und dann gibt es da den, der mich jagt. Und rastlos hat werden lassen.
Also: Ich kann mich nicht fallen lassen.
Es tut mir leid.

*„Komm her!“, sagt er und zieht mich aufs Bett. An sich. Ich sehe etwas Geduldiges in seinem Blick.*
Und: Ich kann mich nicht fallen lassen –
weil Du nicht weißt, was Dich erwartet.
Und Zeit eben nicht alle Wunden heilt. Und ich Deine Zeit nicht verschwenden will. Weil es manchmal scheint, als habe die Sanduhr ein Loch. Und weil – ich noch so viel erleben will.
Ich weiß, was Du vorhast. Stück für Stück meine Mauer abbauen. Du wirst sie nicht einrennen – und das ist das Problem. Du bist sacht. Sanft.

Langsam. Und vorsichtig. Du tastest Dich vor und schaust durch die Risse, die ich so sorgfältig verspachtelt habe. „Du hältst das nicht aus", flüstere ich und erinnere mich daran, wie ich genau diese Worte das letzte Mal vor fast drei Jahren gesagt habe. Und recht behielt.
Also: Ich kann mich nicht fallen lassen.
Es tut mir leid.

*„Komm her!", sagt er und zieht mich aufs Bett. An sich. Ich sehe etwas Ehrliches in seinem Blick.*
Und: Ich kann mich nicht fallen lassen –
weil Du nicht weißt, was Dich erwartet.
Und Deine Ehrlichkeit erschüttert mich, weil: Ich unehrlich bin.
Weil ich Dir nicht sagen kann, was ich denke und vermute, fühle und befürchte. Weil ich mich schäme für das, was ich Dir in Gedanken unterstelle. Mein Urteilsvermögen von schmerzlichen Erfahrungen getrübt. Ich sei scheu, sagst Du und ahnst nicht. Mein Koffer ist gepackt und ich bin bereit zu gehen. Dann, wenn es anfängt wehzutun. Wenn er mich wieder eingeholt hat – dann: werde ich weiterziehen. Wie vom Erdboden verschluckt.
Und du schaust mich an. Ruhig sagst Du: „Ich komme mit!"

*„Komm her!", sagt er und zieht mich aufs Bett. An sich. Ich sehe etwas Bestimmendes in seinem Blick.*
Auf deine Verantwortung, okay?
Ich habe Dich gewarnt.

*„Komm her!", sagt er und zieht mich aufs Bett. An sich. Ich sehe etwas Liebevolles in seinem Blick.*
Und erwidere ihn.
Lege mich hin.
Sanft. Neben ihn. Noch ein bisschen Abstand.
Lasse mich nicht gänzlich fallen.
Aber dafür endlich meine Lasten.

## ICH HABE EINEN SCHERENSCHNITT DARAUS GEMACHT.

März 2018

*Ich habe dem Mädchen aus der dritten Klasse einfach so verziehen, dass sie mich geschlagen hat, und ich habe nie darüber nachgedacht, ob ich ihm verzeihe, dass er uns verließ. Ich habe es hingenommen, dass sie mich belogen und verraten hat. Ich habe Dich geliebt, obwohl Du sie zwischen uns gestellt hast. Und verzeihe Dir, dass Du mich nie ganz, aber auch nie gar nicht wolltest.*
*Ich verzeihe. Ich verstehe. Ich vergebe.*
*Jedes Mal.*
*Ich habe Dir jedes Mal verziehen.*
*Rache ist ein Fremdwort für mich.*
*Aber ich lerne gerade, Abschied zu buchstabieren. Schuld. Und Selbstschutz.*

Wir alle stehen vor unserer eigenen Staffelei und zeichnen. Malen. Spritzen dicke Ölfarbe auf die Leinwand. Aquarell. Ganz wie es uns eben beliebt. Ausprobieren. Wir sind Künstler. Überlebenskünstler. Ausgestattet mit Pinseln und Paletten, einer Leinwand und auf unseren Reisen sind es Erinnerungen, Techniken, Farben – die wir sammeln, etwas eigenes daraus machen. Und dann und wann kommt es dazu, dass jemand ganz sacht seine Hand um meine legt und den Pinsel führt. Wir vermischen unsere Farben, rücken näher zusammen und betrachten einander.
Und dann habe ich Dir immer wieder meinen Farbkasten ausgeliehen. Neue Nuancen. Schau nur, was passiert – wenn wir einander mischen. Schön, nicht wahr?
Sanft und vorsichtig. Gemeinsam. Ausprobieren.
Aber ihr – ihr habt Farbe auf mein Kunstwerk gespritzt. Manchmal be-

absichtigt. Manchmal – Kollateralschäden. Du hast eine Schere genommen und einfach drauflos geschnitten. Du hast Deinen Pinsel vorher nicht ausgewaschen und meinen Kasten ruiniert. Ein dicker Klecks mitten auf meiner Leinwand. Wie eine Fratze – ich habe am Ende einen Scherenschnitt daraus gemacht. Ich habe Farben gemischt und unliebsame Flecken ausgebessert. Aus dem dunklen Streifen, den Du mitten über mein Gemälde gezogen hast, habe ich eine Brücke gemalt. Und immer wieder ausgewaschen. Die schmerzenden Farben mühselig mit Wasser aus meinen Pinseln gespült.
Gewissenhaft.
Gewissenhaft Schmerz übertüncht.
Verziehen.
Jedes einzelne Mal. Habe Dich bei mir selbst entschuldigt. Erklärungen gefunden. Mögliche Erklärungen. Und habe darüber hinweggesehen. Es Dir gleichgetan.
Vielleicht hast Du Dich daran gewöhnt.
Dass ich hinnehme – Deine Fehler wunderbar aussehen lasse. Aussehen ließ.
Das tut mir leid.
Es tut mir leid, Dich jetzt vor den Kopf stoßen zu müssen.
Es tut mir leid, dass Du nie gelernt hast, um Entschuldigung zu bitten, – weil ich Dir das abgenommen habe.
Aber versteh: Ich habe Dir verziehen. Ich habe Dir vergeben. Erklärungen gesucht und gefunden – damit es mir gut geht. Damit ich zur Ruhe komme. Weil mein Herz Frieden verdient hat. Weil ich Verantwortung trage – für mein Gemälde. Und vielleicht ist das egoistisch. Vielleicht hätte ich Dich mehr kämpfen lassen müssen. Aber ich konnte nicht riskieren, dass wir in Flammen aufgehen. Denn Leinen, das brennt so gut.
Aber versteh: Ich vergebe Dir, weil Menschen Fehler machen. Weil ich auf eine schier endlose Chronik von Fehlern, von unüberlegt ausgesprochenen Worten, von Lügen und verpassten Chancen zurückblicke. Ich verzeihe, weil da noch genug Deckweiß in der Tube ist. Weil man Risse kleben kann. Und weil Schmerz auch irgendwie immer schön ist.

Ich verzeihe, weil ich an die Liebe glaube. An die allgegenwärtige Liebe. Da bin ich mir sicher. Sie ist immer. Sie ist überall. Sie ist das, was wir atmen, und das, was wir brauchen, und das, was wir produzieren.
Also: Liebe.
Ich vergebe – weil es nicht mehr so ist. Weil Du zurückgekommen bist und die Stille längst gebrochen ist. Weil Du neue Farben in Dir trägst und aus Schwarz langsam Violett wird. Aber wir können Erfahrenes nicht leugnen. Ich will Erfahrenes nicht leugnen.
Also bitte versteh: Ich muss zeichnen. Ich muss abmessen und dann wieder spontane Muster entstehen lassen. Ich finde Lila toll. Besser als Schwarz. Und ich werde damit malen. Ich werde die Farbe mit Wasser mischen und über die Schichten Deckweiß geben. Und dann: Fliederfarben. Frühlingsanfang. Und der lässt uns den Winter vergessen, aber dass er wiederkehrt ... ist gewiss.
Ich habe verwischt und radiert, übermalt und meine Tränen haben das Schwarz verschwimmen lassen.
Deckweiß.
Violett.
Heller Flieder.
Frühling.
Mein Frühling.
Meine Leinwand und meine Pinsel.
Ich vergebe Dir.
Aber am Ende ist es ohnehin immer nur Dein Gemälde, das Du zerstörst.
Ich kann uns nicht beide retten.

## VORFREUDE, SCHÖNSTE FREUDE.

März 2018

„Vorfreude, schönste Freude.“ Wenn ich diese Worte aufschreibe, dann höre ich sie meine Mutter sagen. Kurz vor Weihnachten, wenn wir es als Kinder nicht erwarten konnten, die Geschenke auszupacken. Als ich mir meine erste eigene Kamera kaufen wollte. Am liebsten direkt am Sonntag. Und das sagt sie, wenn wir wissen, dass wir einander lange nicht sehen werden. Zuletzt, als sie am Krankenhausbett neben mir saß: „Vorfreude, schönste Freude. Genieß das. Sei geduldig. Komm wieder auf die Beine und freu Dich auf das, was danach kommt.“
„Vorfreude, schönste Freude“ – ich habe das nie verstanden.
Bis:
Jetzt. Jetzt, da mir das Jahr, die Erfahrung, das Leben vielleicht mit jedem Tag, mit jeder Entscheidung, jeder Wendung *Geduld! Sei geduldig!* einprägen will. Mich immer wieder ermahnt. Mich zwingt, „Vorfreude schönste Freunde“ in mein Heft zu schreiben. Auf meinen linken Handrücken. Hinter die Ohren. Und ins Herz.
Und ich bin geduldig. Und schreibe. Und verinnerliche. Und glaube. Freue mich vor. Und atme. Bin geduldig, solange ich es sein muss. Weil es nicht anders geht. Weil ich die Zeiger nicht antreiben kann. Und meine Wunden nicht schneller heilen. Ich stecke ab und warte auf Tag X, auf diesen Anruf und ... gedulde mich. Doch sobald das Telefon klingelt, wir den ersten Schritt wagen, ein bisschen Grind über die Sache gewachsen ist – springe ich auf. Eilig. Und hastig. Habe lang genug gewartet. War doch geduldig. Springe auf. Versuche aufzuspringen. Und dann passiert – jedes Mal in diesem Jahr – etwas, dass mich an Ort und Stelle hält. Bindet. Ruhigstellt. Zwangsweise. Fesseln irgendwie. Die wehtun, wenn ich zu sehr zapple. Einschneiden. Und da steht Sei geduldig auf meiner Haut. Und Verdammt noch mal genieße das, was jetzt ist!
Also: bin ich geduldig. Wieder. Noch ein bisschen. Laufe auf der Stelle –

komme im Moment nicht voran. So scheint es. Aber vielleicht wird die Energie gespeichert. Staut sich an. Und kann schließlich Berge versetzen. Vielleicht geht es darum, Kondition zu trainieren. Nicht mehr wegrennen. Nicht mehr schnell. Und schneller. Sondern: geduldig. Und dann wahrhaftig.
„Vorfreude, schönste Freude." Dann ist das Ergebnis, das Ereignis, das man sich so sehnlich herbeiwünschte, nicht erwarten konnte, noch so viel mehr wert. Noch viel glücklicher vielleicht.
Harte Arbeit zahlt sich aus. Oder einfach mal nichts tun. Vorsicht. Einfühlsam. Langsam. Geduld.
Nicht immer hier und jetzt und gleich und alles.
Sondern bald und dann richtig und jede Minute davor genießen.
Und davon. Vom Moment, meine ich. Die Freude an sich. Die Freude, auf die man sich gefreut hat. Und danach. Also: Nachfreude.
Oder ob vielleicht doch einfach alles schlicht Freude ist?

## WEIL DU MICH NIE GANZ, ABER AUCH NIE GAR NICHT WOLLTEST

Mai 2018

*„Es liegt nicht an Dir", sagst Du.*
*Es seien die Umstände.*
*Und dieser Traum, dass wir uns in fünf Jahren wiederbegegnen und irgendetwas besser machen werden.*
*Die Bitte, auf Dich zu warten.*
*Es ist der 31. Dezember, 0:00 Uhr und Du schreibst mir.*

„Küss mich!", sagst Du. Nur, damit wir es danach bereuen.
Hallo, schreibst Du. Nur, damit wir drei Tage später den Kontakt – wieder mal – abbrechen können.

Ein herrlich schmerzlicher Abschied.
Unser Rhythmus irgendwie. Doch es hast immer nur Du den Ton angegeben. Und ich habe dabei nicht gemerkt, dass Du auf mehreren Hochzeiten gleichzeitig tanzt. Und spielst. Tanzt. Und tanzt. Und küsst.
Und ich hatte Schluckauf – und ich hatte so oft Schluckauf.
Weil Du mich nie ganz, aber auch nie gar nicht wolltest.
Also steh ich hier.
Mit ein paar Kilometern Abstand. Aber nicht zu vielen. Ich weiß. Nicht zu viele Menschen zwischen uns. Immer noch in Deinem Adressbuch. Erreichbar. Die Nummer ist jederzeit erreichbar. Auch wenn Du gar nicht willst, dass ich rangehe.
Es scheint, als würden wir beide das Klingeln genießen.
Luft anhalten.
Auflegen.
Schlechte Verbindung.
Ich glaube, Du hast keinen Empfang.
Ich kann Dich nicht verstehen.
Weil Du mich nie ganz, aber auch nie gar nicht wolltest.
Auf Postkarten muss man nicht antworten, deswegen hast Du die immer so geliebt. Zuneigung, ohne dass sie erwidert werden muss. Meine Zuneigung, ohne dass Du sie erwidern musst. Die Gewissheit, dass ich da irgendwo bin. Aber nicht wo. Denn meine Postkarten verraten Dir meinen Standort nicht. Ich bin irgendwo. Und wahrscheinlich längst weitergezogen.
Aber irgendwo.
Irgendwo da für Dich.
Aber nicht bei Dir.
Weil Du mich nie ganz, aber auch nie gar nicht wolltest.
Und jetzt bist Du selbst dort. Der Briefmarke gefolgt. Wohlwissend, dass ich da war, aber bereits weitergezogen bin. Damit Du meine Spuren verfolgen, meinen Duft atmen kannst, mich aber nicht sehen musst.
Du legst Dich an meinen angewärmten Platz und genießt die Aussicht auf das dahinsegelnde Schiff.

Weil Du mich nie ganz, aber auch nie gar nicht wolltest.
Du hast mich vor Entscheidungen gestellt, die nicht getroffen werden konnten.
Mir Ultimaten gesetzt, die nicht zu erfüllen waren.
Mich in meine Einzelteile zerlegt.
Du hast mir meine Blütenblätter ausgerissen, um zu prüfen, ob Du mich liebst. Ich lieb dich. Ich lieb Dich nicht.
Damit ich weniger werde.
Du hast Dir das genommen, was Du gerade brauchtest. Meine Hand. Aber nur die linke.
Weil Du mich nie ganz, aber auch nie gar nicht wolltest.

*„Umarme mich", hast Du gehaucht, nur um Dich daraus zu befreien.*
*Meine Texte, aber nicht meine Nachrichten gelesen.*
*Du hast immer nur einen Fuß in die Küche gesetzt, weil die keine Tür hatte.*
Weil Du mich nie ganz, aber auch nie gar nicht wolltest.
Und ich Dich viel zu sehr.
Und dann doch gar nicht.
Also: weil wir uns nie ganz, aber auch nie gar nicht wollten.
Ich habe Postkarten geschrieben, damit Du nicht antworten kannst.
Ich bin so schnell weitergezogen, damit Du meiner Spur nicht folgen kannst.
Hab Dich nur mit einem Arm umarmt.
Habe mich versteckt, aber so, dass Du mich noch immer sehen kannst.
Ich habe mich dosiert. Probiert zu dosieren.
Aber: Ich will wieder ganz. Ganz sein. Ganz ich sein.
Also: Könntest Du mir meine linke Hand wiedergeben? Und meine Gedanken. Kannst Du mir die Postkarten zurückschicken? Und bitte nie wieder anrufen?
Denn ich wollte Dich ganz.
Und jetzt: gar nicht.

## VIETNAMESE COFFEE

Mai 2018

Ich trage den Ring wieder am Finger.
Gestern: in dem kleinen Seitenfach meiner Lieblingstasche gefunden.
Also habe ich ihn angesteckt. Mir nicht viel dabei gedacht. War in Eile.
Er darf nicht verloren gehen.
Diese Erinnerung darf auf keinen Fall verloren gehen.
Heute, Mittagspause:
Ich habe einen Eiskaffee bestellt. Beim Vietnamesen.
Und dann habe ich in die Sonne geschaut und unverhofft an uns gedacht.
*Erinnerungen: Zumeist sammle ich sie in kleinen Büchern, trage sie am Handgelenk und verstaue Strandgut in kleinen Erinnerungskisten. Aufschreiben. Konservieren. Und gelegentlich zurückdenken.*
*Weißt-Du-noch-Momente.*
*Sanft. Blass. Ein Lächeln auf den Lippen.*
Aber heute: Ring. Kaffee. Und die Sonne.
Und plötzlich hat das ziemlich geblendet.
Plötzlich wurde das ziemlich viel.
Und als der vietnamesische Kellner mich nicht verstand, stiegen mir die Tränen in die Augen.
Wo bin ich?
Wo bist Du?
Und wieso ist das eigentlich gerade so präsent?
Wieso ist diese Erinnerung heute nicht an ihrem Platz? *In einem kleinen Buch, an meinem Handgelenk oder einer Erinnerungskiste?*
Déjà-vu?
Nur dass einiges fehlt. Einiges fehlt. Du fehlst, obwohl du so präsent bist.
Also, diese Erinnerung liegt hier ausgebreitet vor mir. In Berlin-Mitte.

Einfach so. Und ziemlich grell. Und für einen allein sind das ziemlich viele Gefühle. Für mich allein ist das gerade ziemlich viel.
Ich trinke einen Schluck.
Süß und bitter zugleich.
Vietnamese Coffee.
Ich halte mir die Hand vors Gesicht.
Licht und Schatten zugleich.
Vietnamese Coffee.
Also sitze ich hier, trinke das eiskalte Getränk, das nach letztem Sommer schmeckt, und der kleine blaue Stein an meinem Ringfinger glitzert in der Sonne. Vietnamesische Musik und dieser sanfte Geruch nach Ferne.
Doch gerade bevor ich Deine Nummer wählen kann, ist der Kaffee alle. Das Eis geschmolzen. Die Sonne ist hinter dem sechsstöckigen Haus auf der anderen Straßenseite untergegangen.
Ich zahle.
Und gehe.
Der Moment ist vorbei.
Die Erinnerung verblasst.
Vietnamese Coffee.
Süß und bitter zugleich.
Eine Erinnerung mitten in Berlin-Mitte.
Da, wo sie eigentlich nicht hingehört.
Denn: *Zumeist sammle ich sie in kleinen Büchern, trage sie am Handgelenk und verstaue Strandgut in kleinen Erinnerungskisten.*
Diese Erinnerung mitten in Berlin-Mitte.
Da, wo sie hingehört.
In meinem Herzen.

## IRGENDWIE UND MANCHMAL

Mai 2018

Bis ich über jemanden schreibe, muss einiges passieren.
Entweder du brichst mir das Herz oder gehst oder bist ein Teil meiner Familie.
Das sind die Optionen. Auch kombinierbar. Aber das sind sie.
Das waren sie.
Das waren die Optionen.
Bis:
Ich sitze im Gras. Die Sonne scheint mir ins winterblasse Gesicht. Das fühlt sich gut an. Und noch besser? Dein Lächeln, das zu mir herüberstrahlt.
Ihr spielt Fußball, Basketball, eh Baseball, ... – nein, Football.
Ich schüttle den Kopf.
Wenn Gedanken stolpern.
Du spielst Football.
Denke ich.
Und das weiß ich, weil es Dich glücklich macht.
Weil Du deswegen strahlst. Zu mir herüberstrahlst.
Und ich das Glück beinahe greifen kann.
Und Du kommst zu mir und ich kann es anfassen.
Und merke, dass Anfassen und Fassen nicht dasselbe ist.
Mit Dir, das ist – irgendwie manchmal ziemlich nah an perfekt.
Und ich gebe mir große Mühe „irgendwie" und „manchmal" beiseitezuschieben.
Weil ich mir doch sicher sein sollte.
Und ich bin mir sicher.
Irgendwie. Und manchmal.
Und ich denke: Das ist gut.
Das ist für den Anfang ziemlich gut.

Denn: Ich habe ewig und wirklich lange niemanden mehr so sehr gemocht.
Also: Das ist Football.
Du spielst Football.
Und ich trage ein Basketballtrikot. Also irgendwie ziemlich nah dran. Aber doch nicht richtig. Irgendwie falsch. Manchmal daneben.
Aber: Das mit Dir ist irgendwie manchmal ziemlich nah an perfekt.
Und vielleicht – wenn wir aufhören würden, unsere Definition von perfekt nach anderen, nach bereits Erlebtem, nach dem Wie-es-eben-sein-sollte auszurichten – stünden da kein Irgendwie und Manchmal davor.
Dann wäre das – einfach nur – perfekt.
Vielleicht.
Also gib mir noch ein bisschen Zeit, das richtige Trikot zu finden. Oder Du gibst mir einfach irgendwie Deins?
Und gib Dir Zeit, mein Manchmal zu verstehen. Mich zu verstehen.
Gib uns ein bisschen Zeit.
Für unsere Spielregeln. Unser Trikot. Gemeinsam. Ein Team.
Irgendwie. Und manchmal.
Mit Dir, das ist – irgendwie manchmal ziemlich nah an perfekt.
Ziemlich nah an perfekt.
Und ich mag Nähe.
Ganz besonders die zu Dir.

*9. Juni 2018*
Kopf nicht in den Sand stecken! Und wenn doch: dann kriegen zumindest die Füße mal frischen Wind um die Ohren.

## STRANDGUT

Juni 2018

Wann immer wir an die Ostsee gefahren sind, befand sich in meinem Koffer auf der Rückreise eine Socke voller Muscheln, vom Salzwasser geschliffenes Glas, ein Hühnergott mindestens. Die Socke habe ich mit einem Haargummi verschlossen. Meine Schätze sicher verwahrt. Und dann zu Hause behutsam ins Muschelglas geschüttet. Zu den Funden aus dem letzten Jahr. Und dem davor. Es roch dann immer nach Seegras und jedes Mal ging ein bisschen Sand daneben – den habe ich mit dem Fuß unter den Teppich gekehrt. Damit er nicht unachtsam weggesaugt wurde. Damit er da war. Zu Hause. Der Strand. Unter Teppich und im Seitenfach meiner kleinen Taschen. Und ein Lederband mit einem Bernstein daran um meinen Hals. Strandgut.
Irgendwann hatte ich genug Muscheln. Zu viele gar.
War besonders stolz auf meinen Donnerkeil.
Und dieser winzig kleine Bernstein, den ich in einem Jahr ganz unverhofft gefunden hatte. Ich glaube es war Bernstein.
Jedenfalls: Irgendwann schüttete ich ihn und den Donnerkeil, samt der restlichen Muscheln und Mitbringsel in den Garten. Erst in Sichtweite und irgendwann zogen wir fort. Lebe wohl! Dann rollten wir auch den Teppich zusammen, saugten und wischten schließlich auch die letzten Sandkörner weg.
Wenn ich heute an der Ostsee entlangspaziere, dann sammele ich Kraft und versuche Löcher zu stopfen, statt sie in Steinen zu finden. Ich tauche nach meinen eigenen Perlen und längst versteinerten Erinnerungen. Das braucht auch: endlose Spaziergänge, Geduld und dass man vorsichtig mit den Fingern durch den feinen Ostseesand fährt.
Was ich heute nach Hause mitnehme: sind Ruhe und Gelassenheit in meinem Herzen. Eine neue Erkenntnis manchmal. Ich glaube es war eine neue Erkenntnis. Frische Seeluft in meiner Lunge. Und beinah weiße

Haare hängen mir in die Stirn. Nichts davon passt in eine Socke. Und kann leider nicht allein mit einem Haargummi gehalten werden. Wie herrlich wäre das und dann alles in ein ausgewaschenes Marmeladenglas schütten und sicher verwahren. Gelassenheit, wie den Sand zwischen meinen Zehen, unter den Teppich kehren und dort immer sicher verwahrt wissen.
Strandgut.

## WIR HALTEN SPIEGEL VOR UNSERE BRUST

Juli 2018

*Deine Augen faszinieren mich so sehr, dass ich gar nicht wegsehen will. Und wir küssen uns. Küssen einander. Deine Haut auf meiner. Nichts zwischen uns. So fühlt es sich an jedenfalls. Jedenfalls meistens.*
Bis:
Wir halten Spiegel vor unsere Brust. Als Schutzschild irgendwie. Weil man damit blenden kann. Und ein Feuer machen. Weil erst mal keiner blind zuschlägt – denn das bringt Unglück. Und weil das ablenkt. Irgendwie ablenkt. Und Dein Gegenüber sich dann wieder nur selbst durchdringend in die Augen schaut. Wohlwissend, dass das nicht real ist. Und somit vielleicht ein bisschen weniger wehtut.
Jetzt stehen wir hier.
Ich schaue in Deinen Spiegel und Du in meinen. Erstarrt irgendwie. Weil ich für einen Moment unachtsam gewesen bin und eben jetzt in diesen Spiegel schaue, den Du mir vorhältst. Um Dich zu schützen. Und: Ich sehe, wie er sich noch immer in meinen Augen spiegelt, obwohl Du doch jetzt vor mir stehst. Wie ein Echo. Ich erkenne, dass da hinter mir etwas auf mich zukommt, mich einholt. Wie ein Bumerang. Blut tropft vor mir auf den Boden. An meinen eigenen Kanten geschnitten. Sehe, wie er hinter mir verschwindet. Bist Du das? Ich erkenne nicht. Aber: Wieder keine Chance. Das weiß ich. Ich packe Dich, weil Du hier bist,

nicht gehen darfst und jetzt mit mir diesen Kampf ausführen musst. Denn ich bin es leid, gegen mich selbst zu kämpfen. Du stehst vor mir. Du hält das aus. Bitte, halte das aus. Stelle Dich zur Rede. Will endlich eine Antwort auf diese Frage hören. Du musst sie mir geben. Ich sage Du und meine doch immer nur ihn. Ich will meinen Arm nach Dir ausstrecken, Dich festhalten – und berühre meine eigenen eiskalten Fingerspitzen. Kann Dich nicht greifen, weil Du nicht verantwortlich bist. Weil Du nicht gehen willst. Weil ich die ganze Zeit nur in mein Spiegelbild schaue. Und damit eben doch wieder nur zurück.
Dann erkenne ich: Das sind Dimensionen. Du stehst dahinter, begreife ich. Das im Spiegel bist nicht Du. Du nicht wie er. Muss das hinter mir lassen. *Deine Haut auf meiner. Nichts zwischen uns.* Ich darf die Zeitformen nicht vermischen. Hier und jetzt.
Ich schaue Dir in die Augen – endlich wieder. Und plötzlich schlägst Du ein. Auf Dein Spiegelbild und triffst doch immer nur mich. Immer wieder nur mich. War zu beschäftigt, meine eigenen Wunden zu lecken, dass ich nicht gemerkt habe, was sich in Dir zusammenbraut. Und Du schlägst zu. Und triffst doch immer nur mich. „Hau ab!", schreist Du und meinst doch immer nur Dich. Oder wen auch immer sich noch neben Dir spiegelt. Echo. Bumerang.
Und ich halte den Spiegel fest.
Schutzschild für mich.
Qual für Dich.
Wir halten Spiegel vor unsere Brust.
Ich schaue in Deinen Spiegel und Du in meinen. Und wir verstehen dabei nicht, dass wir darin die eigenen Fehler sehen. Den Schmerz, den wir seit so vielen Jahren mit uns tragen. Der an uns haftet. Die Enttäuschung längst vergangener Momente. Die Enttäuschung, die Dir jemand anderes zugefügt hat. Diesen Sprung unten links, das war er – und ich sehe meine eigenen Narben. Den verlorenen Ring. Alle Erinnerungen ausgebreitet vor mir. Auf Dir. Verdecken Dich. Und Deine verdecken mich.
Aber: Ein Spiegel offenbart uns nur, was wir zu sehen bereit sind.

Dann schlägst Du zu. Oder drehst Dich weg. Ich sehe weg. Schalte ab. Erinnerungen werden zu ungewollten Vorahnungen.
Erfahrungen, die uns jetzt, den Schmerz erwartend, hemmen. Schutzschilder vor die Brust halten lassen. Spiegel.

Aber da sind immer noch wir.
Dahinter. Dazwischen irgendwie.
Du siehst mich an.
Wir sehen uns endlich wieder an.
Augen.
Und erkennen, dass wir uns auch in unseren Tränen spiegeln. Und da ist auf einmal so viel von Dir. Verzerrtes Du. Tränen. Immer mehr Tränen. Die das aufweichen.
Seit Jahren hast Du Dir das erste Mal selbst wieder ins Herz gesehen.
Kurz.
Und dann schaust Du Dir wieder selbst in die Augen.
Als würde das alles keinen Sinn ergeben.
Du siehst und schaust weg, und doch erkennst Du nicht. Denn der Spiegel allein reicht nicht, um sichtbar zu machen. Er gibt wieder – und das tut weh. Aber am Ende ist das alles nur seitenverkehrt. Und verzerrt. Das hast Du alles schon gesehen. Und da bin immer noch ich.
Aber Du bist nicht bereit. Nicht vollends bereit. Das ist zu viel Du. Und ich. Und Tränen.
Ich frage mich, was wohl passieren würde, wenn wir die Spiegel außer Acht ließen. Wenn wir wieder nur einander ansehen. Und einander beschrieben. Denn durch meine Augen sehen Deine Narben friedlich aus. Und wenn Du mir meine Tränen aus dem Gesicht wischst, tut es schon gar nicht mehr so sehr weh. Mein Herz spiegelt Deine Taten. Und das ist vielleicht diese Liebe.
Du bist so viel.
Und ich bin so viel.
Wir tragen Lasten mit uns.
Die sich verdoppeln, wenn man allein in den Spiegel schaut.

Wir halten Spiegel vor unsere Brust.
Als Schutzschild irgendwie.
Aber die brauchen wir nicht mehr. Wir können die abstellen. Oder zumindest ein bisschen sinken lassen. Herz frei machen. Und in die Augen sehen. Das Herz sehen lassen.
Und Dein Schmerz verschwimmt im Blau meiner Augen.

Ich frage mich:
*Was passiert, wenn man zwei Spiegel voreinander stellt?*
*Unendlichkeit vielleicht?*
*Deine Augen faszinieren mich so sehr, dass ich gar nicht wegsehen will.*
*Unendlichkeit vielleicht?*

## MOHN (*lat. Papaver rhoeas*)
## ODER: KLEINE BLUME

Juli 2018

„‚Kleine Blume', taufe ich Dich", sagte er und augenblicklich tauchten wir gemeinsam ein in eine Welt der Fantasie, in der wir schlagartig vergessen konnten, wer wir eigentlich waren. Ritten unsere Pferde durch die tristen Straßen der Stadt und ich spürte den heißen Wildwestwind. „Kleine Blume" – hast Du auch an eine Mohnblume gedacht?

sattestes Rot
in zartester Gestalt
brennende Leidenschaft, unbeirrt der stets präsenten Vergänglichkeit

die Blume,
die nur im Freien blüht
oder gepresst, zwischen Buchseiten

am Feldrand stehend
verführt sie zum Niederlegen, zur Aufruhr gleichermaßen

*6. Juli 2018*
Weshalb ich Pusteblumen so gerne mag? Weil sie uns beweisen, dass Abschied auch immer Erblühen heißt.
Und mit dieser Gewissheit, fühlt sich das Welken – immer wieder – gar nicht so schlimm an.
Das ist nicht das Ende
Blütenstaub

# DANKE

Beinahe jeden Tag schreibe ich Eure Namen in mein Dankbarkeitstagebuch. Die Namen derer, die mich bei diesem Projekt und die Jahre davor unterstützt haben. Die mich haben reifen lassen. Mich motivierten und antrieben. Die Namen der Menschen, die an meine Träume geglaubt und Sternschnuppen mit mir geguckt haben, wenn ich vergaß, in mich selbst zu vertrauen. Die Namen derer, die in mir Gefühle ausgelöst haben, die ich nie für möglich hielt und schließlich die Substanz dessen sind, was in diesem Buch geschrieben steht.
Ich nenne ungern Namen – das habt ihr sicherlich gemerkt. Aber jetzt:

Danke Mama und Clara. Danke Oma und Opa. Danke Papa.
Danke Anna und Ines und Emina. Danke Nele. Danke Franzi. Danke Lena. Und Lea. Danke Charly. Danke Valentin.
Danke Sabrina. Danke Lamarana und Amadou. Danke Daniel. Danke Alex.
Danke Max. Und Patricio. Danke Marcus. Und Hans. Danke Páris.
Danke an Cornelia, John, Franz und Tom. Und Carrie.
Und danke Vanessa und Martin. Danke Anne. Und: Danke Eva, du zauberhafter Mensch.
Danke an jeden einzelnen, der mich die letzten neun Jahre auf meinem Blog KleinstadtCarrie.net begleitet hat. Danke für jeden Kommentar, der mir Mut zugesprochen hat, mich inspiriert hat, mir Vertrauen in mich und meine Worte gab.
Ich danke Dir fürs Lesen, fürs Zum-Leben-Erwecken. Danke für Deine Zeit und Dein Vertrauen.
Danke für diesen wundervollen Blumenstrauß –

Eigentlich gibt es noch so viele Namen mehr zu nennen. Hier auf diese Seite gehören Menschen, deren Namen ich nie gekannt habe. Orte, die sich wie ausgiebige, lehrreiche Gespräche angefühlt haben. Erlebnisse und Möglichkeiten, die mich zu der gemacht haben, die ich heute bin.

Aber: Ich halte mich kurz, denn ich nehme Euch jetzt in den Arm. Heute, wenn möglich. Oder morgen. In Gedanken, wenn es nicht anders geht.
Innige Umarmung – das bedeutet nämlich *Danke* auf Körpersprache.

Alles Liebe

Luise